牡丹绽放
花开有声

中国曲艺家协会 / 编

中国文联出版社

图书在版编目（CIP）数据

牡丹绽放　花开有声 / 中国曲艺家协会编 . -- 北京：
中国文联出版社，2018.5（2023.1 重印）

ISBN 978 - 7 - 5190 - 3675 - 1

Ⅰ.①牡… Ⅱ.①中… Ⅲ.①杂文集—中国—当代
Ⅳ.①I267.1

中国版本图书馆 CIP 数据核字（2018）第 100333 号

编　　者　中国曲艺家协会
责任编辑　陈若伟
责任校对　赵海霞
装帧设计　中联华文

出版发行　中国文联出版社有限公司
地　　址　北京市朝阳区农展馆南里 10 号　　　　邮编　100125
电　　话　010 - 85923025（发行部）　　　　85923091（总编室）
经　　销　全国新华书店等
印　　刷　三河市华东印刷有限公司

开　　本　710 毫米×1000 毫米　　1/16
印　　张　22
字　　数　267 千字
版　　次　2023 年 1 月第 1 版第 2 次印刷
定　　价　98.00 元

张旭东（叮当）

暴玉喜

任平

夏吉平（大阿福）

杨菲

贾冰

庄丽芬

苗阜

刘芋君

陈靓

序　一

　　当前，中国正以新的姿态健步走在实现中华民族伟大复兴的历史征程上，习近平总书记发表了一系列重要讲话，极大地丰富和发展了中国特色社会主义理论体系。2014 年 10 月 15 日，总书记亲自主持召开了文艺工作座谈会并发表重要讲话，深刻阐述了文艺和文艺工作的地位作用和重大使命，科学分析了文艺领域面临的新形势，创造性地回答了对事关文艺繁荣发展的一系列带有根本性、方向性的重大问题，对在新的历史起点上推动文艺繁荣发展作出了全面部署。深入学习贯彻习近平总书记系列重要讲话精神，特别是在文艺工作座谈会上的重要讲话精神，是当前和今后一个时期文艺界的重大政治任务。

　　今年以来，中国曲协按照中国文联九届七次全委会和 2015 年全国曲协工作会议部署，把学习贯彻习近平总书记系列重要讲话精神不断引向深入，各项工作开展得扎扎实实、有条不紊，很多工作已经取得了阶段性成效，前不久刚刚结束的中国曲协送欢笑 10 周年系列活动就收到了良好的社会效果。这次"培英行动"更是中国曲协经过充分酝酿、精心准备，组织实施的一项十分重要的创新性举措，旨在帮助扶持优秀青年曲艺人才，努力成为新时期行业领军人物，引导广大曲艺工作者自觉成为时代风气的先觉者、先行者、先倡者。

　　借此机会，结合学习贯彻习近平总书记重要讲话精神，就进一步做好"培英行动"提几点希望，与大家共勉。

一、注重把价值引领结合融入

习总书记指出"文艺是给人以价值引导、精神引领、审美启迪的"。文艺之所以能够在举精神之旗、立精神支柱、建精神家园方面发挥不可替代的重要作用，关键就在于文艺的价值引导作用。人是价值的载体，文艺工作者更是灵魂的工程师，其自身思想水平、业务水平、道德水平从根本上决定了文艺价值引领和导向作用的发挥。在"培英行动"中，青年曲艺家和曲艺工作者要自觉践行社会主义核心价值观，不断增强专业素养、提升思想修养、强化人格修为，做到创演与修身共进，追求人品与艺品俱佳，以高尚的职业操守、良好的社会形象、文质兼美的优秀作品赢得社会的赞誉和人民的喜爱。要把培育和弘扬社会主义核心价值观作为基本要求结合融入进去，广泛调动广大曲艺工作者和关心热爱支持曲艺的各方力量，充分运用评奖赛事展演、志愿服务、研修培训、理论评论、新闻传播、对外交流等各种载体和手段，用曲艺特有的方式推动全社会形成价值观自信和价值观自觉的良好氛围。

二、注重把行风建设贯穿始终

习总书记指出："文艺是时代前进的号角，最能代表一个时代的风貌，最能引领一个时代的风气。"文艺界行风体现着文艺战线的精神风貌和整体素质。各领域文艺领军人物是文艺界行风的主导力量，其作风良好，可以活一方、兴一方，相反则会乱一方、败一方。在"培英行动"中，青年曲艺家和曲艺工作者要自觉担负起引领行业风气的历史使命，潜心为艺、淡泊明志、心存高远、改革创新，增强荣辱与共、休戚相关的行业责任感，示范引领广大曲艺工作者真正形成命运共同体、价值共同体和责任共同体，为繁荣发展曲艺艺术和曲艺事业不懈努力。要进一步把行风建设作为一条主线贯穿始终，加强行业服务、行业管理和行业自律，大力倡导担当使命、扎根人民、创新求精、健康批评、崇德尚艺的良好风气，积极引导广大曲艺工作者提升职业精神、恪守职业道德、遵守职业准则，发扬光大曲艺艺术优良传统，努力使曲艺轻骑兵开创引领整个社会风清气正之先河。

三、注重把推出精品凸显出来

习总书记指出："文艺工作者应该时刻牢记，创作是自己的中心任务，作品是自己的立身之本。"创作生产优秀作品是文艺工作的中心环节，没有优秀作品，文艺就搭建不出与人民群众沟通的桥梁，就发挥不了弘扬真善美鞭挞假恶丑的功能，更担负不起时代和人民赋予的历史使命。曲艺界讲"人保活，活保人"，作品和人才二者互为根本、缺一不可。在"培英行动"中，青年曲艺家和曲艺工作者要把创作出思想精深、艺术精湛、制作精良的优秀作品作为一项最为重要的任务来完成，坚持以人民为中心的创作导向，坚持深入生活、扎根人民，做到既要身入，更要心入情入，敢于吃苦，忍受寂寞，花时间花力气反复打磨，用创作出有筋骨、有道德、有温度的优秀曲艺作品来交出满意的答卷。要把推出精品力作放在更加突出的位置，只要有利于产生优秀作品、发现培养优秀人才的活动都应该开展，只要有利于推出精品力作和推介领军人物的平台都应该搭建，只要有利于提高创作创新能力的方式手段都应该运用，努力在全国曲艺界形成不断出精品、出人才的生动局面。

四、注重把广泛团结形成机制

习总书记指出："要尊重文艺工作者的创作个性和创造性劳动，政治上充分信任，创作上热情支持，营造有利于文艺创作的良好环境。"前不久，总书记在中央统战工作会议上还指出"做好新形势下统战工作，必须善于联谊交友，统一战线是做人的工作，搞统一战线是为了壮大共同奋斗的力量"。党的宣传思想工作、文艺工作、统战工作，说到底都是做人心的工作。文联及其领导下的各文艺家协会作为党和政府联系广大文艺工作者的桥梁和纽带，其中一项最基本的职责就是，通过深入细致的工作，最广泛团结引领广大文艺工作者。在"培英行动"中，我注意到 10 位入选者来 8 个省市，有从事表演的，也有搞创作的，

每个人都有不同的专业，其中还有 2 位来自民营曲艺团体，可见中国曲协在这方面考虑得很周全，希望入选者进一步发挥示范引领作用。要继续扩大工作覆盖面，延伸沟通联系手臂，特别要关注关心体制外曲艺人才队伍，加强引导、帮助和扶持，把广泛团结形成一种机制，通过制订完善行业规范、行为守则、会员准入规则等方法，最广泛团结引领广大曲艺工作者一道为繁荣社会主义文艺事业贡献力量。

同志们、朋友们！

正值夏至，俗话讲"夏至伏天到，中耕很重要，伏里锄一遍，赛过用水浇"。包括青年曲艺工作者在内的广大文艺工作者是党和国家的宝贵财富，我们要政治上爱护他们、生活上关心他们，为他们创作表演搭建平台和舞台，提供方便和条件，努力营造人才辈出、才如泉涌的良好环境，培养造就一大批德艺双馨的曲艺领军人物，让曲艺牡丹之花永远绚烂地绽放，为推动文艺大发展大繁荣、实现中华民族伟大复兴中国梦贡献新的更大力量！

（在牡丹绽放——曲艺英才培育行动启动仪式上的讲话）

中国文联党组成员、副主席　李前光

2015 年 6 月 23 日

序 二

中国曲艺牡丹奖是经中宣部批准，中国文联、中国曲协共同主办的全国性曲艺艺术专业最高奖。通过第一届至第八届的成功举办，历经十六载的探索发展，牡丹奖在坚持正确导向、服务工作大局，继承优良传统、创新艺术实践，推出精品力作、发掘推介人才等方面发挥着无与伦比的重要作用，其权威性、公信度、影响力与日俱增，已经成为推动曲艺事业、繁荣曲艺艺术的重要平台。牡丹奖迄今评出了各类奖项340个，获奖者中有功劳巨大、德艺双馨的大家，有技艺精湛、八方闻名的名家，有扎根生活、独具匠心的曲艺作家，有著述丰厚、思想深刻的曲艺理论家，还有一大批胸怀理想、脚踏实地的优秀青年曲艺人才。在同这些优秀青年曲艺人的交流和交往中，我时常回想起自己满怀热忱与激情的青春岁月，忘不了给我帮助指导和提携鼓励的师长前辈，正是他们不计回报的奉献，真心实意的付出，为我铺就了壮阔的艺术之路，让我坚持走到了今天。而今天的青年曲艺人面对更加开放和多元的文化环境，面对更加复杂和多样的文化需求，面对更加艰巨和多变的文化考验，我们应该通过更加有效的办法给予他们支持扶持，帮助他们坚定理想、拓宽视野、增长阅历、提高本领，成长为曲艺艺术传承发展、继往开来的中坚力量。因此，我们中国曲协经过认真慎重研究和周密策划，决定实施"牡丹绽放——曲艺英才培育行动"这个重大项目，目的就在于更好地发挥牡丹奖的示范引领作用，为有发展潜质的青年曲艺人才提供更系统更有力的支持。

借此机会，我想对十位青年入选者如何更好完成"培英行动"，以期在艺术道路上取得更加丰硕的成果，谈几点看法和建议，这也是我从艺以来的感受和体会，希望与大家共勉。

第一，始终保持忠诚热爱的艺术品格。高尔基曾说过："天才就其本质而论只不过是对事业、对工作过程的热爱而已。"我们也讲："干一行，爱一行；爱一行，钻一行。"成就事业与忠诚热爱的品格总是相伴而生。即使有的人天赋禀异，但没有对事业的忠诚热爱、孜孜以求，注定是碌碌无为的。搞好曲艺艺术，最迫切、最重要的就是胸怀理想、心怀敬意、满怀热爱。马季先生就用他的一生诠释着这样的一种品格。在文艺百花凋零的岁月里，他矢志不渝、笔耕不辍，《海燕》《高原彩虹》《友谊颂》等作品不仅留下了时代的回响，更为相声事业留下了星星之火，即便背负着非议、忍受着冤屈，直至生命的终点他依然无怨无悔地牵挂着相声的明天。忠诚是信仰，热爱是力量，希望我们青年曲艺人能够在对事业对艺术的忠诚热爱中坚定方向、汲取能量，不断提高学养、涵养、修养，更好地把我们的曲艺艺术和曲艺事业予以传承和发扬。

第二，始终保持谦虚谨慎的艺术修为。《尚书》云："满招损，谦受益，时乃天道。"曲艺界也常说："上台如猛虎，下台似绵羊"，讲的都是一个道理。当下社会，娱乐至上、娱乐至死、奢华浮躁等这样那样的问题纷繁杂扰，对从事曲艺艺术的青年人而言，如何保持一份平常心以专心作艺，如何正确对待物质利益、荣誉声望与艺术追求之间的关系显得格外紧要。当袁阔成先生尊享"当代柳敬亭"美誉时，更让人心生敬意的是他一生对待艺术、对待听众、对待同行的那份谦虚谨慎。20世纪80年代，他委身在广电总局招待所一间临时搭建、只有五平方米的"小黑屋"中，虚心听取编辑和听众的意见建议，对不恰当的语言和用词及时修正润色,终于用三年时间打磨出著名的袁氏《三国演义》。谦虚谨慎是为人之道,更是深厚的艺术修为,希望我们青年曲艺人要有"谁无暴风劲雨时,守得云开见月明"之定力,虚心地向前辈向同行向群众学习,脚踏实地积累和钻研技艺,自觉抵制克服浮躁之风与傲慢之气,努力达到为历史存正气、为世人弘美德、为自身留清名的造诣。

第三,始终保持扎根生活的艺术做派。我们曲艺界老话讲,"要当好唱手,就得四海走"。"谁的见识多,谁的嘴会说;要想嘴会说,多唠庄稼嗑。""不隔语,不隔音,顶要紧的是不隔心。"这些话无不透彻出我们曲艺艺术与生活、与人民之间的本质关系。曲艺艺术是有着优秀艺术传统的,它跟百姓贴得最近,说的是百姓的事,讲的是百姓的话,唱的是百姓的情,以小见大,逗笑作乐,引人入胜,发人深省,促人深思。在侯宝林先生演绎的《改行》这部传统作品中,我们可以体会到各路艺人的神韵风采,聆听到惟妙惟肖的叫卖吆喝,欣赏到入木三分的京剧唱腔,进而咂摸出他对旧买卖行当、对传统艺术的细致观察,深刻展示出他深入生活、扎根生活、千锤百炼、反复琢磨的艺术做派。生活是我们的老师,也是我们艺术创作的源泉,只有体味生活的真实才能创造艺术的果实,只有把握人民的需求才能实现艺术的追求,希望我们青年曲艺人能真正求教于人民、求教于生活,体验世间百态、寻求艺术收获,用人民生活丰厚的滋养和沁润创作出更多有筋骨、有道德、有温度的精品力作。

第四,始终保持创新发展的艺术追求。"诗文随世运,无日不趋新。"曲艺界也有句艺谚叫作"一遍拆洗一遍新"。曲艺艺术血脉延续至今,关键就在于一代代曲艺人不断的创新发展。青年曲艺人要想有所作为、有所成就,没有一点创新精神是断然不行的。山东快书曾被叫作"说武老二""说大个子的",演出的曲目往往带有荤口的内容。高元钧先生自觉对山东快书进行了语言净化，吸收借鉴了相声、京剧等艺术形式，不断丰富表演风格和技巧，他给撂地的玩意儿平添了持久的艺术生命力，也正是他的改革创新，为这门艺术的发展奠定了坚实基础。传承是基础，创新是关键，希望我们青年曲艺人在坚持曲艺艺术本体的基础上，解放思想，敢为人先，集成对接不同艺术要素和技巧要素，吸收借鉴其他艺术形式和艺术门类，结合融合各种内容形式和观念手段，不断实现曲艺艺术的创造性转化和创新性发展。

第五，始终保持勇于担当的艺术自觉。"责重山岳，能者方可当之！"我们曲艺向来有"说书唱戏劝人方"的独特优势和优良传统。在举国上下大力弘扬社会主义核心价值观和中华优秀传统文化的今天，我们青年曲艺人更应担负这样的责任使命，围绕中心、服务大局，面向基层、服务群众。回顾过往，无数曲艺先辈为我们做出了表率：烽火硝烟中，"快板大王"毕革飞、我们的老主席王尊三用曲艺鼓舞了无数指战员与革命群众的士气；抗美援朝战场上，相声名家"小蘑菇"常宝堃与弦师程树棠用鲜血染红了异国他乡的土地；新中国成立初期，全国曲艺界四面红旗之一的郭文秋用《送梳子》展现了人民拥护的社会主义；粉碎"四人帮"后，《帽子工厂》《"白骨精"现形记》《假大空》《如此照相》等作品对极左思想如利刃般揭露讽刺，令无数观众深思。勇于担当是我们文艺轻骑兵的文化自觉、艺术自觉、价值自觉，希望我们青年曲艺人能够积极践行和弘扬社会主义核心价值观，将曲艺优良传统代代相传，呼唤和引领全国曲艺界为建设社会主义文化强国做出曲艺人应有的贡献。

同志们，朋友们！

习近平总书记指出，"青年兴则国家兴，青年强则国家强"。青年曲艺人正是中华曲艺艺术生生不息的希望和力量，他们的未来就是曲艺的明天，他们的成才就是曲艺的辉煌。希望曲艺界的同人们能够积极行动起来，给予我们的青年曲艺人更多帮助、扶持，更多鼓励、提携，为他们的成长提供我们的智慧和力量。我也真诚地呼吁，媒体朋友们能够给我们的青年曲艺人提供更多宣传推介的机会，用你们的生花妙笔叙述出他们的动人故事和独特风采！

　　"千里之行，始于足下。"今天的启动仪式只是一个开端，接下来我们将通过扎扎实实的工作，与我们的青年曲艺人一道，为开创曲艺艺术的美好明天，为繁荣发展曲艺事业和实现中华民族伟大复兴中国梦共同努力奋斗！

（在牡丹绽放——曲艺英才培育行动启动仪式上的讲话）

中国曲协主席　姜昆

2015 年 6 月 23 日

目　录

魏紫姚黄　用舍行藏

叮　当

时光永是流逝，内心波澜不惊。从 2015 年入选中国曲协举办的"牡丹绽放——曲艺英才培育行动"至今已两年有余，回眸两年来自己演艺之路的发展及在这一过程中成长的心路历程，颇有几分喜悦、几分收获，也有了许多的思考和感悟。

一、几多耕耘　几分收获

2015 年 6 月由中国曲艺家协会主办的"牡丹绽放——曲艺英才培育行动"正式启动，我很荣幸地成了首批 10 人中的一员，让我欣喜的同时，也让我感到了责任的重大，鞭策着我在追求艺术的道路上砥砺前行，2015 年 8 月 26 日参演的四川省曲艺研究院大型曲艺剧《笑娃娃的抗战》，我开始对自己的表演形式进行了一次自我挑战。《笑娃娃的抗战》是四川省文化厅为庆祝中国人民抗日战争胜利 70 周年而主办的"首届四川艺术节·四川省纪念中国人民抗日战争暨世界反法西斯胜利 70 周年优秀剧目展演"系列活动的参演剧目，它讲述的是曲艺人自己的抗战故事，是以著名金钱板表演艺术家、中国曲艺牡丹奖终身成就奖获得者邹忠新，著名清音表演艺术家、莫斯科世界青年联欢节金奖获得者李月秋的传奇故事为创作蓝本，剧中的主人公笑娃娃就是已故著名金钱板表演艺术家、中国曲艺牡丹奖终身成就奖获得者邹忠新，为了把握好"笑娃娃"这个人物，我做了许多案头工作，了解时代背景、分析人物形象，苦练手、眼、身、法、步等金钱板基本功，力所能及地将一个机灵果敢、忠义爱国的"笑娃娃"鲜活地呈现在广大观众面前。这次演出很成功，不但成为由文化部主办的纪念抗战 70 周年优秀舞台剧全国交换剧目，还获得了四川省文华奖表演金奖，我也收获了表演方面的重大突破。

　　文艺创作要为广大的人民群众服务。文艺来源于生活，服务于人民历来是广大文艺工作者艺术生命力之所在，2015 年 9 月，我参加了一系列惠民演出活动：四川省文联主办的"深入生活·扎根人民"采风创作暨文艺惠民演出活动，与我省其他 30 余名表演艺术家、书法家、画家一道赴阿坝州马尔康、金川、理县等地，为当地人民带来一场文化盛宴；四川民盟送文化下乡文艺演出，去了攀枝花市米易县、盐边县、凉山州会理县；在中秋节、国庆节来临之际，参加了由中国曲艺牡丹奖艺术团"送欢笑·到基层"惠民演出，为观众奉献一份特别的节日礼物。10 月，我赴巴中老区参加由中国曲艺家协会、四川文学艺术界联合会举办的"送欢笑"文艺惠民演出并向革命烈士敬献花篮。11 月，为省卫生计生委"健康相伴　幸福同行"文化惠民演出到泸州、广元、达州、南充、自贡等地进行巡演，创演的宣传分级诊疗制度的小品《极品诊疗》，再次一串三角，以幽默诙谐的方式介绍分级诊疗、单独二孩相关政策与知识，让观众在捧腹之余更加了解我省卫生计生政策。艺术创作不仅需要生活的积累，还需要借鉴、需要创新，带着吸收、借鉴向他人学习的虚心。同月，我参加了第七届全国曲艺创作高级研修班，在这里观摩到了同行的优秀作品，聆听了中曲协分党组书记驻会副主席董耀鹏、著名导演王宏、著名编剧陈亦兵等专家分别所做《曲艺创作表演漫谈》《讲故事和讲有意思的故事》《坚守与创新》等讲座，启发了创作灵感，引领了创作方向，感受到了一个艺术工作者对社会的责任和应有的操守，思考当前有些文艺作品粗制滥造、模仿抄袭的成因。11月18日，我参加了在京举办的践行《中国曲艺工作者行为守则》座谈会，并结合自身工作做"敬业奉献、说唱百姓"的报告，同时聆听同行"胸怀祖国、艺为人民""深入生活、曲随时代""敬业奉献、说唱百姓""崇尚学习、守正创新""敬重舞台、服务大众""尊师重教、包容和谐""健康批评、引领风尚""遵纪守法、公平竞争""德艺兼修、担当使命"等主题发言。11月20日"首届四川艺术节开幕式文艺演出"拉开帷幕，这场盛宴荟萃了四川文艺60年的发展之路，作为一名谐剧演员能参与其中，并表演谐剧《川军》片段，我感到无比的自豪和骄傲。习近平总书记在文艺工作座谈会上指出"坚持以人民为中心的创作导向，创作更多无愧于时代的优秀作品"，这与"深入生活，扎根人民"是一脉相承的。怀着对曲艺艺术和对观众的敬畏之心，我在省内和省外，通过下基层、送欢笑采风创作惠民演出等艺术形式，在广场、工厂、部队、学校、社区等为人民群众、部队官兵、学生等进行演出，如"文艺进军营·共筑中国梦"等累计演出100多场次，最远的到了阿坝若尔盖，行程累计数万公里，几乎到达了全川所有的老少边穷和革命老区。一天最多时演过四场，观众累计达十万余人，充分发挥了曲艺艺术小快灵的特点为群众送去了欢笑。我是一名曲艺演员，在一次次为人民传播艺术和欢乐的同时，越来越感到使命光荣、责任重大，必须"用心"才能得到百姓真心实意的掌声和喜爱。可以说我今天取得的那一点点成绩也是人民群众成就了我，接下来的时间，我将更加砥砺前行，用自己的一点点光，传递更多的欢乐和温暖。作为一名文艺工作者，在寓教于乐的同时，更要注重自己所应担当的对社会所进行引领的导向责任，要积极传播社会主义核心价值观，坚持以人民为中心的创作导向，弘扬中国精神、凝聚中国力量。"用现实主义精神和浪漫主义情怀观照现实生活，用光明驱散黑暗，用美善战胜丑恶，让人们看到美好、看到希望、看到梦想就在前方。""古今中外的戏剧存在的价值首先就在于他的'人学深度'。"事实上，无论是电影、电视还是戏剧，人道主义和人文关怀是最基本的核心，只有从"人"出发，才能够产生戏剧张力，才能够肩负文化使命。倘若编剧不"以人为本"，只关注于所谓市场需求，则创作出来的作品很可能敷衍于世，为了搞笑而搞笑，硬挠胳肢窝的感觉着实让人不尴不尬；而只关注于写作手法和表演方式，则作品有肉体而无灵魂，隔靴搔痒，难以令观众从内心接受。所以说，无论是表演者还是创作者，必须怀着诚挚的人文关怀，感受世事变化，目光如炬穿透人性最深处。因此我的表演创作皆来源于生活，着眼市井百姓，希望能够具有一定的社会容量和人文关怀。下乡演出对于我来说不是任务，而是一种心灵上的洗涤，一种最纯真质朴的欢乐。在"中国梦"的时代号召下，我努力创演反映老百姓喜闻乐见的作品。有针对性地以曲艺寓教于乐的特色，围绕宣传党的方针政策来编排节目；把握时代主旋律，使曲艺作品有笑点有亮点更有思想灵魂；拜人民为师，在老百姓的生活中汲取艺术养分，并在第一时间积累和收集创作素材。

2016年1月，我参加由省委组织部、省委宣传部、省文联组织的"深入生活，扎根人民"文化惠民演出。经雅安、苍溪、广元三地三场。雅安、苍溪、广元作为交通不便比较闭塞的地区，文化生活比较匮乏，能更他们带来欢乐，丰富他们的文化生活，使我感到莫大的快乐和幸福。同年2月，我作为中国曲协点评专家参加第十一届宝丰马街书会优秀曲艺节目展演，同时为中曲协牡丹艺术团代表进行两场表演，赴西安参加全国曲艺工作会议；3月，参加中国曲艺牡丹奖艺术团赴重庆九龙坡区走马"送欢笑到基层"惠民演出；5月，参加省文联百名艺术家采风创作"深入生活，扎根人民"惠民演出，赴绵阳、北川、青川、平武。2016年6月，我参加了四川省曲艺研究院创演大型曲艺晚会《蜀川风雅韵》，这是一台全新创排的晚会，晚会分为蜀都、蜀味、蜀景三个篇章，以说书的方式将三个篇章串联起来，说古今，品市井，评对错，论美丑，将四川的地方特色展露无遗，晚会集合了四川曲艺的主要艺术表演种类，人员均来自四川本土，让人感受到了传统曲艺的魅力所在，"今天终于看到活的叮当了。以前我只在电视里看过，现场看更搞笑、更直观"，观众拉着我的手如是说道，观众们的认可让我欣慰，可让我倍感幸运的是能与许多优秀的同行一起共祝晚会，这里有四川省歌舞剧院首席导演、国家一级导演，享受国务院专家津贴，文化部优秀专家，四川省十佳导演，创作作品曾两次获得"文华导演奖"及"文华大奖"和"文华优秀剧目奖"，还两次获得中宣部全国"五个一工程"奖的马东风，有国家一级编剧严西秀，曲艺专家、国家一级作曲王文能，还有中国曲艺牡丹奖获得者、国家二级员吴瑕，巴蜀笑星"矮冬瓜"、胖妹等，与他们同台演出，既给观众奉献了一台精致大气的曲艺盛宴，也让我从中吸取到了丰富的营养，为我的从艺之路增添了新的元素。7月，我随四川省曲艺研究院和四川武警总队文化服务小分队一起开启甘孜、阿坝州文化进军营慰问演出行，高原反应，强烈日晒不能阻止我的表演，看着年轻战士们的笑脸，身体虽然疲累，但我的心却始终暖洋洋的。紧接着我随四川省曲艺研究院为对口精准扶贫村松坪沟乡二八溪村联合举办祈福山会。为扶贫村的父老乡亲奉献一台长达三个半小时的曲艺精品演出。2016年10月，我赴台湾参加第六届海峡两岸曲艺欢乐汇首场演出。在此期间，我受到更多文化熏陶，中国曲协副主席、艺术研究院曲艺研究员吴文科老师对于谐剧的关注也给予我极大的肯定，对于未来谐剧的"破框"新发展，慢慢在我的心中成形。2016年11月，我赴北京参加全国第十次文代会，能够当上全国第十次文代会代表，第一次从成都来到北京参加中国文学艺术界联合会第十次代表大会，还坐在北京人民大会堂倾听到习总书记的重要讲话，对我来说，是光荣，是振奋。总书记"文运与国运相牵，文脉同国脉相连，广大文艺工作者要坚持以人民为中心的创作导向，坚持为人民服务、为社会主义服务，坚持百花齐放、百家争鸣，坚持创造性转化、创新性发展……做到胸中有大义、心里有人民、肩头有责任、笔下有乾坤，推出更多反映时代呼声、展现人民奋斗、振奋民族精神、陶冶高尚情操的优秀作品，努力筑就中华民族伟大复兴时代的文艺高峰"的话语时刻在耳畔回响，深刻感受到了一个文艺工作者使命光荣、责任重大，思考着自己如何做才能不辜负习总书记对文艺工作者提出的四点希望："第一，希望大家坚定文化自信，用文艺振奋民族精神。第二，希望大家坚持服务人民，用积极的文艺歌颂人民。第三，希望大家勇于创新创造，用精湛的艺术推动文化创新发展。第四，希望大家坚守艺术理想，用高尚的文艺引领社会风尚。"2016 年 12 月，我参加了"文化列车"活动赴红色革命老区巴中进行演出，巴中市是中国第二大苏区——川陕革命根据地的中心和首府，素有"红军之乡"之称。来这里演出在给乡亲们丰富文化生活的同时，也带来了党对老区人民的关怀，让老区的人民感到温暖。2016 年我被四川省委宣传部授予"深入生活，扎根群众"优秀文艺工作者，同期被评为优秀共产党员。2016 年 12 月 28 日至 29 日，四川省文学艺术界联合会第七次代表大会在成都举行，我光荣地当选为四川省文联第七届主席团副主席，这意味着身上的责任更大了，我不再局限于谐剧这一点上，而是将目光投向更广大的范围内，关注着四川文艺事业的发展，尽己之能，用己之力，让更多的人关注、支持、参与到四川省的文艺事业建设中来。紧紧围绕着四川省文联第七届目标，努力将四川建设成为西部文化强省。

2017 年对于我来说是全新的一年，是拼搏奋进的一年，也是充满动力和希望的一年。作为一名曲艺演员，作为一名中共党员，要时刻谨记自己的责任和使命，用自己微弱的光亮，带给更多人温暖。因此，便有了纯公益微电影《云上的奶奶》的拍摄。

1983 年出生的陈媛患有先天性小脑偏瘫，经历了颓废、希望、绝望后重燃斗志，在一系列家庭和自身变故后，用一根手指敲出了 13 万字自传式长篇小说《云上的奶奶》，从此打开了生命新的篇章。

经过与导演的交流和到都江堰当地走访，我被这样一个命运不幸却从不失去笑容的女孩儿深深感动，拍摄这部微电影的所有费用都是我个人资助，不是为了回报、不是为了荣誉，只是为心中那一点点的情怀。在这部微电影中，我的师父沈伐先生，各位曲艺研究院的同事们，分文未取，只是单纯地希望用这样一部公益微电影，鼓励全国 8000 万残疾者，让这些残疾勇士成为黑暗中的一颗颗水晶，散发出点点闪亮光芒。同时用爱铸造一座联通普通人与特殊人群的桥梁。向世人展示出他们的自强不息，追逐梦想，真爱生命，呼吁全社会的关爱，唤醒每个人内心的那份善良，延续爱与文明的传奇。而这也是我作为一名演员，能够尽到的一点点绵薄之力。正如习总书记讲话，慈善事业是惠及社会大众的事业，是社会文明的重要标志，是一种具有广泛群众性的道德实践，慈善事业在促进社会和谐中的作用日益显现。未来的我将会更加主动、勇敢地承担起相应的社会责任和义务，积极加入到慈善事业中来，以自己的爱心和善行，提升自身的社会价值，以自己的实际行动扎实推进和谐社会建设。

2017 年 7 月，我荣幸地当选为中国曲协副主席，这既是一种鼓励，更是一种鞭策，让我对曲艺的爱更加执着和坚持。曲艺的传承发展，需要崇德尚艺为基础代代相传，当艺术传承的责任落在肩上，必须"以人民为中心"的创作导向，紧跟时代步伐，集成创新，创演更多叫好叫座的传播正能量的曲艺作品，我对艺术的执着不是为名为利，不是为金钱为物质，而是为了心中的那点梦，是为了将欢笑洒向他人的愿望，是为了一种传承。如今我在艺术领域上取得了些许成功，但我从未沾沾自喜，依然保持一颗赤子之心。过去的我，能够忍受演员修行的枯燥和清贫，如今的我，同样能够拒绝物质与金钱的诱惑。

2017 年 8 月，我跟随中国文联、中国曲协文艺志愿团"送欢乐"走进革命老区巴中南江，巴中是四川第五个"中国曲艺之乡"，而南江是中国曲协"种文化，结对子"在全国唯一一个县。演出前中国曲协赠送南江县文联 800 本曲艺相关书籍，愿南江多培养优秀曲艺人才，创作出更多优秀曲艺作品。而在这一段路程中，我更深切地感受到艺术带给百姓切实的欢乐，那种发自肺腑，洋溢在老乡们脸上的笑容，让我久久不能忘怀。南江演出的几天后，我跟随其他曲艺老师们来到了我国西北边疆的新疆维吾尔自治区，参加文化部春雨工程——边疆兵团行文化惠民演出。去了新疆乌鲁木齐、石河子，哈密等地。把文化、志愿、边疆、少数民族四个元素统一起来，为边疆民族地区和内地搭建文化交流的互动平台，并为当地军民送去具有鲜明的四川民间特色、独特的民俗风情、深厚的巴蜀文化为内容的精品节目展演。观看本次演出的观众普遍来自第十二师的各个生产单位，其中，四川籍观众看完演出过后无不感叹，这么多年终于听到了乡音，感受到了乡情。他们都是 20 世纪参与新疆开荒建设的先驱，为祖国边疆的建设发展做出了巨大的努力。参观军垦博物馆后，让我深感震撼，革命先驱为了祖国的边疆建设，为了国家的稳定繁荣，舍小家为大家，而一个关于他们的谐剧雏形，也在我的脑中形成。通过本次文化交流，我们将认真学习借鉴新疆生产建设兵团在文化等各方面建设取得的宝贵经验，我们也将忠实履行文化志愿者的职责，为增进川新两地的友谊，为边疆民族地区的民族团结、经济发展和文化繁荣做出积极贡献。

"牡丹绽放"对我来说不仅仅是事业上的帮助，更重要的是我认识了一群志同道合的好兄弟，好姐妹。陈靓、刘芊君、贾冰、苗阜、庄丽芬、阿福吉祥夏吉平、任平、杨菲、暴玉喜。他们是牡丹中美的魏紫姚黄，更是曲艺界未来的中流砥柱。我们十位来自全国各地的曲艺后学因艺结缘，经过同台的演出，平时的互动有无，我收获颇多。玉喜谦逊踏实，埋头创作；任平弘扬清音，培育新苗；吉平文创结合，多才多艺；杨菲发展鼓曲，不遗余力；贾冰作品高产，演导并举；丽芬术业专攻，命连南音；苗阜陕派相声，捷报频传；芊君评话音韵，温婉动听；陈靓声台形表，满台生辉。可以说他们九位英才在各自的艺术领域所取得的可喜成绩和闪光点都是我学习的榜样。他们对曲艺艺术的努力付出、执着追求深深地影响着我，激励着我。"天地悠悠逆旅，岁月匆匆过客，吾也岂瓠瓜。四海有知己，何地不为家。"我们十个人，有着共同的理想，有着对曲艺同样的赤诚，这是我人生中最重要的财富。

二、几番求索　几许思考

我生于川长于川，是一位普普通通的基层曲艺演员，一路走来经历了无数次的坎坷，也曾有过放弃曲艺事业的念头。但是组织的培养、师父的教诲，同道的鼓励，让我坚持了下来。2011 年，四川省曲协策划举办了谐剧专场演出；2013 年，由中国曲协、四川省文联、四川省文化厅主办，四川省曲协、四川省曲艺研究院协办，"说唱四川——叮当谐剧专场"，演出三场取得了圆满成功。中曲协主席姜昆先生、中国曲协分党组书记驻会副主席董耀鹏先生、著名曲艺理论家常祥霖亲临，并在第二天主持了谐剧研讨会，对四川谐剧的发展给予了极大的肯定。同时鼓励我要扛起四川谐剧发展大旗。作为一个地道的重庆仔，我骨子里总是有那么些热情难以抑制，我的父亲是一名医生，以救死扶伤为己任，希望他的儿子能够继承衣钵；而我的母亲是一名工程师，内心慈爱柔软，将儿子的平安顺遂作为终身希望。无忧无虑的童年，医院到处都留下了我皮猴子般的影子；快乐的青少年时期，一路按部就班慢慢成长。24岁的我在长寿化工总厂团委做了一名助理政工师。可是这样的生活，却总让人感到一种倦怠，一种桎梏，每天听评书，听相声成为沉闷生活的唯一调味剂，可我心中那颗想要站在舞台上的心却时时躁动。终于有一天，我决定停薪留职远赴新疆寻梦，现在回首，其实我曾是"北漂一族"。在新疆和西藏的演员的经历并不能算上安逸，那时候我睡在地下室，全部身家只有300块钱，每天只能吃一碗牛肉面果腹。但是内心的一种长久以来的渴望却得到了些许的满足，那个时候的我虽然穷得叮当响，但是我相信，只要自己肯学肯练肯坚持，总有一天我也能够在观众的心中响叮当。艺名"叮当"也就在一家小小的牛肉面馆里产生了。

　　1999年，我遇到了人生中的导师，沈伐先生。沈伐先生是著名的谐剧表演艺术家，也是四川谐剧的第二代掌门人，对四川谐剧的传承和发展做出了重要贡献。四川谐剧是在20世纪30年代，"西学东渐"在中国再度兴起，西方的歌剧、话剧、电影等一些新的艺术表演形式不断涌入中国，使中国有了各种艺术形式嬗变的土壤的时期产生的。1939年，积极投身于抗日救亡宣传活动的王永梭先生创作自演的自称"拉杂剧"的《卖膏药》，拉开了谐剧的帷幕，1953年王永梭先生第一次以谐剧艺术界代表的身份参加了四川省第一次文代会，标志着新中国文艺对谐剧艺术的承认，谐剧获得了其应有的艺术地位。艺术的生命不仅在于创造，更重要的在于传承和发展，而沈伐先生的表演，成了谐剧的高潮，其小品《零点七》和《蓝贵龙接妻》则分别于 1986 年、1988 年登上了中央电视台春节联欢晚会的舞台，让亿万观众认识了沈伐，更感受到了谐剧的魅力所在，也将四川谐剧艺术推向全国范围。1999 年，沈伐先生应朋友之约到西藏拉萨演出，而那一次在台上表演的过程中，沈老师因我而笑，为我鼓掌。随着不断的沟通了解，我终于拜师沈伐先生。这是一场奇妙的"邂逅"，至今想起，仍是感动满满，幸福满满，而师父教给我的，不仅仅是表演的技巧，不单单是从艺者应该具备专业素质，更是作为一名专业的曲艺演员，为人为艺，要有"德"。2000 年经沈伐先生引荐，我拜师著名散打评书艺术家李伯清先生学习散打评书。同样，李伯清先生也要我有所"德"二位师父的"德、道教育"，在曾经的我听来就是老生常谈，可是随着岁月和经历的累积，才发觉人生遵守一"德"字，是怎样的一种磨砺与坚持。

德字拆分开来，为彳、十、目、一、心组成。"彳"，慢慢走，"目""十"目光永远朝着正确的方向；沈伐先生教导我"圣人常无心，以百姓心为心。善者吾善之，不善者吾亦善之，德善；信者我亦信之，不信者吾亦信之，德信"。要坚持中华民族的传统美德，忠、孝、仁、义、温良、恭敬、谦让，"德"的外化即为礼，在心为"德"，发之于心而表现为行为即为"礼"。无论何时何地，无论是否取得成功，这永是艺人者所必须的坚守。"一"，惟初太始。道立于一，造分天地，化成万物。原始归终。"心"遵循本性、本心。李伯清先生同时也给予了我内心的强大的力量，"三世一切诸如来，靡不护念初发心"无论是弊车羸马，布衣粝食，或者是富垺陶白，赀巨程罗，李伯清先生希望我能够永远坚持自己最挚爱的艺术，永远保存当初从艺的那颗心。

在两位师父的栽培下，我开始一步步实现自己的梦想。2003 年获得第二届巴蜀笑星擂台赛"巴蜀笑星"奖；2006 年我以优异的成绩考入四川广播电视台担任主持人，并于 2007 年被四川广电集团评为十佳节目主持人；2009 年 8 月，为保护和传承四川谐剧，四川省委宣传部、四川省文化厅按特殊人才引进，人事工作关系调入四川省曲艺研究院，职称评定国家三级演员。我由过去的"体制外或草根演员"变成了一位"专业演员"，我内心的感激难以言述，唯有用更高的标准、更严格的要求，不断的努力，回报我的观众和老师们。功夫不负有心人，2009 年我凭借谐剧《舍不得》获得第七届中国曲艺节优秀节目奖；2010 年，谐剧《超男梦》获"牡丹奖"优秀表演奖提名；2012 年，四川省第十二届戏剧小品大赛最佳表演奖（一等奖）；2013 年，由中国曲艺家协会、四川省文联、四川省文化厅主办，四川省曲艺家协会、四川省曲艺研究院承办了"说唱四川——叮当谐剧专场"；同年成为第六届四川省巴蜀文艺奖（曲艺类）获得者；2014 年，我终于凭借谐剧《麻将人生》获得第八届中国曲艺牡丹奖表演奖；2015 年，被中国曲协授予首批"牡丹绽放"艺大英才培育行动培育对象。中国曲协评书艺术委员会主任、评书表演艺术家田连元说过："艺术的道路是漫长的，得奖只是里程碑，里程碑的累积需要走很长的路，然而艺术道路永无止境。"2015 年之后的我，洗去铅华，给自己留下了更多的时间去思考和感悟。

　　人生的意义在哪里？或许在夜深人静下、在推杯换盏间、在不知不觉中，我们总会有意或无意地想起。而在牡丹奖之后，这个问题似乎更是不断被提及。是攫取利益，是获得溢美，还是顺其心意，自由自在？实话实说，凡此种种，皆在我脑海里浮光落影，可随着时间的洗礼和沉淀，两年后的今天，我认为人生的意义绝非一成不变，而是不断的"争而后得"，是苦求到认识的过程。对于今天的我，则是对艺术的继续探索，是对内心的不断感知，是对生活的无数次审美。那么，也有人问：艺术到底是什么？我常常开玩笑地说，你喜欢啥子？对喽，这都是艺术。

乍一听，俗气扑面而来，可细细一想，艺术其实就是以人为中心，提供美的愉悦享受，形成审美意识，完成自我认识与对世界认识的循环。

深山鸟鸣、流水潺潺，算不算得上是自然的天籁？新生儿的哭声又是否为母亲心中的美妙音乐？白露横江，老者独立一叶扁舟，可是一幅朦胧山水？夕阳下的金柳，摇曳翩跹，却能从中看到世间悲欢。

艺术是精神的产物，萌发自千万人的心灵，如同灿烂的阳光穿过阴暗愁闷的云层，见证人类的平凡，以及高尚。看到此，有人或许疑窦丛生，叮当何时变得深沉？作为一名曲艺工作者，一名谐剧演员，常常被外界所误解。能给受众带来欢乐是我的工作，而能让受众思考，却是我心所愿。工作至深夜，我经常一个人坐在茶桌前，脑中闪过一幕幕，悲也好、喜也罢，最终将自己放空。

艺术的魅力、在我心中的分量，倘若畅所欲言，总会有种故作清高之感，因此还是说一说我心中的执念，谐剧。在培英行动实施之后，我与其他英才间积极交流，曲协的各位老师也给予了我诸多的鼓励和建议，因此，对于谐剧，我有了更深层次的认识和想法。

巴蜀文化历史绵长，绚烂多姿。既可"尚逢骑羊子，携手凌白日"，也能"一夫当关，万夫莫开"。蜀人从容却稍显慵懒、巴人直爽但少城府，巴蜀文化交融荟萃更显人杰地灵。中国是多民族国家，而巴蜀地区则是多民族汇聚，自然有着丰富多彩的艺术形式：谐剧、清音、金钱板、四川扬琴、四川评书、竹琴。其中巴蜀人民凭借鲜明的性格、独特的审美以及过人的智慧，用谐剧的方式嬉笑怒骂。反过来说，正是因为谐剧来自四川，在巴蜀地区广泛传播，汲取众家之所长，其内容才更加丰富更加真实、更加具有历史的沧桑与厚重。

谐剧，顾名思义，诙谐剧，特点是幽默的方式，或是针砭时弊，或是抒发个人情感。谐剧其实是一种另类方式的喜剧。以方言为语言基础、以话剧表演方式为主，借鉴中国传统戏剧以形代物的表演特点，立足于社会现实，将人性的美与丑，浓缩在小人的世界里。通过以下看上的眼光，展示出当代社会种种人性和风气。

从喜剧这个角度来讲，谐剧是有声的哑剧、表演的相声。观众看了表演之后有笑声，说明表演是成功的。当然，这个"笑"不仅仅是简单的逗乐，由悲转喜，泣极而喜更是能印证表演者深层次的功力。我觉得谐剧是喜剧但却不轻浮，诙谐却不庸俗，拒绝哗众取宠，摈弃矫揉造作，反对油腔滑调。王永梭先生曾说："笑是个武器，对敌狠，对友和。"又说："笑要笑得有意义，要笑得健康"，否则，会"损害了内容，歪曲了人物"。由此来看，谐剧的"谐"是要适度的，"谐"是要有品质的。谐而"媚俗"，就有悖于谐剧的初衷了。

恩师常跟我们讲谐剧是"一人独演，独演一人"，其实传统的谐剧就是一个人在舞台上"发疯"。只由一个人演出满台人物，只由一个角色的语言、行动表达出一台人物的相互关系以及他们之间的思想性格冲突过程。一个人演一台戏，戏中人物的塑造体现在表演者的舞台行为和动作中，这对表演者来说是一种挑战。如何演好谐剧，王永梭先生曾有精到总结："寓情于幽默，何事不滑稽。老来怎评价？本色最相宜。"本色出演才能塑造真实的人物。

可以说谐剧是中国戏剧发展史上一道特殊的风景线，但遗憾的是，在艺术形式多样化的今天，谐剧似乎已遇到了瓶颈。谐剧的现状总结起来可以用"艰难困苦"四个字形容。

谐剧的"艰"，是传播方式的艰。虽然四川省通常被认为是方言较为强势的地区，但事实上由于"推广普通话"政策，四川方言的生存环境正受到强烈冲击。其次，四川话在广播、电视等媒体以及部分公共场合的使用受到一定的限制。而四川方言作为谐剧的一大特点，这就间接限制了谐剧的传播。

很多人都知道谐剧剧本的创作"难"。在市场经济大潮冲击下，编剧的创作与收入不成正比，创作失去了积极性，不少谐剧编剧都改行去写小品、电视剧，专业创作谐剧的编剧队伍急减，数量上不去，作品质量也江河日下。谐剧剧本的创作是编剧不断与演员沟通、不断修改，反复印证的一个过程，没经过专业培训的人是无法创作好的谐剧剧本的。

说到"困"，不得不说谐剧发展人才青黄不接的尴尬。中国曲艺家协会原主席刘兰芳一针见血指出，缺乏名演员是谐剧的症结。"谐剧在王永梭走了之后，就没有出过大师级的优秀演员，要知道一个剧种的兴起，优秀的演员是最关键的因素。"长江后浪推前浪，老一辈优秀谐剧演员已经抵近沙滩，而年轻一代演员的浪花却乏陈可言。

谐剧创立至今，历经了大半个世纪的风雨，花开花落间，时代进步下人们生活习惯和娱乐方式也在悄然而变，从传统的京剧、昆曲等各种传统地方戏，到舞剧、歌剧、话剧等西方剧种，均承受着新环境下电影等各种新兴娱乐方式的冲击，市场越来越窄。娱乐方式的层出不穷以及新一代对传统文化的热情退却是谐剧心中难言的"苦"。

谐剧的未来，是我追逐的梦。随着社会的发展，人们的审美也在悄然改变。谐剧是四川曲艺文化的精髓，需要我们传承，但盲目地传承并不能给这门艺术带来持久的生命力，因此，突破和创新就势在必行。既然是传承，就要有"传"有"承"，承接精髓的同时，也要突破创新，留传新的东西。那谐剧该如何创新呢？

2017 年我经过多年来对于谐剧未来思考的论文《探索谐剧之美破解发展瓶颈》在全国中文核心期刊发表（张旭东：《探索谐剧之美破解发展瓶颈》，《四川戏剧》2017 年第 4 期）。因此，此处笔者在此进行简要概括。

第一，破旧立新，别出心裁。从"一人独演、独演一人"到"一人独演；独演一人"。谐剧一直保持的"一人独演、独演一人"只不过是表演的呈现方式，而谐剧的精髓是台上众多人物的关系网络及虚拟交流，这才是谐剧传承的要义。我认为，外在表演方式的改变不但不会磨灭谐剧的精髓，反而能迸发出新的活力。

既然要创新，那"一人独演、独演一人"能否转变为"一人独演；独演一人"呢？简单说就是从前的谐剧是"一人独演和独演一人"，但我们能否转变为"一人独演或独演一人"呢？再具体点说便是"多人独演、独演一人"以及"一人独演、多演一人"。于是就有了严西秀老师创作、我主演的《麻将人生》和《弱势群体》的创新。《麻将人生》第一次打破了"一人独演"的框架，舞台被分割成四个相对独立的空间，每个空间都有一个角色，四个角色之间因为麻将产生一定的联系。从某种意义上说，也算是"一人独演"，但是充实了舞台，有利于带动观众的积极性，通过多个演员的表演，达到表演节奏上起了变化，避免了一个演员长时间表演的视觉疲劳。而《弱势群体》则在"独演一人"上面有了突破。表演者利用一块屏风换装，先后扮演四个不同的角色，每一个角色都存在着联系，而这联系就是谐剧本质的关系网络牵扯下的虚拟交流。根据现场的情况及之后的反映，演出是成功的，显然，谐剧所做出的创新得到了大多数人的认可。

第二，他山之石，百家之长。谐剧要发展，不仅要有对自身框架的突破，更要借鉴众多优秀的表演形式。俗话说，他山之石，可以攻玉，谐剧这块玉还需要更多的"他山之石"来琢磨，一琢一磨之间才能让谐剧之玉愈加完美无瑕。笔者自编自演的谐剧《步步高》，就借鉴了外国默剧"肢体取代语言"的表演优点，融入谐剧之中。当然，我的借鉴并非真正要以"肢体取代语言"，而是截取默剧肢体动作、面部表情传达精神面貌的特点，肢体动作和面部表情的幽默辅助谐剧本身的语言特色，以达到一举一动、一颦一笑皆有"文章"的效果。

一直以来，谐剧到底是戏剧还是曲艺见仁见智。无论是怎样的艺术，在经历了传统、反传统；和、分；最终最后都会变成相互融合、相互影响，我认为谐剧也是如此，"杂糅"一词或许再恰当不过。倘若谐剧能够集众家之所长，在曲艺和戏剧的碰撞和交融中产生新的张力，这也算是谐剧的一种变。

那么由此，我们是否能够两家结合的"跳进跳出"呢？笔者在与中国曲协副主席、中国艺术研究院曲艺研究所所长吴文科老师的探讨中得到了不少启发。王永梭先生《卖膏药》在上场伊始，王永梭先以哑剧的方式"讲述"这个卖膏药的人物，之后"跳进"角色，进行接下来的表演。那么，作为创新的一种思考，能否放大这样的表现形式呢？谐剧是戏，最开始的人物交代也是戏的一部分，而正文则是另一部戏，所以我们能否理解为这样的"跳进跳出"实际上就是谐剧的戏中戏。

第三，"化零为整"与"化整为零"。"化零为整"的方式能够将谐剧舞台规模化、内容丰富化、时间复杂化、历史多变化。简而言之，能够给予受众更大的大场面和更复杂的时间变化。在当年的优秀剧本中分理出一条逻辑线，按照线索进行关联。这样可以将原本只有几分钟的零星短小谐剧变成一台完整的谐剧专场。"化整为零"，"每一个在中国土壤上生了根的剧种都可以找到共同的悠久的历史根源，分享优秀民族传统所给予的巨大财富。"因此笔者认为，借鉴中国古代经典戏剧，一个优秀的长篇剧本也可以根据素材变成多篇谐剧。

第四，精简道具，鸿鸾凤立。在大多数人看来，谐剧场上有三个关键词：演员本人、无形第二人、道具。但笔者认为，道具的运用是为演出角色和无形第二人服务的，谐剧的精髓主要在于演员本人和无形第二人之间的关系网络及虚拟交流。因此，谐剧表演的重点应该在前两者，道具的运用应当精简化，非必要，则弃之不用。

第五，和"谐"互动，相依相存。舞台上狂风暴雨，现场的观众便能够感受风动雨滴；舞台上战火四起，现场观众体温瞬间上升。当然一方面需要舞台的硬件设施不断完善，更重要的是，无论演员还是编剧，在进行作品创作之际，就要想到与观众间的互动。笔者曾在"叮当谐剧专场"中进行过尝试，将舞台延伸至观众的最后一排，让所有场内观众共同参与。比如"我"现在跑到了悬崖上，有两种选择，跳或是不跳，也就是整个剧本有 A、B 两个线索和结尾，让全场观众选择，这样不仅带动了积极性，同时也能够保证老观众再次观看时的新鲜感。无论是现场观众场内的反响还是散场后的感受，我认为都是可行的。

第六，提青育才，果行育德。"叮当谐剧专场"虽以我命名，实际上是四川曲艺人的集体力作，从剧本的征集、创作、修改，到节目的编排，都倾注了四川曲艺人的一腔热情。通过专场演出，旨在鼓励更多具备一定潜质的青年曲艺演员追寻自己的艺术之梦，促进本土曲艺人才脱颖而出。

沉舟侧畔千帆过，谐剧的发展经过 70 多年的潮起潮落，到了而今迈步从头越的新的发展时期，如何将谐剧传承、发展下去，是摆在我们面前的一个课题。中国曲协顾问、四川清音表演艺术家程永玲曾说："弘扬中华曲艺，希望在年轻人身上。"我的师父沈伐先生及师祖王永梭先生都对此起了表率作用，他们都对于谐剧演员的培养尤为重视，王永梭先生不仅亲自指导学生，还大力发展女性谐剧演员，师父沈伐也是桃李满天下。古人曾云："致治之要，以育才为先。……苟不养士而欲得贤，是犹不耕耨而欲望秋获，不雕琢而欲望成器。故养士得才，以建学立师为急务也。"面对目前四川谐剧队伍：其一，从事谐剧创作的人少，之所以如此"萧条冷落"，是因为在市场经济大潮冲击下，编剧的创作收入不成正比，严重影响了创作热情，失去了创作的积极性，原有的不少谐剧编剧都改行去写小品、电视剧，专业创作谐剧的编剧队伍急减，数量上不去，作品质量也江河日下，目前谐剧高质量的作品可谓凤毛麟角。其二，谐剧演员数量少、素质良莠不齐，改变这种状况，我认为根本问题要热爱，学习谐剧的第一点便是爱，只有从心底喜欢尊重谐剧艺术，才能够坚持。同时，谐剧演员本身要具有一定的灵性，懂得举一反三，而且要多才多艺。在演员的培养上，首先要具备一定的文化基础，组成谐剧演员团，定时定期进行培训，无论从道德修养、心理健康还是演员专业素质，都要多手抓，多手都要硬。人才的培养非朝夕得就，这就如同园丁育苗，需要经心灌溉，我愿为谐剧花园里的园丁，为谐剧培养出簇簇新苗，让谐剧花园花团锦簇。

我记得中国曲协曲艺创作与教育委员会副主任、总政话剧团团长王宏曾说过：牡丹虽艳，但不能只图香飘一季，红极一时。历久弥香红极一世的途径只有一条：学习，继承，发展，再传承，积水成渊，积善成德，独成体系，香飘万里。"牡丹绽放"之后，我不会放慢或停止前进的步伐，我会坚持学习贯彻习近平总书记在文艺工作座谈会上重要讲话。"要把满足人民精神文化需求作为文艺和文艺工作的出发点和落脚点，把人民作为文艺表现的主体，把人民作为文艺审美的鉴赏家和评判者，把为人民服务作为文艺工作者的天职。"作为一名中共党员，我会一直坚守初心，在谐剧这片沃土里开疆拓土，为其插秧播种，培育新苗，我也会努力创作给老百姓带来更多的欢笑、思考和感悟；我更希望有更多的人关注、支持、加入谐剧队伍中来，让牡丹成为开不败的花朵，永放馨香。

文章的最后，我希望说一说题目——"用舍行藏"。出自《论语·述而第七》："用之则行，舍之则藏，唯我与尔有是夫。"记得一次陪两位师父沈伐先生与李伯清先生喝茶，李老爷子言：曲艺界的最高奖你得了，你还准备做什么？我一时语塞，须臾，言："当然是更好的作品，更高的艺术追求，更多的年轻人加入曲艺阵营"。李伯清先生笑："再之后呢？"沈伐先生在一旁淡笑不语。"叮当，送你四个字——'用舍行藏'"。我恍然顿悟，当群众需要的时候，我要努力创作出更好的作品，培养更多的人才，当有后起之秀时，我愿意同师父一样退居幕后，为更多的年轻俊秀开路为砖，尽自己对曲艺的最大努力、鞠躬尽瘁。这是最近我慢慢懂得的道理。

叮　当

2017 年 8 月 27 日

不要怕

原创：叮当汪明辉

时间：当下

地点：某彝寨

人物：沈老——男，医疗扶贫干部

　　　妻子——女，沈老妻子，卫计委干部

　　　尔莫——彝族男村民

　　　曲比——彝族女村民

　　　小宝——彝族留守儿童

妻子：老沈——老沈——

妻子：哦哟，这么多人，好热闹啊，大凉山的乡亲们简直太热情了。

妻子：看到我们老沈没得？就是那个精准扶贫的沈医生啊？说好
　　　的来接我哒，人呢？电话也没得人接。你们看到老沈没？

妻子：老沈——沈伐。

沈老穿靴带伞上台。

沈老：嘿！老婆，我在这儿，这儿——你都到了啊？

妻子：老沈！

两人舞台相会。

沈老：老婆。

两人伞后亲热：嗯——嘛。

妻子：好了，好了，这儿这么多人。

沈老：大半年没见面了，他们都懂的。

妻子：是，他们都懂，就是你不懂。都退居二线了，还是闲不住。争到抢到的跑到这大凉山来参加扶贫工作。

沈老：你晓得我们省卫计委宣教中心的人手少、工作重，既然我退居二线了，原来的本行又是全科医生，刚好可以继续发热发光嘛！

妻子：才大半年，又黑了、瘦了。都差点儿认不到啰。

沈老：但身体更壮了。

妻子：大半年都不回来看人家一次，壮、壮有屁用。

沈老：是是是，我的错、我的错。呃，扶贫物资都到了吗？我马上安排人卸货。

妻子：你就只记得到你的扶贫物资。要不是刘主任照顾我们，安排我押送这批物资，怕你就真的把我忘啰。

沈老：我就是把自己搞忘了，也不敢忘了亲爱的老婆你噻。来，这边坐。

两人坐下。

沈老：挨拢点嘛。

妻子：咦——放开手。

沈老：怕哪个嘛？我们是领了执照的合法夫妻。

妻子：合法夫妻有咋个？给你打那么多个电话都不接人家的。

沈老：我可能没听到手机响嘛。

沈老一摸衣袋，惊愕。

沈老：咦——

妻子：咋个？又把手机掉了？

沈老：应该掉在家里了。

曲比惊慌慌地跑来。

曲比：阿哥——阿哥——你的手机，忘在我家里了。

沈老尴尬地苦笑。

妻子：？

沈老：原来掉在你家里了？

曲比：是啊，阿哥，你的手机忘在我家里了。都掉了三次了，你
　　　下次要注意哦。好多的电话哟，我都不敢接。

妻子：等到起，（指老沈）你说的掉在家里了？

沈老：是啊

妻子：（指曲比）你说的掉你家里了？

曲比：是的嘛！我的家我的家，阿哥说，我们就是一家人。

妻子：你跟她是一家人？

沈老：嘿嘿，可能你没有明白曲比阿妹的意思。事情不是你想象
　　　的那样的。

妻子：都阿哥阿妹的叫得那么亲热了，还会是哪样的？说！

沈老：（苦笑）我是早上去她家帮扶的时候，不小心掉的。

曲比：对对对，是阿哥不小心掉的。阿哥，你下次一定一定要小
　　　心啊！

妻子：阿哥的手机掉在阿妹的家里，嘿嘿，就是太不小心啰。

沈老：曲比阿妹，这是我的老婆，你的沈阿嫂。快叫阿嫂。

曲比：啊，您就是阿嫂啊？您好您好。

妻子：好啥子好哦，没得你们好哦。

曲比：嘿嘿，自从沈阿哥来了以后，我们是好得很嘛。

沈老：曲比阿妹一家是我的帮扶对象。

妻子：解释就是掩饰，掩饰就是编故事。

沈老：我咋个敢在你面前编故事嘛。事情——

妻子：你闭嘴。（指曲比）你说。

曲比：好，我说。——我说什么？

妻子：说你的阿哥是怎么帮忙的。

曲比：嗨，这事情，说来就话长了。

妻子：那就长话短说，捡具体的说。

曲比：好，具体就是我的家里的，也就是我男人，那方面不行。

妻子：哪方面？

曲比：就是做男人那方面啊。

妻子：哦。我懂了。你家里的男人不行，就叫你沈阿哥来帮忙？

曲比：不是我叫，开始应该是我先有想法，但有点儿不好意思。
　　　后来是阿哥主动跟我提出的，他说一定会帮助我怀上娃娃
　　　的，并且说一分钱都不会收。

沈老：她好像没有表述清楚，听我说。

妻子：行，你只需要说你这忙，你帮了还是没有帮？

沈老：肯定帮了噻。

妻子：对啰，承认了嘛。

沈老：我好久承认了嘛？

妻子：老实交代，那是什么时候开始的呢？

曲比：从阿哥来我们这里没多久就开始了。

小宝拿着试卷跑出来。

小宝：阿爸——阿爸——

沈老：慢点，小宝。放学了？

小宝：阿爸，我这次考试得了一百分，老师说让阿爸签字。

沈老：好好，阿爸给你签字。

妻子：好啊，娃娃都这么大了，看你还有啥子说的？沈伐啊沈伐，难怪你要争到抢到来扶贫，原来是有情况了索！你这种下流、卑鄙、无耻的事你都干得出来。

沈老：我是帮助给她男人治病，咋个就无耻下流了哟？

妻子：治病？

曲比：对，阿嫂，我说的就是阿哥帮我的男人治疗不育症的事情。

妻子：编——使劲编。

沈老：事情本来就是这样的。

沈老：老婆，你要相信我啊。这些都是误会。

妻子：好，我不误会你。那我问你的这个阿妹，你叫沈医生什么？

曲比：阿哥啊。

妻子：那这个娃娃，你过来，你叫他什么？

小宝：阿爸呀。

妻子：这难道还有误会吗？这是多么温馨、圆满的一个家啊。沈医生啊沈医生，你枉自组织培养了这么多年，你对得起身上这身洁白的服装吗？你对得起你的老婆——不说老婆，你对得起你的家庭、孩子吗？走，马上跟我回宣教中心，找领导评评理。我要跟你离婚。

尔莫冲出来。

尔莫：啥子事？啥子事？放手、放手。

沈老：尔莫，这是你沈阿嫂，你快帮忙解释一下。

尔莫：哦，原来是阿嫂来了哇。好……我是尔莫，我……解释啥子？

曲比：大嫂误会小宝是我跟阿哥生的娃娃，你快解释清楚。

妻子：人证物证俱在，还需要哪个来解释。

沈老：哪里有人证物证哟？

妻子：那个手机就是物证，掉在那个女人的家里的，这个娃娃就是人证，一口一声阿爸。

尔莫：哦，就这个人证物证啊，那我这里还有铁证，证明沈阿嫂误会了沈阿哥。

妻子：铁证？在哪里？

尔莫：我就是铁证。

妻子：你？凭啥子？

尔莫：因为我和曲比就是两口子。

妻子：他们是两口子，真的？

沈老：嗯！

妻子：真的？

曲比：对，我就是尔莫的婆娘。

妻子：那这个娃娃咋个叫他阿爸呢？

曲比：这是沈阿哥照顾的留守儿童。

妻子：留守儿童？

尔莫：对，寨子里还有沈阿哥照顾的五个留守儿童，他们都叫他阿爸。

曲比：阿嫂，你不知道的，我们寨子原来又偏远又落后的。

尔莫：是沈阿哥帮助我们改掉了不健康的生活习惯，教他们学习知识，提高了医疗条件。让我们开始摆脱贫困的帽子。来，小宝给大家表演一个。

小宝：好！

沈老：就表演我教你那个《民族大团结》吧。

妻子：好！小宝，你喊他喊阿爸，那喊我应该喊啥子呢？

小宝：阿婆！

沈老：小宝，你喊我喊阿爸，那应该喊她阿妈了噻！

小宝：嗯。阿妈！

妻子牵起小宝。

哎呀，那你怎么不早跟我说呢？

沈老：这有啥子好说的嘛，就是尽点职责的事。所有来大凉山的
　　　扶贫干部都是这样的。

妻子：老沈，你做得对。你政治觉悟高。我啊应该多向你学习！

音乐《不要怕》起，舞蹈演员分批次上台。

尔莫：阿哥，我刚刚听说你要回成都了啊？

沈老：都下来扶贫三年了，我要回去了。

曲比：阿哥，乡亲们都舍不得你，你可以不走嘛？你走了，哪个
　　　给我们看病嘛！

沈老：曲比阿妹，不要怕，虽然我走了，但还会来更多的医生，
　　　让我们老百姓能够看得到病，看得起病！不过你们那些不
　　　健康　的生活习惯，是应该改得了！

尔莫：沈阿哥，你不要走嘛，我怕啊，你走了这贫困的帽子又要
　　　戴回去了！我怕啊！

沈老：尔莫兄弟，不要怕！精准扶贫扶的就是人心，扶的就是幸福，
　　　我们一定要丢掉贫困的帽子，以后的日子肯定会好起来的。

小宝：阿爸阿妈不要走，小宝怕。

沈老：小宝不要怕，答应阿爸，要好好学习，学好本领，将来建
　　　设我们的美丽四川，美丽大凉山！

　　小宝：好！

　　妻子：对，小宝，好好读书，今后考到成都来读书，就住在阿爸
　　　　　阿妈的家里。好不好！

　　沈老：没有全民健康，就没有全面小康，健康中国是党对人民的
　　　　　郑重承诺，乡亲们，不要怕，我们党和国家就是要让我们
　　　　　住上好房子，过上好日子，养成好习惯，形成好风气！

音乐1分07秒处全体歌舞。

修德 明志 练艺 兴业

暴玉喜

2015 年 6 月 23 日，我荣幸入选中国曲协"牡丹绽放——曲艺英才培育行动"首批 10 人。如此崇高的荣誉和难得的机遇，对于一直在基层摸爬滚打的我来说，备受鼓舞，倍感珍贵，倍加珍视。拿什么来回报中国曲协对我的信任和期望？靠什么来担当起这份千斤重担和沉甸甸的责任？一个坚强的决心在我的内心深处暗自下定，这就是竭尽全力，奋力拼搏，干事成事，不辱使命。

信任、期望，使命、担当，促使我始终怀着一颗感恩的心、捧着一片滚烫的情、带着一种用不完的劲，走上曲艺的大舞台，走进生活的最前沿，走到百姓的心里边。两年来，多少个不眠之夜，多少次艰难跋涉，多少回苦苦煎熬，我都不离不弃，乐观面对，如痴如醉，无怨无悔。曲艺已融入我的血液，融入我的生命，融入我的点点滴滴，我甘愿用毕生的精力为之奋斗，为之奉献。

一、潜心"修德"，努力做一个道德高尚的曲艺人

精神的力量是无穷的，道德的力量也是无穷的。厚德载物、德行天下的优良传统，是中华民族生生不息的强大动力。作为一名曲艺人，德

艺双馨，至关重要。两年来的培育行动，给我最大的收获，就是不断锤炼着我的道德品质，时刻修正滋养着我的道德情操。

（一）一次远征，一次洗礼

震惊中外的中国工农红军二万五千里长征，在中国人民心中，长征已成为不畏艰难险阻、夺取胜利的代名词。2016年9月22日至29日，纪念红军长征胜利80周年之际，我随中国曲艺家协会赴广西、湖南、江西三省开展"深入生活、扎根人民"曲艺名家新秀"重走长征路"采风创作主题实践活动。行程数千公里，重走长征路，探寻革命旧址，查阅党史资料，倾听苏区故事，送欢笑慰问演出。此次近距离地触摸长征和亲身体验，极大地丰富了我的人生经历，深深感到：重走长征路是一次心灵净化之旅，是一次时刻让人体验艰难、崇尚信仰的朝圣之旅，更是一次鼓舞士气，树立理想的抱负之旅。

这次重走长征路给我印象最深的是"红都"瑞金，她不愧是共和国的摇篮。当年，老一辈无产阶级革命家在这里发动群众开展土地革命，开展武装斗争，进行伟大的革命实践活动，创造了光辉的业绩，建立了中国有史以来第一个全国性的人民民主政权中华苏维埃共和国。当年瑞金参加革命的有49000多人，其中参加长征的有31000多人，为革命捐躯的有名有姓的烈士达到17166人，其中牺牲在长征途中的烈士有10842人。如今的瑞金，拥有180余处红色旧居旧址，10000余件珍贵的革命历史文物。睹物思情，心中激荡。红军桥、红军帽、红军井、红军烈士纪念塔等一个个红色遗址深深定格在我的脑中，八子参军、十送红军、华屋17棵青松、陈发姑一生守望等感人心脾的红色故事穿透着我的内心，震撼着我的心灵，我不断咀嚼英雄的故事，我不断酝酿心中的热望，我在用情用心敞亮心中的情愫，用一幕幕萦绕于心的事迹化为我创作的动力。我用自己的真情实感投射到可敬的红军战士中，用深情讴歌先烈，把长征的经历深藏在心底，灌注于血脉，我思如泉涌，一写好几个通宵，都不知疲倦。一口气创作出沁州三弦《十七棵松》、长子鼓书《长征托婴》《心中的丰碑》。带着思念，怀着崇敬，跨越历史，穿越时空。在心中颂扬传唱：长征您是一种精神，您是风雨见证。80年的风雨历程，孕育着一幅幅饱经风霜的憧憬；80年的信念追求，支撑着一颗颗永不服输的坚定。不忘初心，继续前进；不忘初心，劈浪前行。

我于1999年12月加入中国共产党，算起来，也有18年党龄了。回忆当年面对党旗的那一刻，我郑重宣誓的场景仍历历在目。通过一步步的长征路，一部部的长征主题作品，感受长征精神带给我的无穷动力，感悟长征精神带给我的洗礼震撼，感到长征精神对我人生的价值信仰，特别是党性观念和党性修养，可以说是一次彻底的全面的加强。身为党员，就要奉献；身为党员，就要率先垂范；身为党员，就要对党忠诚，不忘初心，奋力前行。我把曲艺当作忠诚党的事业，把履职尽职当作履行党员的义务，时刻以一名共产党员的标准严格要求自己，时刻以共产党员的先进性鞭策激励自己，带着对党的忠诚和爱戴我投入到曲艺创作中。我也因此荣获长治市优秀共产党员、山西省德艺双馨艺术家荣誉称号。

（二）一座丰碑，一面镜子

现代小说家、人民艺术家赵树理是中国曲艺家协会的创立发起人、首任主席。2017年6月24日，我参加中国曲协、山西文联和沁水县委、县政府共同举办的纪念赵树理诞辰111周年座谈会，并赴嘉峰镇尉迟村参观赵树理故居，到赵树理陵园祭拜。晚上参加中国曲协文艺志愿服务团"送欢笑走进赵树理故乡"专场慰问演出。一点一滴，一时一刻，一字一句，我在用心写着《文以载道大美人生——像赵树理那样做人和作文》。一段《谷子好》蕴含亘古绵长的大地之美；赵树理的曲艺作品承载着历史的责任之美；赵树理的语言精髓传递人生的价值之美；赵树理的人性崇高彰显德艺双馨的创艺之美。赵树理生在农村、长在农村，熟悉农村，深知农民，热爱农民，他生活艰辛的年代，面对恶劣的环境，撰写出举世闻名的惊世之作，以他超人的意志，把那说不尽的乡愁，诉不完的乡苦，嚼不够的人生都化作了农民朋友们喜闻乐见的故事，同时，又把自己的感受和希望播撒到广袤无垠的土地中，散发泥土的芬芳。

　　赵树理作品语言的灵动性，始终散发出土地的清香，作品中的每一句话，每一个字都是从沃土中孕育出来的。透着浓烈的生命气息，浸润厚重的生活沃土，凝成文字的乡土气息，语言没有丝毫的生僻和生疏，字字句句都是真挚情感的流露和释放，让我身临其境，使我感到我们在和作品中描述的物象、人物展开心灵的对白。赵树理的语言文字不是矫揉造作、牵强附会的，不是苦思冥想、挖空心思想出来的，而是自然地流露。他常说："好的作品语言是人人能够看懂的，尤其让农民看懂。所以一个作家就应该随时随地收集东西，观摩事物活动过程，并且从中顺手抓取具体的引人启发的故事，慢慢积累，用时方便，这样才能写出好作品。"所以，他的语言都是长期观察生活，积累生活，反映生活的真实写照。这种善于观察生活、感悟生活的创作方法，我们应该很好地学习和借鉴，应更加自觉、更加主动地融入实际、融入生活、融入群众。自觉深入生产生活的第一线，从人民群众的火热生活中挖掘素材，从人民群众的实践创造中提炼主题，从人民群众的审美需要中汲取灵感，从人民的日常生活中汲取营养，不断进行生活和艺术的积累，不断进行美的发现和美的创造，把创作的根基深深地扎根于社会生活和人民群众之中，静下心来、潜心创作，挖掘生活中鲜活的语言，生动的故事和丰富的思想情感。赵树理不仅为我们留下了脍炙人口的优秀作品和群众喜爱的艺术风格，也为我们留下了一笔宝贵的人格财富。他长期和群众同吃同住同劳动，农村的活计他样样精通，耧犁锄耙样样在行。他精通戏剧的唱腔、板式，操起乐器就能吹奏，拿起鼓板就能敲击。他把和群众拉家常，解难题当成生活的乐趣，把为人民创作作为自己的使命天职。他潜心创作、精心为艺、立心修身的品格对于我们来说是一笔宝贵的财富。我们就应该像他以"板凳须坐十年冷，文章不写半句空"的刻苦钻研精神，精雕细琢，精益求精，努力攀登艺术高峰，努力创作出书写人民伟大实践、体现时代进步要求、有正能量、有感染力，能够温润心灵、启迪心智的优秀作品。

走进赵树理的人生，走进赵树理的作品，如饮琼浆，如沐甘霖，让我从业的方向更加明确，让我扎根人民的决心更加坚定。我是一名农民的儿子，我生在农村，长在农村。农村是我值得留恋的东西，农村有我写不尽的感动故事。每次回到家中，我就奔向田野，呼吸泥土的芬芳；我就跑到农民家中，和农民促膝相谈。群众待我如亲人，我蹲在民间艺人的家里，倾听那一曲曲田间的欢唱和艺人的心曲。这一刻，我认为我是世上最幸福的，听取新鲜事、记录新鲜事、演绎新鲜事，那一曲曲乡间小曲催促我写农民、写百姓、写生活、书真情。带着对人民的热爱、对生活的感悟、对乡村的眷恋、对曲艺的虔诚，我进入艰苦的创作和体验之中，进入长期的积累和升华，不断用敏锐的眼光发现题材、挖掘题材、感悟题材、提炼主题，接地气、传真情，让作品始终透着温度、厚度和高度，传递时代正能量，奏响时代最强音。

（三）一代楷模，一种精神

2016 年 3 月，受中国曲协的安排，让我以长子鼓书的形式创作一部反映全国第五届诚实守信模范刘真茂的故事，要在全国进行巡回演出。带着敬意和追求，我走近刘真茂。

刘真茂，湖南省郴州市宜章县瑶岗仙镇退休干部。30 多年如一日，甘于寂寞与艰辛，坚守在义务护林第一线，自掏腰包建立护林哨所，与偷伐偷猎者斗智斗勇，尽一生力量守护湘、粤、赣三省交界的一块绿洲。1993 年，在护林队经费短缺、人员纷纷下山离开的时候，刘真茂却毅然决定自掏腰包重建观察哨，继续坚守。他的妻子没有工作，办了一间小卖部，两个孩子在学校读书，她身体有病，没人帮忙是做不过来的。妻子说，护林队垮了，你还管那么多干什么？"几十万亩山林，是一笔多大的财富，要是毁了，怎么向后代子孙交代？"随后，在海拔 1600 米的山坳上建房子，沙子、水泥等所有材料都要靠肩膀背上去。他把多年积蓄的 36000 多元全投进去了，家里的小卖部只好关门。观察哨离最近的村庄也要翻数重山，走四五个小时，没有电灯，没有电视，只能听收音机，看老报纸。他每天巡山要走 30 多公里山路，30 多年来巡山总里程相当于绕地球 10 圈。为节省时间，他养成了一天只吃两顿的习惯，有时只带几个红薯上路。退休后，他完全住到了山里。小儿子结婚办喜事没有回家，春节团圆他也没有回家，30 多年来有 22 个年头是在哨所中辞旧迎新。

感人的故事深深感染着我的内心，我从刘真茂 30 年的坚守入手进行构思和提炼主题。因为 30 年的诚信构筑起刘真茂信念的永恒和崇高；30 年的守望诠释了他坚忍的意志和博大情怀；30 年的追求换来了狮子口大山的葱绿叠翠，碧野秀美；30 年的奋斗铸起了一座诚实守信的道德丰碑。我要力求把刘真茂的感人事迹写成通俗易懂的长子鼓书，弘扬主旋律，传递正能量。让全国人民感受一颗道德的良知和无私奉献的胸怀，要让刘真茂的感人事迹通过长子鼓书的形式传播出去，传唱下去。让刘真茂的感人事迹通过艺术的渲染，嫁接出社会责任的累累硕果。

在内容挖掘方面，我把长子鼓书的板式尽量充分应用，流水板、叫板、起板、数板、踩板、悲板、栽板、甩腔等互相渗透，让板式之间的衔接流畅、自然。如：开场的四句提纲引领下文"林海苍莽绿浩荡，层林尽染入画廊。诚信二字千斤重，大山卫士挺脊梁"。道完之后用叫板引出叙事性的流水板；刘真茂言行的表达，故事的延展用数板和跺板加快节奏来增强气氛。刘真茂妻子和他的一段对白中如泣如诉我用悲板表达。与盗贼慷慨陈词体现气势磅礴我用甩腔设计，结束唱段用栽板。用长子鼓书板式的多样性把刘真茂感人的故事充分展示和渲染。在唱词结构的把握上，我尽量用工整的七字句或者十字句，无论是演员道白，还是唱腔都让表演者刘引红利于发挥，且讲究押韵，用通俗的语言春风化雨，润物无声。

2016 年 7 月 27 日晚，由中央文明办、中国文联共同主办，中国曲艺家协会承办，首都文明办、中国人民大学协办，2016 年第五届"全国道德模范故事汇"基层巡演启动仪式暨首场演出在中国人民大学拉开了序幕。长子鼓书《大山卫士》博得了在场观众的热烈掌声，大家在欣赏长子鼓书优美旋律的同时接受道德的熏陶。

演出结束后，我在后台见到了刘真茂，并且和他进行了长谈，朴实干练，神态刚毅。他紧紧握着我的手，让我有机会亲自到他的狮子口大山参观他们的林木。质朴的语言，坚定的信念，蕴含着刚毅、果敢和奉献，令我感动，催人奋进。随后，长子鼓书《大山卫士》先后在河南、河北、湖南、黑龙江、山东、福建等地进行了巡演。在第九届中国曲艺牡丹奖颁奖系列活动中，长子鼓书《大山卫士》走进了江苏师范大学，所到之处，刘真茂的感人故事都在大家心中激荡，现场观众通过刘真茂的感人故事回应真善美，弘扬真善美，传递真善美。这种精神穿越大家的内心，震动大家的心灵，让中华民族的优秀传统美德得以弘扬和传承。

通过创作长子鼓书《大山卫士》，我在刘真茂身上感悟到一分责任和坚守，感悟到做人从业的道德情操，更加坚定创作精品的动力和信心。同时也让我进一步深深感悟到：创作的根基在生活，创作的灵感在一线。

只有深入生活，扎根基层，作品才能接地气，有活力。

（四）一次盛会，一种担当

2017年7月17日至21日，我有幸参加中国曲艺家协会第八次全国代表大会，在会上亲自聆听了中共中央政治局委员、书记处书记、中宣部部长刘奇葆在大会上作的重要讲话，特别让我感动的是刘奇葆部长在讲话中提道："广大曲艺工作者认真贯彻党中央精神，倾情投入、辛勤耕耘，推动我国曲艺事业在继承中发展、在开拓中前进，曲艺园地呈现出百花竞放的喜人景象。曲艺创作不断繁荣，题材样式丰富多样，推出了相声《新虎口遐想》、弹词《徐悲鸿》、鼓书《腊月天》等一大批雅俗共赏的优秀作品。"在八次曲代会上，我创作的长子鼓书《腊月天》得到中央领导的充分肯定，我感到无穷的动力，并在中国曲艺家协会第八次全国代表大会上全票当选中国曲艺家协会理事。这是中国曲协对我的关怀和信任，也充分寄托中国曲协对我的莫大希望。这是一种责任，更是一种担当。在18日晚上牡丹绽放——曲艺英才汇报专场晚会上，我创作了鼓曲联唱《牡丹绽放撒芬芳》在中央电视台"我爱满堂彩"的舞台上得到展示。"中华曲艺源流长，曲种纷呈绽芬芳。勾栏瓦舍评天下，街头巷尾说沧桑。琴筝弦鼓匡民意，说学逗唱话兴亡。中华传统文脉远，薪火相传万古长。（白）相声、快板、快书、数来宝，评书、评话、评弹、莲花落，北京琴书、长子鼓书、四川竹琴、三弦书，京韵大鼓、潞安大鼓、凤阳花鼓、太平鼓，中华曲艺源远流长，大气磅礴，荡气回肠。（唱）长江后浪推前浪，牡丹绽放百花香。深接地气唱人民，讴歌时代放光芒。一曲鼓韵意悠远，乡风乡韵赞辉煌。四海一派繁荣景，祖国富强民安康。（白）相声、快板、快书、数来宝、评书、评话、评弹、莲花落、北京琴书、长子鼓书、四川竹琴、三弦书、京韵大鼓、潞安大鼓、凤阳花鼓、太平鼓，中华曲艺薪火相传，牡丹绽放，谱写华章。"

演出结束，我的心情久久不能平静，中国曲协给予我至高无上的荣誉，给予我莫大的动力和滋养。心存感恩，胸怀抱负，担当使命，永远追求。在今后的创作历程中，我将继续讴歌时代，讴歌人民，用自己擅长的曲艺形式，推出更多描绘时代风貌、展现时代精神的优秀作品，把当代中国的精彩故事讲出来、讲精彩，把当代中国人的精神展示好、传播开。

二、倾心"明志"，努力做一个志向远大的曲艺人

凡追求者得，凡探索者获。两年来，"牡丹绽放——曲艺英才培育行动"给我又一个收获，就是为我点亮了一盏明灯，树起了一个奋斗的目标。我把曲艺当作生命的价值所在，把自己的理想和追求全心灌注于生命的历程中，牢牢树立坚定不移的决心、信心和毅力，在困难面前不动摇、不退缩、不迷失方向。

（一）一次书会，感悟曲艺为民之责

每一次远行，我都让自己置身于曲艺的辙痕中留下生活的光泽和曲艺人的责任担当。2016 年、2017 年春节，在春寒料峭的时候，我两次走进河南宝丰参加马街书会优秀曲艺节目展演，真正感受曲艺人对待自己节日的虔诚，让我备受感动，多次流下感动的泪水，一生牵挂心中的情怀。

宝丰马街书会是全国曲艺行当的盛会，距今已有 700 多年的历史。每年的农历正月十三，都有来自全国各地的成百上千民间艺人在此集会，说书亮艺，以曲会友。其热闹场面，堪称中国民间艺术奇葩。

带着一种敬重，带着一种挚爱，2016 年的正月十三，我首次带着长子鼓书《起乳名儿》参加了第十一届马街书会优秀曲艺节目展演。那次马街书会给我一生留下了难以磨灭的印象。狂风呼叫，尘土飞扬，大地

严寒，人声鼎沸。马街书会的几百亩麦田里，四面八方的艺人顶着狂风，满身尘灰，在山岗上、小路旁、河滩里，摆下阵势，扎下摊子，打起简板，拉起琴弦，以天作幕，以地作台，或亮艺、或助兴、或卖书、或会友。这里融汇了河南坠子、山东琴书、四川清音、东北大鼓、乐亭大鼓等各种曲种，空旷的田野，顿时变成了宽阔的舞台。其间，周围远近百里的30万村民，也在狂风中向着这块圣地涌来。瞬间，这块伴着泥土的芳香融汇了乡风乡情，绘成了一幅浓郁清香的民风画卷。

2017年正月十三我再一次走进马街，我的心境全然被感动，四面八方的群众在这里寻觅新一年的头彩，民间艺人一年的艰辛在这里尽情宣泄，忘我说唱。尽管场地喧嚣无比，但是他们把对生活的热爱注解得淋漓尽致，他们在演绎生活的磨砺，演绎从艺的快乐，同时也在尽情抒发自己对生活的向往和热爱，这就是生命的质感，这就是生命的光亮。

马街人的热情好客，马街人的朴实纯厚，他们迎接四面八方的艺人，他们把脚下的泥土深深敬仰，他们把大片麦地演绎得天地绝响。任凭天寒地冻，任凭尘土满身，但对艺术的崇尚深深镌刻在心命的心路历程中，镌刻在七百年沧桑岁月的亘古绵长中。我被这一幕幕场景震撼，更被这一幕幕场景感动。从那一刻起，我的灵感突然受到激发，作为一名曲艺作家，有责任、有义务把这种恢宏的场景通过曲艺的形式演绎出来。因为马街书会融进了我的热爱，马街书会融进了我对曲艺的痴迷，这种忘我的情怀就是一部大书特书的生命交响乐。我决定用曲艺演曲艺，用曲艺人说曲艺人的这种情结架构曲艺的深邃和久远，让生活真实和艺术夸张有机的结合，以此作为体验生活和感悟生活的链结。

我无时无刻不受感染，无时无刻不受震撼。700多年的向往朝圣，700年的顶礼膜拜，700年的历史穿越，无不刻画艺人的信念追求，从艺笃诚。任凭路途坎坷，任凭天气恶劣，他们会准时聚在这块久已期盼的神圣的土地上尽情抒写，尽情宣泄，尽情挥洒，尽情演绎。他们是真正的布道者，他们是真正痴迷艺术的膜拜者。我一一记录下来，糅进曲艺的情怀中，融进艺术的敬畏中，融进生命的注解中。由此而作，创作出了长子鼓书《马街赶会》，并参加晚上中国曲艺牡丹奖送欢笑走进宝丰惠民演出。该节目受到全国曲艺人的高度赞扬，中国曲协分党组成员、副秘书长黄群在发表感言："一段长子鼓书《马街赶会》将正月十三应河两岸万人攒动的生动场面剪影般艺术地展现在观众面前，用曲艺的形式写曲艺赞曲艺，助力 700 余年民俗绵延更续永不落幕。马街书会正像词中所说：民俗民风接地气儿，千秋万代中华根儿。"著名相声表演艺术家牛群看了《马街赶会》给我发来微信窗"玉喜老弟：您真的给我太多的感动！板凳须坐十年冷，文章不写半句空，您的曲艺情结远远不止爱在骨头里，早已融入血液灵魂之中！您的字里行间投入让我惊叹不已，美不胜收，泪流满面，流连忘返。这是我近年来从未有过的感受。良师益友好兄弟，您真是我的榜样！向您致敬致谢！感谢您，祝愿新的一年再上新的台阶！祈盼您的新作佳作大作经典之作横空出世！"我流泪了，我感动了，我也在不断总结反思，也深深体悟到从生活中写出的作品充满生活的厚度和思想的深度，字里行间都诠释一种敬业和崇高。

（二）一次创作，感受曲艺为国之责

2017 年 1 月，我受山西省委宣传部委托，创作长子鼓书《小米县长》和武乡琴书《梨花情》，参加全省"精准扶贫"主题曲艺作品全省百场巡演活动。扶贫攻坚是我们这个时代的大主题，我们要善于利用曲艺表演短平快的特点，创作出一批助力脱贫攻坚的文艺作品，为扶贫攻坚服务，而且要求我们长治的曲艺工作者，和山西省曲艺团共同在长治进行扶贫巡回演出。随后，我以派驻武乡挂职县委常委、副县长的扶贫干部张志鹏为原型创作了长子鼓书《小米县长》。张志鹏为武乡的小米做代言，帮助群众把积压的小米都卖了。另一个就是武乡县上史乡岭头村的"第一书记"史小兵，他帮助群众种梨，带动群众致富。围绕史小兵的事迹我创作了武乡琴书《梨花情》。在创作中，我对剧中人物张志鹏和史小兵进行实地采访。采访的过程是一个学习的过程，也是情感宣泄的过程。因为，他们的事迹深深地打动了我。作品接地气，才有生命力。脱贫攻坚用曲艺发声，脱贫攻坚传递一片真情。脱贫攻坚，用青春热血书写奉献，精准扶贫，用奉献丈量大地葱茏。挺立潮头，我们挥动手中的臂膀，傲立苍穹，我们做棵挺立的青松。

一部文艺作品，要深入生活高于生活。作品要反映人民群众的生活，作品要回馈人民群众，作品要让人民群众受益，要让人民群众得到教育和启发。长子鼓书《小米县长》和武乡琴书《梨花情》全省巡演后，社会反响强烈，受到群众的高度赞扬。

习近平总书记指出：创作是文艺工作者的中心任务，作品是文艺工作者的立身之本。真正的好作品都是深入生活、扎根人民，从群众中得来的，舞台上不再是廉价的笑声，而是发自内心的喜悦和感动。立在舞台上的作品真正受到群众的检验，都是绿色食品，滋养着久渴逢甘霖的感觉。真正的作品是和时代相共鸣，与人民群众心相连。此次曲艺巡演活动就是要抓住根本，通过抓创作，让这次活动迅速落地生根，推出优秀的曲艺作品，更重要的是把波澜壮阔的脱贫攻坚场面记录下来，传播下去，宣传出去，带动一大片，形成一种合力效应。

此次创作的实践，让我深刻体会到，我们的曲艺必须融入国家的大局，为党和国家的事业出谋划策，出劲出力。脱贫攻坚需要文艺，人民群众期待曲艺精品力作，助力脱贫攻坚，曲艺大有可为，助力国家大事，曲艺理应担当。

（三）一次交流，感悟民族复兴之责

2016年10月16日至24日，我随中国曲艺家协会赴台湾参加第六届海峡两岸曲艺欢乐汇活动。这次活动主要进行文化交流，在终于办好通行证的那一刻，我的心情无比激动，就要越洋过海，就要做文化的使者，把中华优秀的传统文化播撒。怀着感激的心我们走进台湾的高校，走进台湾的敬老院等地，把中华优秀传统曲艺向台湾的亲人进行交流传播。我认为，扎好曲艺之根，就是走进曲艺历史，触摸曲艺源头，传承曲艺的优秀传统。曲艺历史悠久，源远流长。曲艺作为中华艺术宝库中的一颗璀璨明珠，既是弘扬传统文化活的载体，也是传统文化的重要内容，对它的传承、保护必须深深扎根于绵延而厚重的传统文化土壤之中，建立和传统文化诸多要素同呼吸、共命运的互动联系，才能实现稳定长久的发展。我们要不断深耕曲艺所依赖的传统文化土壤，加强优秀传统文化和特色地方文化的宣传教育，大力弘扬优良的乡风民俗，培育涵养人们对传统文化、民族精神的情感依赖，形成良好的传统文化发展生态，营造曲艺传承传播的大环境。在第六届海峡两岸曲艺欢乐汇活动中，台湾汉音剧团团长陶秀华表演了京韵大鼓《重整河山待后生》，中国曲协副主席、著名京韵大鼓表演艺术家、国家一级演员籍薇老师一字一句认真示范，一招一式耐心演示，眼神、形态、动作、台风，点点滴滴悉心传授，令全体演员深为感动。陶秀华激动地说：“籍薇老师犹如美丽的天使，不仅传授我曲艺知识，而且她敬畏艺术的品质也令人敬佩。”艺术家在台湾留下了美丽的身影，也使中华传统的文化得以传承。那几日，我的整个心境异常激动，海峡两岸曲艺交流连起了海峡两岸的骨肉情长，穿透时光的岁月，这种感情割舍不断心中的情愫。带着感动和感激我创作了《乡愁》：“魂牵着乡愁，背负着乡恋，经历了悲欢，走过了千年。坎坷的历程，颠沛着怀中的鼓瑟琴弦。唱出了心中的相思，唱不尽盛事

和谐的凯旋。心系着家园，走进了田间，欢乐的笑声，激荡着海峡两岸。迁徙的岁月，芬芳的曲坛，参天的大树，让海峡两岸根脉相连。承载着社会责任，把曲艺传承牢牢扛在肩。愿血浓于水的两岸情，浸润浇灌两岸曲坛，繁花似锦百花园。"

在即将离开台湾的时刻，我泪流满面，情不自禁地创作了鼓曲《宝岛行》："暮秋海峡邀相约，两岸交流曲扬播。漂洋过海传乡韵，南腔唱来北调和。曲艺走进大学堂，又与老人共欢乐。手舞足蹈有学子，耄耋寿仙溢酒窝。热泪盈眶含情脉，一曲天籁泛碧波。宝岛一路欢声唱，曲艺种子尽光泽。天边云霞汇彩墨，灿若群芳满城郭。海浪拍岸做信使，乡情传播一车车。中华曲艺根脉深，龙的传人牵爱河。昨夜我饮杯醉人的酒，魂牵梦萦荡心窝。海峡曲艺欢乐汇，手足同胞融爱河。今宵我有个狂颠的梦，梦里笑容似云朵。梦中笑，乡风乡韵凝乡情，梦中忧，句句乡愁难割舍。梦中动，艺播种子入沃土，梦中歌，曲苑群芳八仙桌。心融乡土掘源流，心思乡愁意广博。饱含乡情存友谊，溢满香味醉心窝。鼓瑟琴弦尽欢乐，牵出乡思一摞摞。曲艺流布路广远，今朝两岸融爱河。传承曲艺有重托，坚守曲艺莫蹉跎。扎根沃土创精品，走好正路布恩德。宝岛行，海峡两岸歌连歌，宝岛醉，今朝离别难割舍。宝岛思，打造精品为人民，宝岛乐，水乳交融奏凯歌。中华曲艺根脉深，一脉相承盼和谐。两岸曲艺共繁荣，期盼团圆唱新歌。"

回想起台湾之旅，给我留下深刻的印象，也留下了真挚的友谊。我和台湾的老奶奶促膝谈心，我教台湾的大学生认识鼓曲、热爱鼓曲。后来，台湾的朋友发微信告诉我，我创作的鼓曲《宝岛行》刊发在台湾当地的报纸上，他们专门为之谱了曲，唱出心中的鼓曲《宝岛行》。

三、用心"练艺"，努力做一个技高艺强的曲艺人

两年的培育行动，在中国曲协的精心组织下，长年在黄土地上的我，走出长治，走出山西，走向全国各地，开阔了眼界，开拓了思路，提升了素质，在曲艺的大家庭里汲取了更多更丰富的营养。

（一）一轮走四方，边练边写边感悟

两年来，我随中国曲协先后到四川、江苏、江西、广西、陕西、台湾等地，开展"深入生活、扎根人民"——"巴山说唱"专题采风，参加第五届国际幽默艺术周、"文化进万家，共筑中国梦"长江流域优秀曲艺节目展演、第六届中国苏州评弹艺术节、中国首家评书评话博物馆揭牌仪式、深化评书评话建设座谈会、第六届海峡两岸曲艺欢乐汇、第九届中国曲艺牡丹奖颁奖典礼等活动，感受当地风土人情，领略当地曲艺韵味，聆听名家经验之谈，走一路、想一路、写一路、收获一路，先后写出《巴中美》《巴山歌》等文艺作品以及《论评书评话艺术》《论曲艺之乡的创建》《身融乡土心思乡愁饱含乡情溢满香味》《把中国曲艺打造成一个响当当的行业》等理论文章，增长了不少知识和见识，也引导自己不仅关注本土曲艺元素，而且关注域外曲艺特色，真正做到东西南北中，曲艺互相融，相互共借鉴，促进大发展。

特别是 2015 年 4 月 21 日至 25 日，我随中国曲艺家协会、中国《曲艺》杂志社、四川省文联、四川省曲艺家协会，开展"深入生活、扎根人民"——"巴山说唱"专题采风活动。让我流连忘返，让我心潮澎湃。每到一处，无不感受巴中自然之奇美，历史之遗美，红色之壮美，物产之富美，民风之纯美，民歌之甜美……

诺水河畔，别有洞天，鬼斧神工，浑然天成，穿越时光的隧道，让

我领略巴中的林荫密布，层峦叠嶂；篝火旺燃，民歌流淌。那是源自巴中原生态的天籁之音，表达着巴中百姓淳朴厚重、热爱生活、向往理想的精神追求，汩汩流淌的民歌，别具一格的形式，让在座的艺术家真切感悟到原生态的高亢丽质，天然涌流；恩阳古镇，心灵震撼。这是我们精神家园的回归，也是我们内心情感的洗礼。红色苏区的巩固，革命力量的壮大，一幅幅红军标语，一块块红军石刻，一条条红军战壕，仿佛带我走进那魂牵梦萦的战火硝烟和荡气回肠的岁月烽火；川陕根据地博物馆，让我的心灵受到荡涤的洗礼。一幅幅图片，一纸纸书文，一件件实物，一条条标语，镌刻着红军将领叱咤风云，无私奉献的博大情怀和对群众无比热爱的真挚感情。

穿行于巴中的土地，倾听巴中的原生态民歌。让我深深体悟到：巴中之地无不渗透着文化的痕迹和脉络，点点滴滴犹如甘泉滋润着我的心灵。这是精神家园的回归和熏陶，这是灵魂的洗练和陶冶。扎根人民，回报人民，作为曲艺工作者更应该深扎大地，情系人民，为人民书写，为人民说唱，让巴中的红色血脉汩汩流淌在我们的心房，汇涌成内心的情感和灵魂的呼唤，这是我此次采风的最大感悟。我深深为滋养我们生命的土地心生敬畏，由衷写出《巴中美》和《巴山歌》。

（二）一回大跨界，互动互通互交融

为了更好地进行曲艺创作，我还涉猎戏剧创作。两年来，先后创作了以纪念抗战胜利70周年为主题的上党梆子《铁血布衣》、晋剧《母殇》、上党落子《第一书记》三部现代戏剧。现代戏《母殇》，揭露日本军国主义在侵华过程中犯下的累累罪行，唤起国人的爱国热情。该剧讲述的是1939年秋，华北黄河岸边的18岁农村姑娘枣花被掳进日本军营，被迫进入慰安所，受尽折磨。逃回家后，腹中婴儿早产。本想要摔死婴儿的她，被男性好友秋根拦下，婴儿得以存活并长大，取名狗儿。

20 世纪 60 年代，秋根忍受着闲言碎语一直帮助枣花，狗儿却怀着对秋根和枣花的不满愤然离家出走。直到 90 年代初秋根将其身世和盘托出，震惊的狗儿愧悔之时，枣花已不在人世。《母殇》先后参加西安、太原等地"为和平放歌，为抗战抒怀"巡演，2016 年 1 月 30 日，晋剧《母殇》参加上海戏剧白玉兰奖的角逐，并参加第十一届中国艺术节。2017 年 6 月 28 日至 30 日，晋剧《母殇》走进北京大学百年讲堂，向北大莘莘学子演出。6 月 29 日，在北京大学正大国际中心举办了该剧研讨会，研讨会由《中国文化报》主任编辑、《艺术市场》主编续鸿明主持，中国曲协副主席马小平等嘉宾出席，参加会议报道的中国新闻社、光明网、《文艺报》《中国文化报》《中国艺术报》《北京晨报》、北京电视台、《文化月刊》等媒体。通过戏剧写作，切实把眼睛放大，视野拓宽，链条拉长，不仅专注一门艺术，而且接触多个门类，努力做到开放包容，多元融合，百花齐放，牡丹最艳。

2016 年 7 月，我开始酝酿现代戏《第一书记》的创作工作。我在创作《第一书记》时，心里有许多感悟和收获。首先第一书记构成当前波澜壮阔的恢宏画面和时代乐章。他们扎根在基层，奉献在基层，体悟在基层。为了获得第一手材料，我必须走进他们的心灵境界，走进他们的心路历程。为此，我多次走进革命老区武乡县、平顺县、壶关县等地，正值数九寒天，雨雪滂沱，我在山路上艰难行走，但是心里一团火，因为当我从现场采访第一书记的感人事迹时，我深深为他们的执着和敬业精神所感染，为他们以造福一方百姓为荣，以脱贫攻坚为业所付出的艰辛时，心里顿升一种敬仰之情，无疑成了我创作的动力源泉。带着这种动力，我多次走进贫困村、贫困户，记录下他们的前后变化，记录下他们的内心感动，记录下他们的质朴语言，也记录下他们对第一书记的由衷热爱。之中，我每一次和第一书记面对面交谈，心与心碰撞，都激发出我的创作灵感，他们是我们这个时代值得敬佩的人、高度赞美的人，我要把他们的事迹通过戏剧的形式搬上舞台，让生活变为艺术，讲好他们的精彩故事，传递他们的时代强音，焕发更多的激情和动力。在戏剧里，我的语言力求运用群众生活化的语言，让生活化的语言通过艺术加工激荡群众的心灵，进而激发他们脱贫的信心和决心。该剧于 2017 年 8 月 10 日在长治市潞州剧院首次上演，便得到社会各界的热烈好评，8 月 29 日在潞州剧院为市四套班子、市第一书记、扶贫队长、机关党员干部进行演出，观众热烈，掌声雷动，随即，该剧在全市十三个县市区进行巡演，该剧走进了脱贫攻坚的第一线。展示了艺术源于生活，高于生活的本质属性。

事迹来源于生活，来源于第一书记的点点滴滴，来源于他们身上闪烁的浓烈火焰和光芒，照亮脱贫攻坚前行的路。创作《第一书记》是我的一次体验，更是一种学习过程，从生活中汲取源头活水，从生活中感悟真善美，弘扬主旋律，向身边的第一书记学习敬仰，是我的创作定力。带着感动，带着责任，我徜徉于生活的沃土中，也在生活的磨砺下逐渐走向成熟。

（三）一个好引领，创作创新创精品

两年来，我在中国曲协的正确指导下，坚持以人民为中心，以生活为源头，以社会主义核心价值观为引领，努力推出有思想、有特色、接地气、正能量的精品力作。先后创作出 40 余部曲艺作品。主要有：长子鼓书《山西面食》《惊梦》《起乳名儿》《我是你的眼》《三代情缘》《盼盼孝亲》《长治美食》《大山卫士》《中国龙》《端午节》《啼笑因缘》《老舅回乡》《故乡情》《长治美》《小米县长》《长征托婴》《马街赶会》《一带一路赞法显》《峡谷情》《故乡情》《脱贫攻坚唱新歌》《脱贫攻坚在上党》、长子钢板书《闹端阳》、潞安大鼓《曲艺名城扬八方》《幸福长治吉祥上党》、沁州三弦书《太行春早》《十七棵松》《大山头雁》、河南坠子《正月天儿》、武乡琴书《长治是个好地方》《逐梦放映》《太行风》《梨花情》《太行娘亲》《太行山有个李改花》《狗小名片》、屯留道情《留住春光》《核桃树之恋》、壶关鼓书《师徒交锋》《一路芬芳》《桃缘》、京韵大鼓《中国鼓》、东北大鼓《东北人儿》。其中长子鼓书《山西面食》刘引红荣获第九届中国曲艺牡丹奖、第七届中部六省曲艺大赛一等奖，入选山西省第十届群星奖；长子鼓书《起乳名儿》荣获第九届中国曲艺牡丹奖节目提名，参加河南宝丰马街书会优秀节目展演以及中国曲艺牡丹奖艺术团送欢笑走进马街书会惠民演出，入选 2015 年度中国精神中国梦优秀作品，参加山西省杏花奖决赛；长子鼓书《惊梦》荣获 2017 年度国家艺术基金资助项目，参加全国群星奖选拔赛并获山西省第十七届群星奖；沁州三弦书《十七棵松》入选全国群星奖选拔、第八届中部六省曲艺大赛优秀节目展演，参加山西省群星奖选拔赛；沁州三弦书《太行春早》、武乡琴书《太行风》、长子鼓书《一带一路赞法显》《峡谷情》等在中国传媒大学演播厅参加山西电视台《人说山西好风光》山西旅游发展大会竞演；长子鼓书《大山卫士》参加第五届全国道德模范故事巡演节目；长子鼓书《山西面食》《起乳名儿》、河南坠子《正月天儿》等三部作品入围参加第九届中国曲艺牡丹奖全国曲艺大赛。长子鼓书《小米县长》、长子钢板书《端午节》、沁州三弦书《十七棵松》等三部作品参加中部六省曲艺大赛优秀节目展演；长子鼓书《山西面食》参加欢声笑语喜迎十九大全国优秀曲艺节目进京展演；长子鼓书《长治美》参加岳池杯全国优秀曲艺节目展演。

四、全心"兴业"，努力做一个谋事干事的曲艺人

两年来，在中国曲协的鞭策下，加强理论学习，注重理论研究，积极建言献策。先后编撰了十套曲艺理论丛书、撰写二十六篇理论文章。编写了《长治曲艺丛书》（《长治曲艺概述》《长治曲艺报刊文章集》《长治曲艺音乐》《长治曲艺传统书目》《长治曲艺画册——牡丹花开醉上党》），参与编辑《曲艺》杂志《中国曲艺名城长治专刊》，编撰整理《山西曲艺2008——2015专刊》。特别是受中国曲协委托，参与《全国少数民族曲艺艺术》曲艺高等教材编写。编写中国文联《中华传统文化与曲艺美学》，编写曲艺杂志社《中国精神中国梦优秀曲艺作品选》。同时，主动撰写理论文章，积极参加论坛活动，不断提高理论水平，先后在《曲艺》杂志、《中国艺术报》《山西日报》《山西经济日报》《长治日报》《上党晚报》等报刊杂志上发表论文26篇，在全国性曲艺论坛上交流了《身融乡土心思乡愁饱含乡情溢满乡味——打造曲艺精品应坚持"四个做到"》《浅谈评书评话发展路径："四重四宝"一体推进》《把曲艺打造成一个响当当的行业》《文以载道大美人生——像赵树理那样做人和作文》等理论文章，广受好评。《创建曲艺名城，绽放时代光彩》获山西省社科理论研究成果三等奖。同时，自己也在《人民日报》《中国文化报》《中国艺术报》《北京晨报》《三晋都市报》《长治日报》《上党晚报》得到宣传和展示。

（一）一次寻根，推出"四宝"之见

2016年4月18日，我随中国曲协到评书评话的鼻祖柳敬亭的故乡——泰州参加中国首家评书评话博物馆揭牌仪式。并参加了中国评书评话博物馆开馆暨深化建设工作座谈会，就评书评话的传承和发展提出

了自己的见解。我认为，第一要重价值，探源寻宝。首先，评话在南方非常普及，老百姓从中享受艺术的乐趣。老百姓一看就懂，能够品出其中的精华。所以评话的魅力就在于以其独有的形式给人民带来审美愉悦和享受。其次，评话中的经典确实让人叹为观止，对于我们从艺者都是一笔宝贵的财富，向经典致敬，就是对传统艺术的崇高敬畏。再则，评话在文化的大坐标中确实占据举足轻重的重要地位。其思想内容和艺术形式依然有着广泛的群众基础，深受人民大众的喜爱。尤其进入当代以来，评书评话艺术进入了发展的快车道，对于弘扬中国梦和社会主义核心价值观，唱响时代主旋律，传播中国故事、传递中国声音、传扬社会正能量起着举足轻重的作用。第二要重原创，继承传宝。评话是中华曲艺的一大宝贝。我们就要把这个宝贝保护好，传承好。如何保护，如何传承？首先是保护传统是原味。通过刻录光盘，进行抢修保护，把以前的老艺术家的评话经典通过现代的手法原汁原味再现出来。要尊重艺术规律、尊重历史传统、继承前辈技艺，让流传千百年来的艺术精髓深深扎根于群众的心底，灌注于历史的文脉之中，传承历史的记忆中去。第三要重共鸣，引导识宝。首先，在普及上下功夫。其次，互动上做文章。再则，作用上拓思路。艺术不能束之高阁，要让群众参与进来，零距离欣赏艺术，参与进来，才能真正搅动艺术的源头活水。第四要重担当，全民守宝。通过政府主导，部门主抓，行业主干，群众主动，营造了一个良好的氛围，把群众的积极性调动起来，自觉参与进来，这样，自上而下，方方面面，形成一个守宝的合力。寻宝、探宝、识宝、守宝四个方面再四位一体继续推进，将会达到一个新的高度。我的观点得到了与会专家的充分肯定，也为我独立思考，探索曲艺的真谛增添了一份动力。

与此同时，两年来，我更多地了解曲艺的历史文脉，畅游曲艺的源头活水，补足生活的点点滴滴，特别是在创作中，我深深感到：中华民族孕育了山川风光雄伟多姿；史前神话绚丽夺目；古建遗址珍奇瑰丽；历史名人灿若星斗；民风民俗古朴淳厚；民间音舞粗犷精美；物产丰富名传天下；红色文化如潮如涌。曲艺作为中华艺术宝库中的一颗璀璨明珠，既是弘扬传统文化的活的载体，本身也是传统文化的重要内容，对它的传承、保护必须深深扎根于绵延而厚重的传统文化土壤之中，建立和传统文化诸多要素同呼吸、共命运的互动联系，才能实现稳定长久的发展。我们要不断深耕曲艺所依赖的传统文化土壤，大力加强优秀传统文化和特色地方文化的宣传教育，大力弘扬优良的乡风民俗，培育涵养人们对传统文化、民族精神的情感依赖，形成良好的传统文化发展生态，营造曲艺传承传播的大环境。

（二）一场论坛，发出"四乡"之音

在全国上下认真学习习近平总书记文艺工作座谈会重要讲话发表一周年以及《中共中央关于繁荣发展社会主义文艺的意见》精神之际，2015年我参加"岳池杯"中国曲艺之乡论坛发言，我结合自己的创作经验，发表了《身融乡土心思乡愁饱含乡情溢满乡味》，我认为：身融乡土。源头活水在乡土。创作资源在生活，灵感显现在积累。曲艺创作的灵感不是挖空心思，而是长期积累，靠生搬硬造，造不出群众的语言。创作要写自己熟悉的题材，自己熟悉的题材更容易发挥想象的功效，生活细察细问，创作反复推敲。作品要有思想，有主线，有价值，是创作的主要目标和重要前提。如何达到这一点，关键就是要依靠深入思考，深入分析，真正弄明白自己作品想要表达的、突出的主题，想要体现的价值取向。心思乡愁，关键在于"思"，就是头脑始终要清醒，不盲目，不随意，把握中心，抓住主线，有的放矢；就是要肯动脑筋，善于思考，理性分析，靠智慧去谋划去创作；就是要聚焦乡愁这个中心点，寻求乡愁中的闪光点，展示乡愁中最美最纯最真最有价值的最亮点；就是要深接地气，以小见大，描景细腻，绘俗生动，状物机巧，写人传神。事儿、趣儿、情儿、理儿，清新蕴藉；话儿、语儿、音儿、调儿，沁人心脾。饱含乡情。创作必须带着感情，饱含深情，只有爱党爱国爱家爱人民，才能写出真情实感的作品来。饱含乡情，关键在于"情"，就是要带着对百姓、对农村、对曲艺浓浓的爱主动去创作；就是带着担当和责任，带着抱负和理想积极去创作；就是怀揣一颗赤诚的心，带着感情、带着深情忘我去创作。溢满乡味——走进群众心底的一道门槛。味是曲艺的生命，有味的曲艺蕴含着美感，曲艺有味，犹如立锥之意，广涵之气，表演之趣，产生美感，水到渠成。溢满乡味，关键在于"味"，就是作品要有乡土气息，有泥土的芬芳，真正接地气；就是要原汁原味，百姓口味；就是芳香四溢，历久弥新，经久不衰，让人回味无穷。我的观点受到与会专家的高度赞扬。

（三）一次研讨，推出"四为"之要

2017 年 2 月 9 日，我参加中国曲协主办的曲艺未来发展研讨会，我做了《把中国曲艺打造成一个响当当的行当——关于对中国曲协的几点建议》。新的时期，面对新的形势和任务，我认为中国曲协应始终围绕把中国曲艺打造成一个立得住、走得稳、叫得响的响当当行当这一目标。

一要以德为基，狠抓行风不动摇。行风是形象，是品牌，中国曲协按照中央的要求，在全国文艺界大力倡导优良行风、率先发布《中国曲艺工作者行为守则》。《中国曲艺工作者行为守则》是当代曲艺界的新行规，它的出台与实行将进一步增强广大曲艺工作者的文化自觉与文化自信，促进曲艺界积极践行社会主义核心价值观，树立新风正气，加强行业自律，对推动新时期曲协工作健康持续发展具有重要意义。行风建设是一个永恒的主题，建议中国曲协在行风建设上不动摇，抓行业，重行风，引导曲艺工作者向德艺双馨看齐。继续扎实开展向阎肃老师学习活动，向阎肃老师看齐，讲道德，讲奉献，永葆艺术之树常青。同时，在实践中要通过多种渠道，采取多种方式，把中国曲艺这个行业净化好、美化好、塑造好、建设好。二要以民为本，狠抓主题不偏离。人民培养了曲艺，曲艺又造福人民，曲艺的受众面是群众，曲艺离不开群众的支持，人民的精神层面受到曲艺的熏陶和感染。大力发展曲艺创作，活跃曲艺评论，进行曲艺艺术的改革创新，互相加强沟通，做到曲艺在文化界的引领和带动作用。三要以艺为上，狠抓质量不松手。要让群众认可，靠的就是作品、精品。近年来，中国曲协在培育人才、推出精品方面做了大量的工作，也进行了有益探索，采取了举办曲艺作品展演、曲艺创作高级研修班、"培育英才培育行动"等行之有效的方法，推出了一批曲艺人才，推出了一批精品力作。四要以责为重，狠抓担当不漂浮。曲艺要有作为，必须讲担当。中国曲协要通过强化教育，引导曲艺工作者强化责任意识。我们要乘着这股强劲的东风把握好人生前进的坐标，把自己的命运和时代的命运紧密融为一体，把自己的人生追求和时代的发展、人民的命运融为一体，把自己对时代的感悟、对人民的热爱化为对曲艺艺术的不懈追求，孜孜不倦徜徉于艺术的殿堂里，感悟时代的浓烈和人民群众的真挚情感，向善、向真、向美，把自己的才情、才华奉献出来，把自己对艺术的敬畏之心捧出来，为时代讴歌，为人民抒怀，为繁荣曲艺事业做出新的更大的贡献！我的观点得到了与会专家的充分肯定。

（四）一个品牌，推出"三新"之举

"中国曲艺名城"是一个拥有丰富的文化底蕴和曲艺资源的标志品牌，对推动一个地方的文化乃至经济发展有着重要的作用。在长治市申创中国曲艺名城工作中，作为长治的一名曲艺工作者，我全力以赴，加班加点，编写曲艺专辑，收集曲艺资料，组织曲艺表演，积极参与创建工作，努力为创建做贡献。最终创建一举成功，全市上下欢欣鼓舞。可以说，曲艺名城这一荣誉，犹如一盏灯塔，既指引着当地曲艺加速发展，又温暖着我们每一名曲艺人的心，实现了几代曲艺人的心愿。因为中国曲艺名城的品牌，标志着我们的曲艺在经济和社会的发展中、在一个地域的发展中举足轻重，同时也是我们曲艺人的强大后盾和精神支柱。在这一品牌的影响带动下，我尽其所能、全力以赴推新人、推新作、推新路。

一是推新人。曲艺要繁荣，必须有队伍，有人才。在创作中，我一方面与群众精准对接，群众想听啥，我就写啥；另一方面与演出团队无缝对接，广泛听取他们的意见，与他们一同讨论作品，不但要写好，而且要演好。两年来，我无偿为当地的曲艺团队提供剧本30部，通过他们的表演把作品搬上舞台，奉献给观众。同时又先后两年推荐了15支代表队参加沁州书会、宝丰马街书会以及各类曲艺大赛，推出一批曲艺新人。特别是长子鼓书艺人刘引红2016年5月带着我创作的长子鼓书《小两口回娘家》《常回家看看》《腊月天儿》《中华美食》乘坐豪华轮渡随杨菲曲艺社赴日本、韩国演出，并在北京进行专场演出。长子鼓书走出了海外。同时，我又层层选拔，推荐20多位鼓书艺人加入中国曲协会员，推荐40余名鼓书艺人加入山西省曲协会员，充分激发起他们投身曲艺事业的热情。2016年4月18日，我积极组织长治市曲艺团名家名段展演，在长治县韩店镇东苗村拉开帷幕。我市国家级非物质文化遗产项目潞安大鼓、长子鼓书、襄垣鼓书先后亮相。民间艺人王富贵表演了2015年曾获得第三届"岳池杯"中国曲艺之乡曲艺大赛金奖的潞安大鼓《一个都不许死》，襄垣鼓书艺人张俊华表演了襄垣鼓书传统书段《劝人段》，长子民间曲艺团的名角李先玲、杨旭芳、张华、马文平，临时组合表演了长子鼓书《考验媳妇》。这次长治市曲艺团"深入生活·扎根人民"惠民演出，是市曲艺团成立以来的首场演出活动，是我市"中国曲艺名城"建设的重要内容，为丰富和活跃人民精神文化生活起到积极的推动作用。

为了进一步促进曲艺健康发展，我主动承担培养能写能演的中青年曲艺人才队伍任务，定期举办长治市曲艺优秀人才评比，开办长治市曲艺优秀人才讲习班，举办曲艺创作座谈会、曲艺新作分析会、征稿会，截至目前，已培训曲艺作者200余人，为曲艺人才的成长和进步提供了施展技能的广阔的平台。

二是推新作。2016年5月21日，我积极组织长治市少儿参加由山西省文学艺术界联合、省曲艺家协会主办，太原市曲艺家协会、太原市文化艺术学校承办的第七届全国少儿展演山西省选拔赛。长治市昌盛少年宫刘松林曲艺工作室选送的5个少儿曲艺节目，其中曲艺组合独脚戏《爷爷的生日》《鸟语欢歌》获一等奖。对口快板《猜谜语》、快板书《齐齐的日记》、山东快书《龟兔赛跑》获二等奖。本次殊荣的获得又一次为长治曲艺事业增光添彩。

2017年5月21日，我积极组织长子鼓书《跨国捐献》《大嫂》参加第四届"南山杯"全国曲艺新人新作展演。并且长子鼓书《大嫂》参加南山区举行的"中国曲协文艺志愿者服务团送欢笑走进深圳暨第四届'南山杯'全国曲艺新人新作展演汇报专场演出"。两个长子鼓书节目喜得好评，再次为山西曲艺争光，同时也说明长治市不愧是全国第一个"中国曲艺名城"。

2017年5月30日，山西省文联、山西省曲协和中共沁县县委宣传部主办的山西沁州书会优秀曲艺节目（鼓曲唱曲）展演，我积极组织长治市沁州三弦书、长子鼓书、长子钢板书、潞安大鼓五大曲种15个节目参加展演。并且对每一个节目精雕细琢，最终，高爱云表演的长子鼓书《老财迷》、李云飞表演的长子鼓书《大嘴汉相亲》获表演一等奖；杨旭芳表演的长子鼓书《跨国捐献》、刘贝霞表演的沁州三弦书《逛端午》、张华表演的长子鼓书《带娘改嫁》、郭春燕表演的潞安大鼓《戒赌》、闫小平表演的长子鼓书《啼笑因缘》获节目一等奖。作为参加本次展演演员中唯一的一个大学生曲艺新人李惠君，更得到专家评委的一致好评，为鼓励新人、促进传承，经组委会研究特为李惠君颁发了曲艺新人鼓励证书。充分体现了"推精品、选人才、强鼓励"的原则。

三是推新路。作为一名地方的曲艺工作者，作为创建曲艺名城的实践者，和大家一道扎实苦干，努力走出一条"五有"新路子。一是有规划。建立了创建工作领导组，领导高度重视，视野开阔，明确了责任，为百姓送去了欢乐。二是有保障。制定了科学的政策措施，文联、文化局、新闻媒体统筹起来，建立了有效的保障体系。三是有作为。长治在曲艺事业方面做了很多事情，进行了新的探索，对民间资料进行了大量挖掘，彰显了长治地域特色和魅力，提高了长治的美誉度和影响力。四是有气氛。上党具有浓烈的历史文脉，民间故事多，神话传说多，从业艺人多，曲艺氛围浓，人民对曲艺的敬畏犹如顶礼膜拜。彰显了城市的灵魂、风貌、风气、风尚。五是有成果。长治曲艺队伍活跃大多在城乡农村，到处都有他们忙碌的影子。并且全国大赛，到处都有曲艺人的身影，精品不断涌现，人才队伍得到良性循环发展。2016 年 8 月 24 日至 25 日，第九届中国曲艺牡丹奖全国曲艺大赛（长治赛区）在长治举办之际，由中国曲协分党组书记、驻会副主席、秘书长董耀鹏；中国曲协副主席、山西省文联副主席马小平；重庆市曲协驻会副主席、秘书长、国家一级演员刘靓靓等中国曲协专家组一行 3 人赴山西长治市、山西长治县、沁县督促检查"中国曲艺名城""中国曲艺之乡"建设情况。专家考察组一致认为，长治市在推动曲艺事业发展特别是群众曲艺活动开展方面走在了全国前列，站位高、视野宽、思路明、工作实、效果好，呈现出鲜明的地域特色，取得了良好的社会效益，创建、建设和管理工作都积累了一定的经验。2017 年 4 月 26 日，我到大连参加创建中国曲艺之乡（名城）工作推进会暨大连市西岗区曲艺名城授牌仪式。长治市委宣传部获得中国曲艺之乡标兵单位，我与鼓书艺人王海燕、李彩英三人获得"中国曲艺之乡"优秀基层曲艺工作者称号。

习近平总书记在中国文联第十次全国代表大会、中国作协第九次全国代表大会开幕式上强调：文运同国运相牵，文脉同国脉相连。广大文艺工作者要坚持以人民为中心的创作导向，坚持为人民服务、为社会主义服务，坚持百花齐放、百家争鸣，坚持创造性转化、创新性发展，高擎民族精神火炬，吹响时代前进号角，把艺术理想融入党和人民事业之中；做到胸中有大义、心里有人民、肩头有责任、笔下有乾坤，推出更多反映时代呼声、展现人民奋斗、振奋民族精神、陶冶高尚情操的优秀作品，努力筑就中华民族伟大复兴时代的文艺高峰。作为青年曲艺工作者，我们必须把自己的命运和时代的命运紧密融为一体，把自己的人生追求和时代的发展、人民的命运融为一体，把自己对时代的感悟、对人民的热爱化为对曲艺艺术的不懈追求，不断提升敏锐的视觉和独特的嗅觉，提高捕捉生活的能力和本领，肩负时代重任，捧出曲艺爱心，挖掘曲艺精髓，酿造曲艺馨香，让我们投入到火热的生活中去，感悟时代的浓烈和人民群众的真挚情感，向善、向真、向美，把自己的才情、才华奉献出来，用自己对艺术的敬畏之心，让曲艺在时代的感召下健康发展，散发出恒久的艺术魅力。

"牡丹绽放"两年间，我从中有成绩，有收获，但更主要的是有感悟，感到自己与中国曲协的要求相比，与中国曲艺的时代相比，与其他曲艺英才和曲艺同行相比，尤其与广大群众的期盼相比，还有很大的差距和不足。我深知，中国曲协对我厚爱有加，关怀备至。作为"牡丹绽放"中的一员，在下一步工作中，我将正视不足，更加刻苦，把学习作为一种行动自觉，学一路、学一辈、学一生；坚持笔耕不辍，写一路、写一辈、写一生；讲责任勇担当，奉献一路、奉献一辈、奉献一生。努力做到自身素质要更高、创作的精品要更多、发挥的作用要更大，这是我的奋斗目标，也是我的郑重承诺。最后，我将饱含心情，放歌抒怀《牡丹绽放人间芬芳》——

牡丹绽放　人间芬芳

站在牡丹绽放的殿堂上有过多少遐想，
怀揣美好的梦想立志要把责任来担当。
中国曲协的信任和支持让我激情滚涌，
发誓在眷恋的土地上掘出生命的泉浆。
深入生活，扎根人民，融注满腔希望，
不懈追求，奋发有为，酿造佳肴花香。

任凭坎坷风雨，甘愿搏击风浪，
只待牡丹绽放，瞄准目标远航。
此刻，我心底涌动无尽的热浪，
此刻，我抬头仰望满天的星光。
星星对我说，只有眼睛向下，才能捕捉金子的透亮，
月儿对我说，只有脚踩大地，才能丈量大地的苍莽。

带着一颗滚烫的心我上路了，
揣着一片涌动的情抒写衷肠。
我时刻牢记，人民是我书写的对象，
我时刻牢记，时代让我们放歌引吭。

穿梭于大街小巷，角角落落有我的足迹，

走访民生疾苦，我把群众的冷暖牵挂心房。

我用曲艺写下群众的期待和梦想，

我用曲调谱写百姓的情思和衷肠。

走进田野里，捧一把泥土我心如潮涌，

走进田野里，我品尝汗水孕育的酒香。

我的作品里寄托百姓的情思，

我的诗行里浸润父母的希望。

走进生活的沃土我咀嚼艰辛，

掘取生命的泉水我孕育琼浆。

曲艺有我写不尽的情愫，

曲艺有我唱不尽的流觞。

曲艺有我抒不尽的力量。

曲艺有我品不尽的琼浆。

我在曲艺的长河里遨游，

我在曲艺的蓝天上飞翔。

我在曲艺的摇篮里，

我放弃多少个星期天游走苍莽的土地上，

我走进多少朴实的群体内书写他们的沧桑。

我爱多情的土地，土地让我陶醉，

我爱肥沃的土壤，土地散发芬芳。

生我养我的土地，您让我眷恋不已神采飞扬，

生我养我的土地，您让我激情澎湃奋发图强。

生我养我的土地，你让我魂牵梦萦乘风破浪，

生我养我的土地，你让我汗水融化放飞理想！

奋斗花开，未来展望，

汗水浇灌，孕育花香，

把牡丹的芳香送到千家万户，

在文艺的百花园中让牡丹绽放，人间遍地撒芬芳！

起乳名儿

作者：暴玉喜

民风民俗稀罕事儿，
乐乐呵呵喜心头儿。
小鼓一敲来了劲儿，
单唱一曲起乳名儿。

中华文明根连根儿，
唱段民俗起乳名儿。
俺爷爷今年九十跨了零儿，
他一辈子有姓没正名儿。
你要问他叫个啥？
他有个乳名叫个板凳儿。
天下真有这凑巧的事儿，
俺奶奶一辈也没正名儿。
您要问她叫个甚？
听了要笑破你的小肚皮儿，
俺奶奶她叫个椅子上的小垫的儿。

小板凳儿，小垫的儿，

他们苦瓜苦藤连一根儿。

为什么一辈子没个名儿?

今天就给你揭谜底儿。

说起乳名儿有来历儿,

有根有据有故事儿。

那时候，大家的生活都困难，

养活个孩子真费劲儿。

据传说，阴间有个勾魂鬼儿，

整天勾走小孩儿的魂儿。

生下孩子长不住儿，

才自贬自损起乳名儿。

平民百姓大官人儿，

个个都要起乳名儿。

鲁文公儿子叫掉尾儿，

晋成公乳名叫黑臀儿，

曹操乳名儿叫阿瞒儿，

刘禅乳名儿叫阿斗儿，

胡沙虎儿子更有趣儿，

起了乳名儿叫猪粪儿。

老百姓也把乳名儿取，

连起来就有一大堆儿。

大丑儿、二丑儿和三丑儿，

毛女儿、丑女儿和粪女儿。

大蛋儿、狗蛋儿和肉蛋儿，

凸嘴儿、尖嘴儿和圪嘴儿，

黑豆儿、扁豆儿和刀豆儿，

要的、续的和招弟儿。

锁柱儿、跟柱儿和挽柱儿，

保柱儿、长柱儿和连柱儿。

狼不吃　狗不闻儿，

找不着　肚不脐儿。

精明伶俐活灵虫儿，

起了个乳名儿叫憨豆儿。

生下个白胖大小子，

起了个乳名叫米圪虫儿。

还有用事物起乳名儿，

至今流传一大溜儿。

狐狸山羊小老鼠儿，

乌龟老鳖小毛驴儿。

木头儿砖头儿小石头儿，

桃仁儿杏仁儿小枣仁儿。

温柔贤惠巧媳妇儿，

起个乳名叫圪针儿。

乳名儿随着时间走，

又好听来又喜人儿。

看看自家小宝贝儿，

细皮嫩肉胖墩墩儿。

盼子成龙女成凤儿，

乳名叫起脆声声儿。

春光明媚叫明明儿，

爱吃零食叫豆豆儿。

诗情画意叫画画儿，

高挑帅气叫宝贝儿。

阿莲儿阿娟儿和阿根儿，

小兰儿小刚儿和小顺儿。

大眼儿瞪眼儿小眯眼儿，

小鱼儿小猫儿小虫虫儿。

富强富国连国庆儿，

爱国爱华爱家人儿。

乳名取得有背景儿，

叫起来就知道你是那个年代人儿。

旧社会能起多丑起多丑，

新社会时髦乳名美在心儿。

旧社会孩子夭折气破肚儿，

新社会个个都是花骨朵儿。

旧社会谁能保证活到头儿，

新社会多少百岁长寿星儿。

起乳名儿，透明镜儿，

起乳名儿，拔穷根儿。

乳名儿刻着时代印儿，

乳名儿变化赛车轮儿。
乳名儿顺耳又顺嘴儿，
乳名儿叫起脆声声儿。
准备结婚的小两口儿，
要早点给孩起个名儿。
叫个皮皮球球和嘟嘟儿，
还是静静乐乐和玲玲儿。
罐罐碗碗和盆盆儿，
还是猴猴猪猪儿和狗儿。
网上搜狗寻了个遍，
还找算命的老先生儿。
命里缺金添金字儿，
缺木加木成树林儿，
命里缺水加水添三点儿，
缺火添火成火盆儿，
命里缺土添五字，
金木水火土当中儿。
掐归掐来算归算，
说到底儿，不管你叫个什么名儿，
咱都是：炎黄子孙龙的传人儿。

山西面食

作者：暴玉喜

人为根本食为天儿，
五谷杂粮变戏法儿。
做出美味千百种，
山西面食领头衔儿。

神州华夏面食鲜儿，
山西面食最冒尖儿。
山西美味多，
面食一串串儿，
一面百样儿做，
样样是招牌儿。

蒸饺的，蒸花卷儿，
开花馍馍大枣糕儿。
石头饼儿，糖三角儿，
驴肉甩饼小菜卷儿。
凉粉灌肠和碗砣儿，
炒饼炉面小扁食儿。

生日圆锁蒸三样儿，

面猪面鱼和面羊儿。

两颗黑豆顶猪眼儿，

剪刀剪出鱼鳞片儿。

面羊身上摞圈圈儿，

梳子压花儿是绝招儿。

左捏捏，右捏捏，

捏出个——

活灵活现的小羊羔儿。

还有样面食很稀罕，

白面搅拌地瓜蛋儿，

再加上榆钱和槐花儿。

入笼煮熟炒成块儿，

要问这是什么饭儿？

什么饭？

这就是美味可口的——炒不烂儿。

面仗擀开是擀面儿，

网眼儿挤出是河捞儿，

两头尖尖儿是剔尖儿，

三棱棱成型刀拨面儿，

筷子挑出小溜尖儿，

擦床擦出小擦面儿，

大拇指，多灵巧，

手心圪搓变戏法儿，

圪塁出一个个猫耳朵儿，

也有人叫它——小捻窝儿。

三晋多美食，

叫人看花眼儿。

技高惊四座，

拇指赞绝活儿。

头顶大面团儿，

双手甩飞刀儿，

面片儿空中舞，

锅里飘雪花儿。

好像万千鱼跳跃，

银河飞渡——刀削面儿。

天南地北的外国人，

也慕名来吃山西面儿。

五星级酒店他不进，

专找山西小面馆儿。

小面馆儿，不起眼儿，

也要挣他外国人的钱儿。

歪个头儿，瞪着眼儿，

一页一页儿翻菜单儿。

家乡菜，特色饭儿，

五花八门儿不重样儿。

OK、OK 来两碗儿，

粉面榆皮小拨刀儿。

欢迎大家来山西，

一定要吃上顿农家拉扯面儿。

拉扯面儿是长寿面儿，

拉扯面儿是鸿运面儿，

拉扯面是吉祥面儿，

更是俺山西人待客的拿手饭儿。

炒上肉，炖粉条儿，

白菜豆芽地瓜蛋儿。

海带洗净切成条儿，

撒上芫荽和蒜苗儿。

炒好臊的和上面儿，

案上擀开一大片儿。

用刀切成长条条儿，

两手一拉像丝线儿。

下到锅里转圈圈儿，

水煮面条翻花花儿。

面条捞上多半碗儿，

臊的一加恰一碗儿。

浇上蒜泥老陈醋，

放上香油芝麻面儿。

突噜噜噜噜噜——

突噜噜噜噜噜——
呀——
酸不溜溜儿、辣不嗖嗖儿、
香圪喷喷儿、美圪滋滋儿、
吃了一碗儿又一碗儿,
吃了一碗儿又一碗儿。
小肚儿吃了个滚滚圆儿,
吃饱了吧?
吃饱了?
松松裤带还能加一碗儿。

五千年沧桑黄土地,
孕育出山西面食似花园儿。
面食成了产业链儿,
林林总总有标签儿。
宽条面儿、窄条面儿、
长面短面粗面条儿,
圆面条儿、扁面条儿、
厚面薄面细面条儿。
柳叶面儿、剪刀面儿、
方块面儿、空心面儿、
打卤面儿、炸酱面儿、
羊汤鸡汤清汤面儿。
肉炒面儿、素炒面儿、
焖锅炝锅蛋炒面儿——

说不尽的面食表不完的情，
谱不尽的小曲儿唱不完的歌。
黄河滚滚滕浪起，
煮出了山西面食是王牌儿。

小米县长

作者：暴玉喜

县长代言小米黄，
推介感动经销商。
精准扶贫创新路，
武乡小米出太行。

说的是，天高云淡景色爽，
中州大地峰会忙。
美味中国品牌会，
汇聚了南来北往众客商。
这时候，论坛上走来人一个，
面带微笑开了腔。
俺给武乡小米做推广，
实事求是不夸张。
武乡小米寒地里长，
阳光照耀干圪梁。
冬暖夏凉绿成荫，
一年四季没有霜。
天然生长纯绿色，

被誉为太行山上珍珠黄。

金珠子，金珠王，

金珠不换武乡黄。

颗粒圆，晶莹亮，

吃来软绵满嘴香。

熬稀粥，做焖饭，

不就咸菜也很香。

俺武乡小米最养胃，

治脾胃虚弱身体强。

武乡小米降三高，

清热养阴又壮阳。

更重要，小米生在红色地，

小米步枪的品牌美名扬。

（白）我是国务院派驻武乡扶贫挂职的副县长，

我叫张志鹏，愿为武乡小米做代言，

一点也不敢欺骗众客商。

经久不息的掌声响，

雪片似的订单都盖了章。

这时候，百感交集的张志鹏，

一行行热泪溢眼眶。

难忘记，人间最美四月阳，

张县长扶贫挂职到武乡。

他调研来到蟠龙镇，

贫困户陈国章字字句句泪满眶：

"张县长，俺家总共四口人，

两个孩子上学堂。

儿子读书念师大，

女儿医大读研忙。

我腰间盘突出又不能动，

老伴还常年病在床。

两个孩子要学费，

家里没钱逼得慌。

家里有小米卖不出，

还塌了一圪堆大饥荒。"

随行的第一书记叫张磊，

也满面愁云开了腔。

"张县长，据统计，蟠龙镇小米卖不出，

七万斤都在都家里藏。

老百姓打粮不挣钱，

你说恓惶不恓惶？"

张县长心如潮涌泪水湿，

火热的胸膛透心凉。

"想当年：

小米滋养了八路军，

化为精神思想放光芒。

小米步枪创造神话来缔造，

小米是老区的骄傲和荣光。

小米把历史的结晶来冶炼，
小米是父老的骨血永流芳。
到如今，却面对着小米泪千行
却面对着小米心凄凉。
国务院派我来扶贫，
就要把责任来担当。
如果挂职县长难胜任，
定会让老区人民更心伤。"

于是他四处联络找门路，
到中国煤科集团求人帮。
集团伸出援助的手，
七万斤谷子高价全收光。
张县长一颗愁云刚落地，
转眼惆怅挂心房。
要为小米长远想，
就必须代言小米重开张。
于是他，为武乡小米做代言，
四处奔波走他乡。
走山东，跑厂矿，
下河南，寻客商。
微信广交天下客，
美味中国沙上了榜。
他把全国都跑遍，
绕地球十圈可不夸张。

老百姓再不为小米而发愁，
竖起大拇指赞县长：
赞县长，丹心激起千层浪，
夸县长，精诚感动经销商。
唱县长，一颗红心向着党，
颂县长，精准扶贫走康庄。
老百姓激动的心情感谢党，
精准扶贫让老区人民喜洋洋。

这就是小米县长书一段，
精准扶贫围绕做文章。
张县长又把五色武乡来描绘，
要让那：
红色武乡、金色武乡、蓝色武乡、绿色武乡、
古色武乡，小米县长美名扬！

清音雅韵　丰润人生

任　平

2015 年，我四十岁了。这一年，也是我与四川清音结缘整整第二十五个年头。老话说，"三十而立，四十不惑"，我常想，四十岁的人生，应该有不一样的精彩吧。

时光拉开记忆的闸门，我依然清楚记得那一天——2015 年 6 月 23 日，我在北京中国文联文艺家之家参加中国曲协"牡丹绽放——曲艺英才培育行动"（以下简称"曲艺培英行动"）启动仪式时的难忘情景。那天，我和张旭东（叮当）、暴玉喜、夏吉平、杨菲、贾冰、庄丽芬、苗阜、刘芓君、陈靓十分幸运地成为中国曲协"曲艺培英行动"首批入选者。在"曲艺培英行动"的启动仪式上，中国文联党组成员、副主席李前光，中国曲协主席姜昆，中国曲协分党组书记、驻会副主席董耀鹏，中国曲协副主席王汝刚、郭刚、崔凯、籍薇，中国曲协分党组成员、副秘书长曲华江、黄群，中国文联曲艺艺术中心副主任厉夫波，四川文联党组副书记、副主席李兵，赵连甲、郭达、程桂兰、种玉杰、崔琦、张文甫、李世儒、孙晨、刘全和、李菁、徐涛等有关领导、老中青三代曲艺家代表都来到现场为我们加油祝贺。李前光主席、姜昆主席对我们未来的学习和工作提出要求和建议，并为我们十位入选者颁发了"曲艺培英行动"荣誉奖杯，他们在会上作了重要讲话并强调，"曲艺培英行动"是中国曲协为深入贯彻落实习近平总书记在文艺工作座谈会上的重要讲

76

话精神，大力弘扬社会主义核心价值观和大力倡导文艺界行风建设，进一步发挥中国曲艺牡丹奖示范引领作用，组织实施的一项培育中青年曲艺人才的示范性项目。行动坚持公正、公平、公开的原则，从荣获过中国曲艺"牡丹奖"的有发展潜力和动力的中青年曲艺人才中遴选了十位培育对象，计划通过总共三批，每批两年十人的集中培育，重点培养和打造曲艺艺术中坚力量，全面带动和促进曲艺艺术的发展和曲艺事业的繁荣。会议期间，赵连甲、王汝刚老师代表老一辈的曲艺家结合自己从艺的经历和几十年的人生思考，语重心长地给我们提出了很多宝贵的建议和殷切希望。我们四川省文联李兵主席代表四川省文联对"曲艺培英行动"在地方文联工作和人才队伍建设方面的示范意义给予了高度评价。他表示，这次中国曲协"曲艺培英行动"通过以点带面的示范作用，加大了对中青年曲艺人才的扶持力度，搭建了国家级的艺术人才成长平台，四川省文联一定会高度重视和密切关注，为"曲艺培英行动"的四川入选人才做好各项服务保障工作，鼓励和激励优秀人才更好地继承传统，锐意进取。

说实话，那一天，我的脑子确实有点儿蒙。从 2000 年牡丹奖设立至今，15 年的时间里有那么多优秀的牡丹奖获得者，我能够首批入选其中，是多么幸运，也是多么幸福的一件大事和喜事啊。但我却深深知道，这份光鲜亮丽的荣耀背后，更多的是压力、责任和使命。如果没有中曲协领导的鼓励扶持与重点培育，如果没有四川省文联和四川省曲协领导多年的悉心关爱与无私帮助，如果没有师父的严格要求和谆谆教诲，如果没有家人的理解支持和不离不弃，眼前的这一切都是空谈。今后，我要怎么做，才能够做得更好，来回馈报答这些如此关心、帮助和疼爱我的老师们呢？想到这里，我的心里竟然涌起一丝从未有过的慌乱与不知所措。耳边似乎传来师父常常提醒我的那些话："任平，你不要在吃苦的年纪就选择了安逸，人最怕的就是一生碌碌无为，最后还安慰自己平凡才可贵。你现在必须要非常努力，才能让人家看起来毫不费力。只有这样，将来你才会感谢现在拼命和努力过的自己。如果你现在不去奋力拼一下，又怎会知道自己到底有多优秀呢。"师父的话就像一颗定心丸，让我那紧张而躁动不安的心渐渐平复下来。

习近平总书记说，"青年最富有朝气、最富有梦想，青年兴则国家兴，青年强则国家强。广大青年要坚定理想信念，练就过硬本领，勇于创新创造，矢志艰苦奋斗，锤炼高尚品格，在实现中国梦的生动实践中放飞青春梦想，在为人民利益的不懈奋斗中书写人生华章"。沉甸甸的奖杯、沉甸甸的殊荣、沉甸甸的希冀，真的好似千斤重担压在肩头，让我深感荣幸、感慨万千又备受鼓舞。为了不辜负中国曲协的重点培养，为了我所热爱的四川清音，我一定要认真规划好未来的两年时间，加倍努力做人做事，坚守初心唱好清音，拿出不断超越自我的代表性曲目，实现更高地艺术理想和人生价值。当时我就想好了，一定要从强化自身的艺术修为、锤炼艺术技艺和坚持锐意创新做起，从我所熟悉的巴蜀曲艺开始，从我所热爱的四川清音入手，通过两年的时间，努力为四川曲艺的繁荣发展做一些能能够看得见、落得实的事情，为四川清音创作演出一些够叫得响、留得下的精品佳作，抢救性记录保护去整理、录制一批濒临失传的四川优秀传统曲目，还要培养和扶持一批成都优秀的青年曲艺人才，为他们努力搭建一个展示四川曲艺艺术独特魅力的舞台，打造一个宣传四川曲艺的窗口，实现观众想要"听四川曲艺、品四川清音"的多年期许。

众手浇花　牡丹绽放

自从入选"曲艺培英行动"以来，激励、鞭策我前进的动力是巨大的、无穷的，带给我的荣誉和影响是终生难忘的。回顾这两年走过的所有幸福时光，在众人精心扶持鼓励下，我收获了太多的感动，简直难以用言语一一说尽，心里时刻都充满了无限的感恩与感激之情。

感谢中国曲协为我们十名入选者积极搭建起得天独厚的国家级学习研讨、艺术实践和文化交流的平台。两年期间，作为"曲艺培英行动"的入选者之一，我先后参加了中国曲协组织的中国曲艺牡丹奖艺术团送欢笑走进北京怀柔、走进四川遂宁、走进无锡新区等文化志愿服务活动，"深入生活、扎根人民"曲艺采风创作丝路行（陕西站）演出、"我们的中国梦"曲艺名家新秀送欢乐进浏阳高新区专场演出、向人民汇报——"深入生活、扎根人民"文艺创作成果展演曲艺专场、向党95周年华诞献礼——曲艺名家新秀走进泸县示范演出、向党汇报——纪念中国共产党成立95周年优秀曲艺节目展演等重大演出活动；随中国曲协曲艺代表团先后出访参加了日本"中国传统艺术访日交流演出"、韩国"中华曲艺首尔夏赏"展演等文化艺术交流活动；担任了中国曲协主办的第三届岳池杯中国曲艺之乡曲艺大赛、第十二届宝丰马街书会优秀曲艺节目展演等评委工作；参与了中国曲协《中华曲艺艺谚艺诀和专业术语》的编写研讨、参加了第七期全国曲艺创作高级研修班、陕西曲艺作品创作提升行动培训班、深入学习贯彻习近平总书记文艺工作座谈会重要讲话精神研讨班等专题研修学习，通过这些演出活动和研修培训，进一步深化了思想认识，锤炼了党性修养，坚定了理想信念，增强了业务能力，令我受益匪浅、收获良多。

　　两年来，四川省文联、四川省曲协和我所在单位成都市非遗研究院的领导都十分关注我的进步与成长，对我格外关心和照顾，让我深受感动。作为一名四川清音演员，我先后参加了四川省曲协组织的文艺志愿者服务小分队赴巴中、泸县等地演出；参加成都国际友城青年音乐周演出、"说唱成都"优秀曲艺节目专场演出活动；应邀参加了联合国中文日——"感知成都"专场音乐会赴奥地利维也纳、林茨、德国柏林、捷克布拉格等国家和城市之间的文化交流活动。同时，我恢复改编了四川清音《尼姑下山》等传统曲目，排演了四川清音新作品《蒹葭》，演唱的四川清音《太阳神鸟》获四川巴蜀文艺银奖；作为成都市曲协主席、成都非遗研究院曲艺团团长，我牵头组织策划并参与演出了四川曲艺方言喜剧《天府的笑声》（第二季）之《安逸社区真安逸》、"道德的力量"——成都市道德模范故事汇基层巡演42场、"成都榜样"

　　故事汇专题巡演40场、"蓉城之春"艺术节——"说唱成都"优秀曲艺节目专场演出、"蜀曲流芳"曲艺人才集中培训等重点曲艺演出活动，并积极鼓励推荐团里中青年优秀曲艺人才参加各种重大曲艺赛事活动。其中，我团吴丹表演的谐剧《苦蒿妹妹》获第九届中国曲艺牡丹奖新人奖提名；四川曲艺《蜀韵蜀粹》获韩国"炫彩游行"大邱庆典文化交流活动银奖；四川金钱板《一百五十万》获首届"说唱四川、歌颂中国"曲艺创作工程优秀曲艺新人奖；小品《名声》获首届四川艺术节第十届戏剧小品（小戏）比赛优秀剧目奖、优秀编剧奖、优秀表演奖。此外，我团的四川竹琴《竹情》获国家艺术基金项目资助15万元。通过参加这些重大赛事活动和国家艺术基金的资助扶持，带动和激发了团里一批中青年曲艺人才创演的积极性和主动性。

　　作为四川清音李派第三代传人，我始终坚持从两个方面抓好四川清音的传承工作，一是开展活态传承，二是进行定向性传承。在活态的普及性传承方面，这几年我组织开展了四川清音进校园的普及推广活动，先后在成都市马鞍小学、成都市高新高科学校、成都市盐道街小学（卓锦分校）、成都市蒙彼利埃小学成立了四川清音社团，在学校领导大力支持下将四川清音纳入孩子们日常的音乐课进行系统学习。我一直担任这些学校的艺术顾问，每周都安排团里的年青演员一起为孩子们传授四川清音的表演、唱腔，以及鼓板技法。其中，成都市马鞍小学清音社团的孩子们表演的四川清音不仅多次在成都市艺术人才比赛荣获一等奖，还先后荣获 2015 年成都市金牛区第十届校园艺术节合唱比赛二等奖、全国少儿曲艺大赛四川赛区二等奖、成都市金牛区艺术节歌唱表演比赛特等奖。2015 年，该校老师运用清音元素创作了校园课本剧《蜗牛的奖杯》，讲述了一只蜗牛为了参加森林"虫声大赛"在春夏秋冬苦练敲鼓版、弹舌音、学唱清音等技能，最终获得冠军的励志故事。剧本把四川清音的知识与技巧融入剧情之中，寓教于乐的课本剧既传播了清音知识又传递了满满的正能量，深受校园师生们的喜爱。2016 年，该校师生还远赴美国参加联合国中国非物质文化遗产展演，他们表演的原创清音作品《凤原图》喜获金奖，后又受邀到美国马里兰大学进行演出。该校谭德蓉老师申报的《四川清音小学校园传承实践研究》被确立为全国教育科学"十二五"规划教育部重点课题"非物质文化遗产校园传承研究"子课题，学校也先后被命名为四川省曲艺特色学校成都市第二批"非物质文化遗产传承基地学校"。该校学生吴月晗还以优异成绩考入成都文化艺术学校定向代培生，现已成为成都非遗研究院曲艺团一名清音演员。此外，我与乐山师范学院音乐学院合作，先后参研了省部级课题"四川清音李派传承人口述史"、四川省教育厅重点课题"四川清音当代艺术特征及发展研究"（已结项），并协助该校申报国家艺术基金四川清音人才培养项目，专程组织四川清音传承人进入乐山师范学院音乐学院专业课堂进行现场示范教学。实践证明，我们的四川清音进校园活动从学校出发，逐渐传播到社区、剧院、电视台、电台，让四川清音这朵巴蜀艺术之花通过新一代新苗新人的努力，走进了首都北京甚至走出了国门，不仅取得了丰硕的成果，还获得了极好的社会效果。

在四川清音的定向性传承方面，得到了我单位成都市非遗研究院领导的高度重视，由我们非遗中心申请立项并出资 200 多万元与成都市文化艺术学校进行联合招生，面向社会 13—15 岁的中小学生公开招收了 20 名曲艺、木偶定向代培生，学习四川清音、四川竹琴、四川扬琴、四川金钱板、相声等不同曲种，其中有 4 名学生主攻四川清音专业。这批小学员整体素质好，家长也很支持，孩子们对学习四川曲艺艺术有着浓厚的兴趣和积极性，我们聘请了多年从事曲艺表演的老先生们亲自给孩子讲授专业课，使他们在业务上成长进步的很快。经过三年的定向培养，2017 年 7 月，这批 20 名学员圆满完成学业，全部顺利进入了成都市非遗研究院曲艺团和木偶团工作，成为我院一支充满青春活力的曲艺生力军。看着这些稚嫩的，张扬着青春气息的年轻脸庞，更加坚定了我心中这一份坚持，就是要把四川清音的传承作为一生的事业，继续用心的坚守下去，把培养未来传承人的接力棒一代一代的传递下去，和大家一起努力收获四川曲艺更加灿烂美好的明天。

从 1991 年我与四川清音结缘算起，四川清音就像我最好的闺蜜和朋友，一路相伴陪着我走过了人生 27 年最美好的青春时光。这些年，在我所有努力与成功背后，都凝聚着太多人对我无私的帮助和鼎力支持。每当想到这些，都会令我感慨万千、感动不已，真是应了这句话，"众手浇花牡丹绽放"！2017 年 7 月，"牡丹绽放——曲艺英才培育行动"成果汇报演出在中央电视台星光剧场隆重举行，恰逢中国曲艺家协会第八次全国代表大会召开期间，我演唱的四川清音《蒹葭》接受了来自全国曲艺前辈、老师和同行们的专业检验，赢得了大家的好评和肯定。演出结束，当有人问我为什么选择演唱这首《蒹葭》时，我的思绪一下子就飞回到了一年多前。

　　那时候，我正在按照中国曲协的要求，苦思冥想创作一首四川清音新曲目。这次我很想尝试去突破自己以往的演唱风格，想要更好地展示四川清音的秀丽、秀美的意境和纯粹、优美的音色，给人留下耳目一新的感觉和回味。我和负责编曲的林亚平老师一起想了好久，却始终没有令人满意的答案。2016 年的夏天，我到北京开会，抽空去超市买矿泉水，却在超市门口意外碰到同样来北京开会的全国著名军营曲艺家、词作家陈亦兵老师。如此有幸巧遇所敬仰的老前辈曲艺家，我的话匣子一下子就被打开了。我兴奋地与陈老师畅聊起来，陈老师十分关心地问："任平，最近有没有演什么新作品呢？"我一下子就蔫在那里，非常无奈地摇摇头："唉，陈老师啊，我最近正为这事儿犯愁呢……"，陈老师听完我说之后什么也没说，笑眯眯地从随身斜挎的包包里掏出一本手稿递给我说："这是我按照中国曲协要求，最近刚刚改编出来的 15 首青春版《诗经》，你先看看对你有没有什么启发。"我接过来手稿，一页一页地认真细读起来，一下子就被陈老师生动简洁又凝练直白的语言吸引住了，这种通俗化、口语化的叙事或抒情风格不正是我们曲艺作品中常常用到的嘛。我恋恋不舍地把手稿递还给陈老师，并由衷地赞叹道："陈老师，你翻译的青春版《诗经》可真是太曲艺了呀。"陈老师和蔼地对我笑着说，"如果你觉得有用，就拿去用好了，这本手稿我先送给你了。"听陈老师这么说，我心头一阵狂喜，马上伸手去接《诗经》，刹那间又立刻忐忑起来，伸出去的手久久地停在了半空中……

　　我仰望着一脸慈祥可亲的陈老师，激动地愣在那儿，真是半晌没说出话来。天啊，我任平何德何能，有幸得到老先生这样的无私馈赠和真诚呵护呢？老先生对我，对年轻曲艺后辈所寄予的这份厚望恩情，让我感动到汗颜却无以回报。我绝不能辜负老先生的厚爱，今后唯有更加努力地做人做事，当好曲艺人，唱好四川清音，才是对老先生最好的报答。想到这里，我谦虚诚恳地说："陈老师，我心里有太多感激的话，现在一下子啥也说不出来了，我就引用刚才看到您改编的《诗经·木瓜》中的一句话，来表达我现在的感激之情吧，'投我以木瓜，报之以琼琚。匪报也，永以为好也'。"陈老师听完爽声大笑，"好好好！那我们就无以为报，永以为好喽"。接着，陈老师又认真嘱咐道："任平，我非常赞赏你对清音的执着，有句话叫'曲为时代吟'，我们曲艺人就是要说百姓话、讲百姓事、唱百姓情，你一定要记住，这是我们的责任和义务。今后，你还要继续加油啊，要尽可能地发光发热，把艺术的积淀奉献给社会，把更多的欢笑和温暖送到人民群众的心坎坎上。"

带着陈老师的殷殷嘱托，我热忱满满地飞回成都，一下飞机就立刻邀约编曲林亚平老师来商量《诗经》选题。这15首《诗经》件件都是传诵千年的经典名篇，想要从中选择一首适合我演唱风格的作品确实不是一件容易事儿。最后，当我们的目光再次停留在《蒹葭》上的时候，我立刻心领神会地拍案而起，对！就是它了。这首大家耳熟能详的《蒹葭》是《诗经》中最具代表性的抒情佳作，取材于《诗经·国风·秦风》，据说是2500年前在当时秦地广为传唱的一首民歌小曲。全诗意境朦胧凄清，感情真切执着，其独特的艺术美感正是我想要传递的那份清新抒情和与众不同。王国维先生曾在《人间词话》中提道："《诗·蒹葭》一篇，最得风人深致。"并称赞它"风格洒落"。1975年前后，琼瑶女士根据《蒹葭》创作过一首流行金曲《在水一方》，至今还在广泛传唱中。我觉得，诗歌中"苍苍""萋萋""采采"等叠词"重章叠句、回环往复"的用韵和句式的参差变化，极富节奏感和音乐美，与四川清音长于抒情、委婉缠绵的韵律美不谋而合。当时，林亚平老师有一些顾虑，他半开玩笑地问我："任平，会不会有人觉得这首诗是描写追求美女不得的单相思呢？"我肯定地说："不会的。我认为《蒹葭》这首诗传递的是一种象征意义和人生态度，比如当我们处在'在水一方'的人生境遇时，应该欣赏它的锐意追求，而不是悲观失望。当我们今天面对理想、事业、前途、爱情、婚姻等不同的人生选择时，是要顺流而下，还是为了梦想逆流而上，不畏艰难险阻的不断求索呢？拿我来说，我心中在水一方的'伊人'，就是我魂牵梦绕的四川清音，她永远都是我一心想要追求的、最有魅力的目标和对象。我希望通过《蒹葭》这种象征意义，传递出四川清音最美的声音，传递一份积极的人生态度和坚持。"

　　大气磅礴、人杰地灵的巴蜀山水，积淀了丰厚独特的巴蜀文化，孕育出色彩斑斓的四川曲艺艺术，赋予了四川清音清雅甜美的灵动之气，也凝练出四川人智慧奋进、包容兼蓄、坚韧乐观的川渝精神。在师父与四川清音结缘的半个多世纪里，她演唱过的四川清音作品不下上百个，其中相当一部分获得了很好的社会反响，这些作品绝大部分属于新编创的曲目，其中都渗透着词作者、唱腔设计者和音乐伴奏者的智慧与心血。她常对我说，"你永远不要忘记身后那些默默为你奉献的编曲、唱腔和伴奏老师们，他们才是你获得成功的贵人。"是的，非常感谢与我长期合作的曹正礼、王持久、严西秀、蓝天、林亚平、秦渊、向盛、彭涛老师等，他们这些位我事业中的"贵人"不仅熟悉四川清音曲牌曲调，更熟悉我的最佳音域和音色变化，为我量身创作了《锦水吟》《春到龙门山》《中华医药》《蒹葭》等一批非常适合我演唱的代表性曲目。尤其是长期为我编曲的林亚平老师，他是我多年的合作者之一，渊博的学问和丰厚的阅历，宽阔的胸襟与包容的心态，儒雅的谈吐之下，还有我们四川人那一股不服输的坚韧与乐观。这次，他独具匠心地为四川清音《蒹葭》诠释了更加深刻的艺术内涵，对我演唱风格的精益求精也全部体现在走心的编曲之中，赋予我与四川清音《蒹葭》一种别样的风度气质和艺术表现力。我记得，师父程永玲老师听完我发给她的小样后，沉吟了半天没有回应。我十分焦急地问，"师父，咋样嘛，说句话呗。"师父优雅地淡淡说出两个字，"好听。""还有啥子意见？""没得了。"这时，师父的爱人，我亲切地称呼他强老头走过来，好奇地问："刚才放的那个是谁唱的，这么好听。"师父瞥了他一眼说，"还有谁，一听就是任平的声音啊。"强老头连声抱歉地说："不好意思，不好意思，真的没听出来，跟她以前唱的那些确实有点儿不一样的味道嘛。"是的，我以前的作品如《春到龙门山》《六月六》《赶花会》等，演唱风格基本都是以欢快、跳跃、活泼的四川清音小调见长，这次《蒹葭》唯美抒情的人声展现对我而言是一次全新的尝试与挑战。在我眼中，对传统的改革和创新，就是对传统最大的尊重。我的师婆李月秋老师曾经探索把美声花腔女高音中的演唱技巧融入四川清音的"哈哈腔"的传统唱法，创造出具有我们民族特色的"中国式花腔"，这既是借鉴与融合，更是创造与革新。这次在四川清音《蒹葭》的演唱中，我改变以往四川清音比较注重突出"哈哈腔""弹舌音"和"贯口"三大技巧的特点，刻意采用了民族唱法"咽音"发声技巧，来进行气息、发声的控制和唱腔的处理，如对声音控制的"弱控弱收"，声腔的"打进打出"，气息的"气断声不断"等等。这些大胆尝试的初见成效，得益于林亚平老师对《越调》《背工调》《鲜花调》《小剪剪花》等清音曲牌的灵活运用，以及他对音乐元素的艺术提炼和二度创作，他在继承传统清音曲调的基础上，彰显出其在曲调创新方面的深厚功力和卓越才能。

按照中央电视台的要求，我们在《蒹葭》中尝试融入了一些电子乐的音乐元素，今后还想试着融入琼瑶女士的《在水一方》，再经过反复修改、提升和打磨之后，最终我们会采用纯民乐版《蒹葭》进行演唱和推广。《蒹葭》小试牛刀成功后，我满心喜悦地给师父打电话报喜，师父听了十分欣慰，又跟我聊了很多她对《蒹葭》的感想和修改意见，最后还不忘嘱咐我说："任平，你要记住四川清音的继承、发展和创新，说到底就是要'找准根'和'结好果'。根，往大处讲是巴蜀文化，朝小处讲就是清音的传统。如果失去了根，所有的创新都是无源之水、无本之木。果，是对传统的扬弃，对生活的新感悟，对时代脉搏的把握。由新思考、新实践形成的新作品和新尝试，这才是创新的果。咱们继承是为了发展，发展才是最好的继承。这次的《蒹葭》非常好，在作曲和你的唱腔上都突破了，而且很成功！但是你不要骄傲，还要好好学、用心学才可以。"师父这番话，让我更加坚信了一点，就是今后在继承中华优秀传统曲艺艺术的基础上，还要更加谦虚谨慎地积极探索、不断大胆尝试，坚持博采众长的"拿来主义"，好好创作一些既能继承传统，又有创新实践；既能超越自我，又能展示艺术风采的代表性曲目。

愿得韶华刹那　开得满树芳华

我特别喜欢这句话，"愿得韶华刹那，开得满树芳华"。在浩瀚的宇宙长河之中，人的生命只不过是毫不起眼的一瞬，但早已有太多的果实，在漫长的岁月里等待着成熟。我希望自己能在有限的时光里，与四川清音终身相伴，让个体的艺术生命之树开满绚丽芬芳的花朵，就算是短暂的一瞬，我也要努力感知这世界上最令人惊叹的绚烂与美好，绝不庸庸碌碌、无所用心地虚度此生。因为我知道，艺术生命和个体生命一样，都需要有传承、有延续。我会继续心怀感恩地坚守心中的清音梦、曲艺梦，努力追求艺术生命中那份光彩的极致与心绿的常青，用坚定的文化自省、文化自觉、文化自信，去书写生命姿态里最有美感、最有质感的精彩人生。

　　回顾我 27 年的艺术人生，我最感恩的人就是我的师父程永玲老师。我清楚地知道，如果没有恩师的"传帮带"，就不会有我后来的进步和今天的成绩。没有恩重如母的师父，就没有今天的四川清音任平。想当年，师父在四川清音表演的艺术道路上能够坚持走下去并取得傲人的成绩，得益于她的恩师、著名的四川清音艺术大师李月秋老师的教诲和引领。李月秋大师不讲门户、不分地域，手把手地口传心授，无私奉献地培养出一批又一批高质量的学生，为四川清音的灿烂辉煌，储备和培育出一大批的中坚力量，她们当中很多人都成为至今还活跃在四川清音舞台上的著名表演艺术家。我的师父程永玲老师也和她的师父李月秋大师一样，把她从师父那里学到的一切，全都毫不保留、倾其所有地传授给她的徒弟和学生们。师父说她最喜欢我的率真、认真，也因此对我格外偏爱和严格要求。她总是在我低迷困惑的时候为我打气加油，在我获得荣誉的时候劝我保持冷静。她时时提醒我："任平，在四川清音的艺术领域里，你虽然已经是一个佼佼者，但要走的道路还很长，要学的东西还很多，路旁的诱惑也不少。你要能继续坚守得住，保持淡定的心，才能在将来的岁月里创造更大的辉煌。"

　　一路走来，我很庆幸自己是如此的幸运，能够拥有师父给予我的这份志同道合的母女深情，能够拥有家人数十年如一日的默默支持作为最坚强后盾，让我能够享受四川清音艺术带给我的快乐与幸福，尽情地自由歌唱，唱出心中的梦想，唱响无悔的青春。这些年，我的家人一直都在身后无声地支持着我。我是家里的独生女儿，从小都是妈妈帮我梳头。每次登台演出，妈妈总是在家变着花样地帮我做好发型，把我打扮得漂漂亮亮的才让我出门。自打有了儿子满满以后，我妈妈又全部主动包揽了照看外孙的大小琐事，让我全身心地投入工作和演出。儿子满满刚刚六个月，因为经常有演出任务，我只能给他断了奶。只要一出差，我就牵肠挂肚地想孩子，于是每天都会给家里打电话询问满满的情况，妈妈从来都是报喜不报忧的。后来一次与老公聊天，无意说起儿子2岁前支气管不太好总是咳嗽，才知道有好几次我出差打电话时，妈妈都是一手接电话一手抱着满满在医院打吊瓶。初为人母之后，我愈发体会到这些年我妈妈的不容易和母爱的伟大。记得我入选"曲艺培英行动"的时候，儿子满满才刚刚八个月，现在已经两岁九个月了，长成了一个健康活泼又聪明可爱的机灵鬼。父母、老公和儿子满满都是我最忠实的观众，每当我在家里练唱或用琵琶弹唱清音时，儿子满满总会跷起肉嘟嘟的小二郎腿，一动不动坐在那里认真地听我唱起来，听到满意的地方他还会热烈鼓掌。我悄悄问他，"妈妈唱的咋样？"他就操着稚嫩的四川方言拍着小手大声说："妈妈唱得最好，再来一个嘛。"于是我在想，如果有一天儿子也喜欢上四川清音，我会全力支持并保无保留地传授给他，让他从小就感知四川清音的无穷魅力和带给身心的那份快乐。在家里，爸爸几十年都是一个不苟言笑的人，他对女儿浓浓的爱都倾注在对我事业的关注和支持上。从2000年开始，我演出所用的清音鼓板，都是爸爸经过五年时间反复揣摩、研究、实验才亲手制作出来的。一开始，爸爸完全不懂四川清音打击乐，也没有任何经验，他一点点摸索，一次次尝试，不知道锯坏了多少竹子，做坏了多少副鼓面。鼓板的选材制作要经过竹子脱脂、鼓面造型、抛光、打磨、上漆、晾晒等多道复杂的工序。做好一副鼓板，爸爸常常要花费一年多的时间，而且在制作过程中会扬起很多灰尘，十分损伤眼睛和耗费精力，但因为戴上眼镜会起雾、蒙灰，干扰视线，他就一直坚持用肉眼去仔细观察、认真打磨。做一副好鼓板，最讲究的环节就是竹节的脱脂，仅竹节脱脂这道工序爸爸就反复摸索了两三年，但效果总是很不理想。一次偶然的机会，爸爸去四川的崇州市怀远镇，偶然发现路边有位老人在摆摊卖竹子做的烟缸、竹杯等，他就跑过去向人家求教竹子脱脂的方法，但是老人非常保守，死活就是不肯说出来。爸爸毫不气馁地反反复复又去找了老人好几次，最终老人被爸爸的执着和真诚打动，才把竹子脱脂的方法告诉了他。还有一件小事，就是我之前演出用的老式鼓架有点儿笨重又无法折叠，爸爸看着娇小的女儿每次出差都拎着显得特别费劲，他就不动声色地把家里的相机架子改造成一副十分轻便又利于携带的铝合金鼓架。一晃十几年过去，爸爸已经年过七旬，他还在坚持为我做着鼓板。爸爸亲手制作的清音鼓板，倾注了他对女儿最深沉的、最特别的爱，它在我手中传递着这个世界上最温暖的力量，伴随我走遍天南地北，并多次走出国门。

传承千年文脉　唱响古韵高腔

巴蜀文化是中华文化的重要组成部分，其文脉源头可追溯到几千年前新石器时代。在这片神奇的巴蜀大地上，千年历史文化的丰厚积淀，孕育出丰富多彩的民间说唱艺术，四川清音就是其中最具代表性的曲种之一。据说，四川清音源于明清俗曲，形成于300多年前的清代乾隆年间，是由江南小曲与四川方音、民歌俚曲、戏曲声腔等经过长期交融、衍生发展而来的。它既保留了自明清以来中国传统音乐形态的基因特征，又因与四川语言、音韵、语调的完美结合，在表演、唱腔、曲调等方面都显露出浓郁的四川地域特色和鲜明独特的艺术风格。2008 年，四川清音被列入国家级非物质文化遗产保护名录，我的师父程永玲老师也入选了四川清音国家级非遗传承人。

为了全面落实四川清音的整体性保护、数字化记录保护和抢救性记录保护工作，我在近年来开展的四川清音非遗保护普查工作中掌握了解到一些数据。初步统计，四川清音现存曲目有 300 余首，曲牌超过了 100 支，常用曲牌有 50 余支，其中最著名的是"八大调"（即勾调、马头调、寄生调、荡调、背工调、越调、西皮调、滩簧调）。这些宝贵的四川清音传统唱腔曲调，是经过很多代四川清音艺人长期创造积累，遗存下来的艺术瑰宝和心血结晶，但这些传统曲调几乎在舞台上鲜为人见，即使对于我这样演唱二十多年清音的演员来说都是非常生疏的，特别是勾调、马头调、荡调，几乎就没人演唱过了。为了给四川清音后辈留下可供学习和研究的唱腔音像资料，填补四川清音八大调没有录音资料也至今无人唱全的空白，一天，师父程永玲老师专门把我叫到家里，她拉着我的手郑重地说："任平，我作为国家级的四川清音传承人，这些年我一直有个心愿，就是想对四川清音八大调开展一次抢救性的保护和录制，在我有生之年，绝不能看着这些老祖宗留下来的宝贵遗产在我们眼前消失、手里失传啊。"在中共成都市委宣传部的高度重视下，我负责申请的"程永玲四川清音八大调"抢救性录制项目正式立项通过，并成功申请到成都市委宣传部拨款 15 万元专项经费。中国曲协董耀鹏书记非常关注四川清音八大调的抢救性录制项目，他说，"四川清音八大调的抢救性保护工作，不是程永玲老师个人的事情，这是四川曲艺界甚至是中国曲艺界都应该重视和支持的一件大事，这对四川清音抢救性记录和保护传承有着十分重要的影响作用。"在中国曲协领导的大力支持下，很快也给这个项目下拨了 5 万元专项经费。从 2014 年开始立项至 2017 年录制完成，前后三年多的时间，虽然师父一直身体欠佳，但她始终坚持带着我们一起东奔西走，积极参与四川清音八大调曲谱的挖掘、抢救和整理工作。最终，我们从成都市曲艺团老团长夏本玉老师，以及几位老先生的家中搜集到了一些年代久远且十分珍贵的曲谱资料，这些资料大部分是已经纸张泛黄的手稿，还有一些几乎难辨字迹、模糊不清的陈年油墨刻印稿。当老先生们得知师父是要抢救、整理、出版八大调专辑时，都毫无保留地把手中资料义务捐赠出来。师父如获至宝地把这些珍贵资料捧回了家，马上就投入到高强度的曲谱整理、分类和筛选工作中。经过她多次反复筛选，最后从中遴选出 10 首最具代表性的八大调曲目，即《月儿高》（勾调）、《马头调》（玉美人）、《扯袈裟》（寄生）、《后黄昏》（荡调）、《昭君出塞》（背工调）、《活捉三郎》（越调）、《关王庙》（反西皮）、《西宫词》（弹簧调）、《花园跑马》（汉调）、《尼姑下山》（越调）。

作为四川清音李月秋大师的弟子，作为四川清音的国家级非物质文化遗产传承人，师父她多年潜心于传统清音的保护与传承，这次完整录制的八大调音像资料，可以说是为四川清音留下了一批宝贵的精神财富。回想起当时录制八大调的那段时间，我就忍不住想要哭。当时，师父因为腰椎间盘五处骨折，前前后后在床上躺了八个月，刚恢复好没多久又得了肺炎住院。尽管身体状态不是很好，但她主动跟我提出来要尽快完成录制工作。每天录音，师父因为腰椎疼痛无法久坐，已经七十岁的她，常常一站就是五六个小时。看着她不时将手扶在腰间，额头微微渗出一丝丝冷汗，我几次劝她停下来休息，她却坚韧地始终不肯停下来。我看在眼里疼在心里，却又急得毫无办法，泪水在眼眶里一个劲儿打转不敢流出来，只能趁她不注意的时候，背过身去悄悄地抹一下。师父对四川清音艺术这种近乎执拗地认真与坚持感染了在场的所有工作人员，大家都夜以继日、加班加点地投入到忘我的工作中，使得录制工作进展得异常顺利，很快就在 2016 年年底圆满完成了《程永玲四川清音八大调》CD 专辑的全部录制工作。经过重新整理和编曲的四川清音八大调代表性曲目焕发出新的艺术生命力，目前已经进入了后期设计制作环节。当录制工作结束的时候，师父长长地舒了一口气说："任平，今天我终于可以放心睡一个好觉了。"看着一身疲惫又面带喜悦的师父，我悄悄凑到她耳边说："师父，这段时间您实在太辛苦了。有件事儿我一直没告诉您，我已经办好了出国手续，买好了机票，过几天我就带您去泰国芭堤雅玩，我好好地陪着您度个假。"这么多年，由于工作、演出太忙或其他原因，我从来没有和师父一起轻松享受过美好的假期。这也是我多年的心愿，抽出一点儿私人时间好好陪陪师父她老人家。在碧海蓝天的异国小岛，在洁白柔软的银色沙滩上，在面朝大海，春暖花开的日子里，我们母女俩每天一起自由地呼吸、悠闲地漫步、尽情地欢笑，开心地好像两个无忧无虑的妙龄少女一样。师父对我的爱，我对师父的爱，全都融化在那一刻灿烂的阳光里，璀璨的星空下……

熟悉我的朋友常说，任平的四川清音之路是沿着她师父的艺术人生一路走过来的。我听了这话总是特别的开心，因为这恰恰是我们师徒之间最奇妙、最幸福的缘分啊。说到缘分，还真是无巧不成书。2017年5月，我随成都市代表团应邀赴钢铁之都——奥地利林茨市参加联合国中文日"感知成都"系列文化活动专场音乐会。当我双脚踏在林茨市古朴的街道上，突然想起1987年，我师父程永玲老师首次出国演出，就是在奥地利林茨市举办的"程永玲四川清音独唱音乐会"，当时的演出大获成功，师父温婉细腻、圆润悦耳的演唱被当地媒体誉为"来自东方的一颗明珠"。三十年后，带着师父和我所挚爱的四川清音，带着我们共同的清音梦，沿着师父走过的艺术之路，我们师徒的足迹在异国他乡的土地上，再次幸福完美地重叠在一起。

2018年，是我师父程永玲老师艺术人生六十年，是她与四川清音相伴六十韶华的重要纪念。作为徒弟，我想在师父身体条件允许的情况下，为师父举办一场以名师高徒为主题的四川清音程永玲师徒专场演出。因为师父说过，在我们曲艺界，名师与高徒的传承，犹如长途接力，江河流水，生生不息，源源不断。名师与高徒，对于任何一种技艺的传承来说，都是最佳的写照与高格的追求，四川清音的传承也是如此。多年来，我的师婆、我的师父潜心于"名师高徒"的方式将四川清音艺术有效地传承下去，因为在她们心中"名师"与"高徒"是一个良性互动，也是推动四川清音艺术追求自身不断发展的一个重要途径。我也想通过"名师高徒"的传承途径，展示"名师高徒"的喜人成绩，希望能有更多的名师来传授技艺，有更多的新人来学习四川清音，进一步推动四川清音深刻的继承和创演的繁荣发展。相声界一位前辈说过，"名师者，明白之师也"。我理解，名师不仅仅是有名气的老师，更应该是"名副其实"和"实至名归"的老师。名师不仅要有真才实学还要诲人不倦，更重要的是要因人而异地因材施教，而不是简单地依照自己风格来复制、克隆出一批仅仅是像自己的学生。所谓"高徒"，首先要有一定的先天条件，有真正热爱这门艺术的初心，有刻苦学习的态度与良好的悟性，然后才是艺术技巧与演唱本领的过人之处，还要有脚踏实地、认真做人从艺的高尚品德与职业操守。一个好演员，一位真正的艺术家，可以领军一个曲种，如果再用心地带领一批有出息的徒弟，那这个曲种的传承就是一片灿烂的天空。我的师婆、师父都是这样德艺双馨的名师，今后我也会秉承她们的名师之风，一直这样把四川清音传承下去。因此，我想通过这样一场演出来心怀感恩地回馈师父多年对徒弟们的教诲和培养，也想让更多喜欢、关注四川清音朋友们看到，四川清音火炬传递到我们这一代年轻人的手中，依然在薪火相传地保持着旺盛的艺术生命力。

习近平总书记在文艺工作座谈会上的重要讲话指出："艺术需要放飞想象的翅膀，但一定要脚踩坚实的大地，文艺创作最根本、最关键、最牢靠的办法是扎根人民、扎根生活。"这一重要论述，不仅深刻揭示了文艺创作的内在规律，明确回答了社会主义文艺"依靠谁""为了谁"，还为文艺创作走出有"高原"缺"高峰"的怪圈，推动新时期文艺事业繁荣发展指出了努力的方向。作为一名曲艺工作者，作为四川清音传承人，每天在紧张繁忙的工作和演出活动之余，我的内心多少还是有些浮躁，并没有完全静下心来，认真思考、反复淬炼，专心致志地与词曲老师们一起潜心研究和创作经得起时间考验的精品佳作。尤其是在开展四川清音曲谱和八大调的整理保护工作中，从老一辈曲艺家们的身上，我更加清楚地认识到自身存在的差距。我对生活和优秀传统曲艺艺术汲取地养分是那样不足，目前擅长的传统曲目和曲调也是那样有限，尤其是对八大调代表性曲目曲调的掌握，并不能像师父那样游刃有余地驾轻就熟，我离师父所要求的"高徒"目标还有很大的差距，对四川清音的学习我永远在路上。今后，我要大量阅读、欣赏古今中外的名篇佳作，努力从优秀的传统文化中萃取精华，努力学习掌握更多地传统曲目，不断完善和弥补自己在艺术上的短板和不足，进一步丰富和提升舞台表演水平，要以德艺双馨的老一辈曲艺家们为榜样，努力传承好巴蜀文化的千年文脉，用心唱响百年清音的古韵高腔，以实际行动争做曲艺行风建设的践行者、先进时代风尚的引领者、优秀传统文化的传播者和德艺双馨的曲艺工作者，

　　在各界大力支持下，通过两年的共同努力，首批"曲艺英才培育行动"已经圆满成功的画上了句号，但是入选这次行动带给我的收获、影响和激励却是受益一生的。我深深意识到，四川清音想要流传下来，必须坚持"旧中有新，新中有根"的创新原则，这也是我们年轻曲艺人的责任和义务。我理解的所谓"旧中有新"，是指传统的曲牌、曲调可以新唱。"新中有根"，是指新的作品在保留四川清音经典唱腔与技巧的基础上，可以通过具有现代特点的和声配置、民族或美声唱法的融合借鉴、传统服饰与现代服饰的结合等方式不断丰富清音的舞台表现力和艺

术观赏性，更好地满足当下年轻观众群体的审美需求。特别是对四川清音艺术的继承与发展，我今后绝对不能只局限在演唱现代曲目上，还要更好地注重学习继承传统唱段，通过新时代的新表达来进一步完善开拓创新能力，锤炼演唱技艺和提升艺术修为。

匠人易得，匠心难修。匠人匠心，是一种精神，更是一颗坚守的初心。在青春的路上，梦想是挡不住的动力，教我学会如何不放弃，永远都不怕失败。我愿一生与清音雅韵为伴，以德润身、以文化己，不断丰润自己的人生和艺术之路。太多的想法在脑海里不断兴奋地闪现，心里也对未来的道路充满了美好的憧憬与规划。首先，我想签约一批国内、省内优秀的曲艺作家和音乐人，为成都的青年曲艺人才量身打造一些高水平高质量的曲艺作品，用优秀的曲艺作品弘扬中华优秀传统文化，宣传大美四川，讲好成都故事。还要为年青的曲艺人才搭建一些展示才华的平台，主动推荐他们带着具有浓郁四川特色的曲艺新作品走向全省乃至全国更加广阔的艺术舞台。同时，我自己要努力创作并演唱一批为自己量身打造的新作品，因为我深知一个优秀的曲种广为流传需要优秀的演员，一个流派在每个历史阶段还要有代表性的人物和代表作，我也应该拿出自己的代表性曲目为四川清音发声，为自己代言。尤其是四川清音《蒹葭》演唱获得肯定之后，也让我有了尝试和探索取材古典诗词的想法，如杜甫《春夜喜雨》《成都府》、陆游《成都行》、柳永《一寸金·成都》等都是描写四川成都的经典名篇，将其用现代通俗语言改编成适合四川清音演唱的唱词，既可以弘扬中华传统文化的经典，又可以用古诗新唱的方式来宣传成都、推广四川清音，还有可能产生一批在四川乃至全国能够传得开、唱得响、留得下的四川清音精品佳作。

其次，我计划成立一支成都市曲艺文化志愿服务小分队，组织四川清音、谐剧、四川竹琴、四川盘子等中青年曲艺志愿者定期走进社区、高校、中小学校开展文化志愿服务和公益演出活动，再建立一批成都市少儿曲艺传承基地，从中小学校园的艺术素质教育开始，从娃娃们抓起，让四川清音以及更多的四川曲种走入成都市各个中小学校园的第二课堂，通过我们长期的辅导培训，不断发现培养曲艺的新苗、新秀，为四川曲艺的传承发展储备一代又一代的新生力量，让四川清音的百年古韵高腔焕发出更加旺盛的艺术生命力，让"中国的花腔女高音"唱响在成都中小学的青青校园。

在成都土生土长四十多年，成都是一座让我深爱的城市，也是一座让你来了就不想离开的城市。成都的美食、民俗文化、传统艺术每年都吸引上千万慕名而来的外地游客。但是，目前成都还没有一家可以完整欣赏四川曲艺艺术的专业曲艺社，来满足大家观看地道巴蜀曲艺艺术的专业小剧场。我梦想着、期盼着，早日成立一家四川曲艺社或清音社，打造一个展示成都本土曲艺艺术的小剧场，把成都的传统曲艺艺术与都市休闲文化、旅游文化结合起来，让四川清音、四川竹琴、四川扬琴、金钱板、谐剧等曲种有一个长期演出的活动阵地和场所，有一个提供文化服务与传播的窗口，一个传承发展四川曲艺艺术的载体，一个锤炼曲艺新生力量的舞台，一个演员与观众互动交流的现场，一个涵养社会创意、启迪大众心智的艺术空间……

结　语

当我即将写完这篇文章的时候，恰逢子夜时分。窗外，一弯如水的新月高悬夜空，迎来了我四十二岁的生日。四十二岁，正值人生最好的岁月，也是我艺术人生最应该收获丰硕成果的季节。明天的我，要走的路还很长很长。未来的我，要做的事情也还有很多很多。

当记忆的闸门再一次打开，重新回到"牡丹绽放"曲艺培英行动汇报演出活动圆满落幕的那个夜晚，我们十个人携手并肩站在舞台中央，激动地面带微笑置身在观众经久不息的热烈掌声里，两年来所有过去的美好时光，一下子又全都涌现在眼前……虽然有太多的不舍，却不用彼此道一声珍重。因为我知道，未来的日子，我们十个人还会和今天一样，一起携手从牡丹绽放的舞台重新出发，一路同行地迈向全新开启的艺术人生之路。

心里突然想起师父在《我与四川清音》一书扉页写下的那段话，"我的自然生命是父母给的，但我的人生价值观却是四川清音给的。我与四川清音的艺术情缘，因而也是我此生此世的人生因缘"。这一刻，眼角温润，心存感恩，因为我知道，师父的那些话，是师父的心声，也是我的心声。

蒹 葭

作词：陈亦兵

作曲：林亚平

演唱：任平

芦青青，芦苍苍，白露成霜；

所谓伊人，在水一方；

我若逆流而上，泥泞路难行；

我若顺水而下，仿佛她在水中央。

芦花白，芦花黄，露珠闪亮；

所谓伊人，在水岸边；

我若逆流而上，坡高路难往；

我若顺流而下，仿佛她在沙滩上。

芦苇密，芦苇荡，露珠飞扬；

所谓伊人，在水之涯；

我若逆流而上，道路弯弯长；

我若顺水而下，仿佛她在绿洲上。

芦青青，芦苍苍。

四川清音

太阳神鸟

作词：严西秀
作曲：林亚平
演唱：任　平

（合唱、独唱）啊！

太阳神鸟，太阳神鸟，

（独唱）　　你敞开金色翅膀，

你昂起高贵头颅！

云作霓裳当空舞，

舞出了——

天府之国美成都。

舞出了——

好大一棵银杏树，

结满唐诗汉赋。

舞出了——

好美一朵芙蓉花，

捧出西部明珠。

舞啊舞——

蜀宫夜宴的酒香，

舞进了千家万户；

望江楼前万里船，

离了西蜀、去了东吴。

太阳神鸟尽情舞，

舞出时代新画图。

舞出了——

勤劳善良的成都人，

走上铺金撒银富裕路；

舞出了——

万千广厦拔地起，

替代了秋风中的茅屋。

舞啊舞——

神奇、活力新天地，

幸福之城新成都！

（合唱）　　　啊！

太阳神鸟，太阳神鸟！

（独唱）　　　你舞出一座成都，你造福一个民族！

（合唱、独唱）舞出成都吉祥天地，

造福中华伟大民族！

四川清音

中华医药

作词：秦　渊
作曲：向　盛
编曲：林亚平
演唱：任　平

五千年的历史长河是一碗飘香的中药，
中华医药博大精深，悬壶济世多少传说，

一草一木都是宝，根茎枝叶都入药，
看那一把寻常草，天地人道有哲学，

你看那人参、枸杞、三菱、三七、大黄、大戟、生地、熟地、牛黄、
牛膝、蜂蜡、蜂蜜、山丹、山茶、木莲、木瓜，一点红、两面针、三角草、
四季青、五味子、六月雪、七叶莲、八角枫、九里香、石榴皮、白头翁、
千斤拨！

做事要生"细心草"，为人要吃"厚朴"药，
脸面不能"五加皮"，知廉知耻在心窝，
为人处世"无漏子"，左邻右要"百合"，
"苁蓉"莫当"急性子"，遇事不缩"乌龟壳"，

102

"狼毒"不能有"半夏"，一颗良心像"琥珀"，

宁为玉碎不"寄生"，不为瓦全而"独活"，

正义好比"飞刀剑"，除恶敢用"千斤拨"，

"王不留行"我敢走，"千层塔"上朝天歌。

"望"一望天下的风云有几重，

"闻"一闻社会的风气有几多，

"问"一问民心的向背有几何，

"切"一切时代跳动的啥脉搏，

"擦"一擦影响社会的污和垢，

"扎"一扎危害人们的丑与恶，

"推"一推时代前进的那只船，

"扳"一扳民族航行的那把舵，

中华医药能治病，中华医药能治国，中华民族千年健，而今谱写新传说，"龙骨"一根撑天地，"龙胆"龙心有气魄，良药苦口利于病，（得儿）一剂良方天地合。

（注：引号内均为药名或中医治疗手法）

心有观众　情系"牡丹"

夏吉平（大阿福）

"唯有牡丹真国色，花开时节动京城"，作为国内曲艺的最高奖项，每一届牡丹奖的颁奖典礼都吸引了来自社会各界的广泛关注。2015 年 6 月，由中国曲艺家协会主办的首批"牡丹绽放·曲艺英才培育行动"正式展开，这是中国曲协强调示范引领、打造领军人物的重要举措，这项举措在全国的曲艺圈内都产生了巨大的影响力。我先是荣获第八届中国牡丹奖"表演奖"，后又成为首批"培育行动"的十名学员之一，能撷取这项国内曲艺界的桂冠，受到专家前辈们的青睐，我将这一切归功于广大的观众们，他们是我心中的太阳，是他们给予我不断成长的力量，是他们给了我不断前行的方向，也是他们赐予我成功的光芒，我为表演以及为振兴曲艺所做出的种种努力终将奉献于他们。多年来，我一直倾心于曲艺事业，如果说"牡丹奖"是对我过去成绩的肯定与褒扬，那么，在"牡丹绽放·曲艺英才培育行动"的鼓励和支持下，我将沿着这条道路继续奋进，不断勇攀高峰。

我的成长：从北方相声到南方滑稽戏

在中国曲协首批"牡丹绽放·曲艺英才培育行动"的扶持和培养下，我在艺术水平和综合素养上都得到了显著的提高，这两年我的曲艺表演和相关作品也在业界树立了良好的口碑，并取得了一定的社会影响力。

在表演技艺上，我打破了门派的藩篱，多方求学，兼容并包，逐渐形成了属于自己的独特艺术风格。我先是师承孟凡贵先生学习北方相声，后又拜师王汝刚先生学习南方滑稽戏表演，这两年来，我结合南北曲艺的特点，将以北方相声语言为基调的双簧，融入了南方滑稽戏的夸张表演，凝练出独具一格的滑稽双簧表演艺术，丰富了曲艺的表演形式。

我从小学习相声，在长期的相声表演中对"帅、卖、怪、坏"这几个要诀逐渐形成自己的感悟。所谓"帅"讲究的是表演者潇洒、自然、大方的风度，给人以高雅、脱俗之感。"帅"是相声表演中高层次的艺术境界，这种舞台风度来源于演员自身的素养，一方面要依靠大量的舞台演出磨炼表演技艺，另一方面平时就要多学习多积累，才能做到心中有底，举手投足才有"帅"的风度；"卖"的是"相"，喜剧演员的"形象"很重要，我将自己打造成比较"讨喜"的形象，让观众一看到我就产生心情愉悦的感觉，词未出口，身未行动，一种强烈的喜剧效果就呼之欲出，这就为后面的表演做好了铺垫，而这个"相"又不局限于外在的形象，还存在于表演本身，每一个表情、动作都要充分打磨，让这种喜剧感随着自身贯穿于整个表演过程之中；"怪"是标新立异，独树一帜，不是简单的挤眉弄眼，低级趣味，而是刻意求新，出奇制胜。这需要在表演中慢慢摸索，声腔口吻也好，表情动作也好，抖包袱的方式也好，总之要不落"俗套"，这也是表演艺术独特性的要求；"坏"指的是表演者要表现得聪慧机巧，逗人喜爱，逗笑的方式既要戳中观众的笑点，又要曲折婉转。包袱要巧妙铺垫，水到渠成，"抖"出来，让观众觉得大出意料之外，又觉得在情理之中，有拍案叫绝之感。

南方滑稽的表演是以独脚戏、说唱等曲艺的表演为基础，但是形体动作特别的夸张，有时简直夸张到荒谬的程度。这种风格的融入有助于增加双簧的喜剧感和生动感。入选首批"牡丹绽放·曲艺英才培育行动"以来，我潜心研究北方曲艺双簧，寻找它与南方滑稽"无缝对接"的方式，最终确定滑稽双簧这种具有独特风味的艺术表演形式。双簧的基本表演方式就是一人表演动作，一人藏在身后说或唱，互相配合。我就扮演"前脸儿"，以南方滑稽的表演方式成功地"卖"出"像"，给观众一种既可信，又可乐、可爱的审美印象。我赋予这种表演形式以南方曲艺滑稽诙谐的趣味，又摹写了北方京味的粗犷潇洒，形成了南北兼容的艺术风格。

　　为了不断提升自身的表演水平，我积极地向各位前辈学习，通过与同人的交流及合作，完善自己的表演。这么多年来，我的成长离不开师长们无私的奉献，除了我的两位恩师孟凡贵先生和王汝刚先生之外，我还得到了很多名家的指点，我的义父——著名相声表演艺术家李金斗先生一直对我进行悉心指导，受益最多的就是与其同台表演，这种现场受教的方式对我在舞台应变方面的提升尤为突出。双簧名家汪宝琦先生，相声名家刘洪沂先生、吕少明先生、韩兰成先生也都不吝赐教，向我亲授技艺，让我感恩万分。在与王波、梁爽、付俊坤等同人的合作表演中，我也受益匪浅。台上台下与他们的接触和交往中，他们渊博的学识、纯熟的技艺都让我眼界大开，收获颇丰。

　　滑稽独角戏本身就要求演员能熟练表演百腔诸调，相声双簧也讲究说学逗唱的基本功，我尽量多地接触不同的曲种，多揣摩不同流派的表演方式，力求博采众长。学无止境，曲艺的学习更不能故步自封，通过全国"牡丹绽放·曲艺英才培育行动"的交流，我深刻认识到"人外有人、天外有天"，尽管自己已经在专业表演的道路上奋斗了多年，但是在与同行的交流中我时时能感受到自己的不足之处，更不要说和艺术前辈之间的巨大差距了。艺术表演水平的提高是与丰富的人生阅历、舞台经验和技术钻研分不开的，要达到炉火纯青的境界，就需要我通过有意识的学习，扩大自己的表演范畴，在一次又一次的舞台实践中进行"蜕变"。

不能坐视曲艺走向"衰亡"

无锡邻近苏沪，也是江浙文化的交汇区，从苏州评弹到流行于上海的滑稽戏，再到无锡的本帮锡剧，各种地方性曲艺曾在这里蓬勃生长，亦有"江南第一书码头"之称。但是，由于种种原因，从 20 世纪 90 年代开始，曲艺消费市场发生了巨大的变化，不仅是无锡的"书码头"日渐式微，各种传统曲艺都处境艰难。包括无锡滑稽剧团在内的大多数地方性曲艺团体趋于瓦解，硬件缺设施、软件缺人才、排演新戏没有启动资金、汇演没有后续梯队、演出场地缩小、观众数量锐减，"曲艺之乡"的发展遇到了瓶颈。

看到这一局面，立志为曲艺奉献终生的我不甘坐视，开始思索如何挽救传统曲艺？如何通过市场化的方式进一步拓展这些地方曲艺的生存空间？具体该怎么做，这两年来，我心中的路线也越来越清晰。

一方面，要积极利用双簧相声、滑稽戏、评弹这些传统曲艺形式，承载新的时代内容，让其与时俱进。

艺术形式只是"外壳"，主题精神才是"本质"，不管是传统的剧目还是新创作的内容，都必须建构与现代文明相通的"点"，这个"点"就是维系舞台艺术与观众之间情感共鸣的枢纽和桥梁。这也是我进行滑稽双簧表演时的一个重要创作原则。滑稽表演的目的是让观众"笑"，这个"笑"的基础就是生活实际，对生活中存在的现象进行夸张模仿、幽默嘲讽其实在对假恶丑的抨击，对真善美的呼唤，这些必须与当下人民的心理需求相呼应。

　　自从成为中国曲协"全国牡丹绽放·曲艺英才"的重点培养对象之后，我对自己的艺术追求又有了新的认识：今天的中国文艺，聚焦中国梦时代主题，唱响爱国主义主旋律，培育和弘扬社会主义核心价值观，传承中华优秀传统文化比以往任何时候都对大众更有泽惠，对社会进步更有裨益。作为曲艺工作者的代表，作为筑梦中国的文艺力量的一分子，我更要担当起时代赋予的责任和使命，不断从传统文化中汲取营养，真实记录下中国人铸就中国梦的奋斗历程，将中国精神文化的力量发扬光大。

　　另一方面，旧有的唱腔、曲本以及相关史料必须得以搜集整理、保存与保护，这是对传统曲艺进行传承和发扬的一种方式。

　　无锡有很多曲艺名家，他们本身就是曲艺史中宝贵的精神财富，他们的生平事迹以及曲艺作品都值得我们为之珍藏。例如，无锡著名的弹词大家侯莉君，她含辛茹苦几十载，用心血和热泪开创了评弹艺术中独特的"侯调"流派，为评弹艺术做出过卓越的贡献，深为听众所敬慕。传记《侯莉君》就集中整理了有关侯莉君先生的生平事迹，这对帮助后人了解相关时代的评弹发展变迁有重要的作用。为此，我们无锡市曲艺家协会在2016年6月30日承办了《侯莉君》传记首发仪式，在首发式上，《侯莉君》传记作者朱寅全发表了精彩感言并签名赠书，侯莉君先生的艺术传人顾佳音还进行了现场演唱，引起了曲艺爱好者和许多观众的关注和欢迎。

　　发扬传统曲艺也要积极利用地方优势，扩大曲艺发展的社会影响力。无锡硕放被中国曲协认定为"中国曲艺之乡"，身为无锡的曲艺人，我感到由衷的自豪。为扩大家乡在曲艺界的社会影响力，2016年，我以无锡市曲艺家协会主席的身份协助由中国曲艺杂志社、江苏省曲艺家协会、无锡新吴区硕放街道合力举办的"挖掘、保护、传承"曲艺非遗项目——

无锡评曲艺术研讨会暨全国优秀作品征集活动。这类活动规模并不大，但是我相信，聚沙成塔，只有留心对传统文化和地方曲艺的继承才能更好地促进和发展新时代的曲艺事业。

除此之外，要使曲艺团体走上良性健康发展的道路，就必须积极应用市场化的运营模式，注重曲艺团体的建设，有计划地定期推出新曲目，为曲艺发展培养和储备人才。

中国艺术研究院副院长王能宪说："在当下保护和弘扬曲艺文化的历史语境中，曲艺表演团体扮演着延续曲艺血脉、孵化曲艺人才、创演曲艺节目和传播曲艺文化的重要角色。要继续不断地巩固和加强曲艺表演艺术团体的这种核心地位，充分发挥艺术重镇和业务中间的功能作用，承担组织领导工作的曲艺团长们，肩负着至为崇高和艰巨的使命！"

肩负着这样的使命感，我出品、制作、主演，并市场化运营了大型原创滑稽戏《阿福嫂到上海》，已公演159场，上海东方电视台已录播此戏，2009年8月该戏入选中宣部、文化部主办的"庆祝中华人民共和国成立60周年"晋京献礼演出的优秀剧目；出品制作的原创中篇评弹《徐悲鸿》作为曲艺艺术门类首进国家大剧院公演，受到了社会各界的一致好评，在中国曲艺家协会第八次全国代表大会上被点名表扬，并一举摘得第九届中国曲艺最高奖牡丹奖"节目奖"。

近年来，国家也越来越重视我们这些传统文化产业，随着《中共中央关于繁荣发展社会主义文艺的意见》的公布，一项项政策纷纷落地，极大地鼓舞了我们这些文艺工作者的士气。我深深地感受到国家和社会对文艺发展的关注和支持，整个文艺界都涌荡着振奋之气，这些都使我充满了干劲，充满了血脉偾张的拼搏力。2014年9月16日，是我终生难忘的日子，我的个人作品滑稽双簧《笑语欢歌》荣获第八届中国曲艺牡丹奖"表演奖"，这项殊荣既是对我个人多年来努力的肯定，也是对我在曲艺道路上前进的极大鞭策。我立志要为传统曲艺奉献自己的青春，我要为传承和发扬这些传统曲艺而奋斗一生。我要担负起为传统曲艺开辟新的发展道路的重任，这种担当是出于我对传统曲艺的深深挚爱，也是为了担当起中国曲艺家协会的领导、专家和观众们对我委以的重任。

让曲艺创作"从人民中来""到人民中去"

在全国首批"牡丹绽放·曲艺英才培育行动"启动仪式现场，中国曲协主席姜昆曾用马季、侯宝林等老一代曲艺家的事例激励我们这些学员要坚持创新、扎根人民生活，"社会风气奢华浮躁，青年演员保持平常心格外紧要，要体会生活的真善美，真正地求教于人民、求教于生活"。我也记得曾经有一位老观众对我感慨："现在的曲艺演出讲'空话''大话'的越来越多了，相声没内涵，滑稽戏不滑稽，不是观众的口味刁，还是演员没摸到观众的'痒'处啊。"这位老人平实的话当时就引发了我的思考：观众的"痒"处在哪里？怎么找？

我站在舞台上，无论是说相声，还是扮演滑稽戏，观众的笑声就是我的"定心丸"，我最怕冷场，场下愈安静我愈心慌。安静的会场只能说明观众不买账，说明演出是失败的。所以这位老观众所说的"痒"处，必须找，而且还要找得准才行。

滑稽戏、相声、双簧这些表现形式都以讽刺为精神内核，讽刺勾起了观众心中的情感共鸣，讽刺造成了对丑恶现象的暴露，讽刺引发对矛盾消解的欲望，这些才是我们节目存在的价值。因此，我们在曲艺创作过程中必须密切关注现实生活，只有从真实的细节入手，挖掘出人性深处的矛盾，才能创作出富有生命气息的作品，只有在丰富的生活经验和生活感悟的基础上，表演才会具有极强的张力和艺术感染力，才能够给观众以精神上的触动和深刻的启迪。

当下社会，经济利益成为许多文艺工作者的追求目的，一心想着多创收，想着如何迎合观众迎合市场，急功近利、粗制滥造。但是演出门票卖得好不代表节目水准高，要成为一名人民艺术家就必须珍惜艺术作品在观众精神领域中的引导作用。为了卖座不惜卖弄，为了数据不惜低俗，这些浅薄与浮躁是我们这些曲艺人在价值坚守中最大的危险和障碍。一位前辈曾告诫我们："让观众发出笑声并不难，难的是让他们在笑过之后还有回味的余地，还有深思的欲望。"

文艺重在引领，贵在自觉，文艺工作者不仅要注重艺术水准的提高，更要关注自身高尚品德和职业操守的养成，人民的艺术家必须是"德艺双馨"的。"艺品"和"人品"紧密相连，相互影响。我常常说"艺越滑稽越好，人却不能滑稽"，身为滑稽双簧演员，必须有深刻严肃的艺术创作态度，人贵有傲骨，艺也不能媚俗，曲艺不仅有娱乐的作用，更要有揭露现实问题的勇气和歌颂真善美的追求。好的曲艺作品不能"阳春白雪"，因为曲艺本身就起源于人民劳苦大众，所以曲艺作品必须"下里巴人"，但是通俗不是肤浅，语言要通俗易懂，内容要生活化，题旨却必须深入人心，发人深省，富有精神思考的空间。让观众笑是我们滑稽、双簧、相声等曲艺的基本功能，但是让观众产生"含泪的微笑"与"大笑后的沉默"又是我们这种曲艺表演应该追求的更高境界。抨击丑陋落后的社会现象，塑造正面形象向社会传递正能量，引发观众对人生对生活的深层次体悟，这些应该成为我们当下衡量自己曲艺创作的主要准绳。

习近平总书记在文艺工作座谈会上明确指出，"人民是文艺创作的源头活水，一旦离开人民，文艺就会变成无根的浮萍、无病的呻吟、无魂的躯壳"。在曲艺创作和表演中，我也愈发地认识到坚持"以人民为中心"的重要性，认识到决定曲艺未来生存的是最广大的观众群体，观众的认可与否是检验作品质量最重要的评价机制。所以，曲艺的创作与表演也必须围绕着观众来，表演里的语言必须是观众口中的家常语，听起来随和亲近，用于讽刺的笑点都是观众们所熟知的，才能"一触即发"，涉及的话题都是他们所关心的，才能做到心领神会。要做到这些，就必须深入到群众生活中去采撷、去陶炼。做到了这些，才能用我们的作品关注他们的命运，反映他们的心声。

"艺术源于生活，又高于生活"，我也清楚地认识到曲艺作品也是推进社会文明进步的一个动力，因此，曲艺作品也肩负着引导人民理想和价值追求的责任。这两年来，我不再为了作品的选材而绞尽脑汁，也不再为了一个精彩的"段子"而搜肠刮肚，传统文化博大精深，里面有我取之不尽用之不竭的素材，群众文化五彩斑斓，层出不穷的幽默智慧让我目不暇接，这些都是艺术创作的精神宝库。

从传统文化中提炼"经典"，从群众文化中挖掘"精品"，这是我这两年来在创作中的心得之一。中华文明上下五千年，能保留至今的、为现代人所认可的人、事、物都是历经漫长时间、不同意识形态淘洗过的瑰宝，它们本身的价值就是作品质量的一个保证。徐悲鸿是现代著名画家、美术教育家，是我们无锡宜兴人，他在中国现代绘画史中的贡献和影响卓著；明代的徐霞客也是我们无锡江阴人，一部《徐霞客游记》让我们这个时代的人都叹为观止。他们伟大的生平故事不值得再现吗？他们高尚的情操和杰出的表现不值得讴歌吗？曲艺作品要有力量，要对人民的世界观、人生观、价值观产生正面的积极意义，这些不都是最好的创作素材吗？

除了从传统文化中获得创作灵感，我认为传统曲艺工作者也应该多接触现代科技，利用好当下的网络信息技术，我认为它是走进群众的一条新途径。中国数亿的网民大部分都是普通的劳动工作者，他们通过网络交流信息、发表评论、表现生活，很多"草根"阶级在这里展现了日常生活中无法施展的才华，比如"段子"，我在网上发现了很多原创的"段子"非常幽默有趣，如果把它们集中整理后融入作品中，这无疑会很好地弥补个人创作的狭隘与枯索，事实上，我也看到了很多相声演员已经在这么做了，只是还停留在一个初级的阶段，仍然是"照搬"，忽略了曲艺创作需要一个"再加工"和"升华"的过程，从而大大地削减了这些作品对观众的冲击性和影响力。

从实际的角度上看，"以人民为中心"的创作导向在更多的时候是给了我们一个指引，给了我们一个通道，给了我们一种动力。比如，这几年我有时也会为自己演出团体的盈利问题而困惑，有时也曾为自己的艺术选择而彷徨，有时也会在素材的取舍上而矛盾。但是"以人民为中心"的创作导向如同一面旗帜清晰地给我指明了方向，给了我解决问题的答案。是的，不能一味地考虑市场效益，而要充分认识当下的曲艺工作必须具有服务人民的目的，具有引领人民的作用。当然，这不能说票房、点击率、媒体热度这些指标不重要，"叫好不叫座"是曲艺创作中常见的情况，归根到底，其实还是因为没有很好地贯彻"以人民为中心"的创作导向造成了"曲高和寡"的结果，还是在审美接受这个环节上出了问题。

尽管有过犹疑，有过焦虑，有过茫然，但感谢"不忘初心，继续前进"这八个字时刻提醒了我，让我铭记身为一个受到"牡丹奖"嘉奖的曲艺家应时时刻刻把人民放在心中，牢记自己身上的责任。让我清楚地认识到，传统曲艺要走得下去，不仅要靠国家保护、政策扶持，更要靠我们这些曲艺人自身的努力。我们要珍重曲艺所特有的强大传播力量和深远的精神导向性，为之倾注真情、付诸热情，沉下心来，深入生活，创作出真正的优秀作品，只有这样才能无愧于时代、无愧于人民，为实现中华民族伟大复兴的中国梦添彩助力。

助力评弹走进"大剧院"

我自幼学习北方曲艺，却又极喜南方曲艺中的评弹，我认为这种以叙事为主、代言为辅的散韵结合的说唱艺术是我国民间曲艺中不可多得的宝贵财富。发源于苏州的评弹艺术在整个长三角地区都具有极为丰厚的群众基础，不要说"书码头"时代，就是到了 20 世纪 80 年代，评弹在无锡还有大批的拥趸。

但是近半个世纪以来，特别是近二三十年，评弹艺术的听众锐减，书场萎缩，艺人大量流失，生存发展面临危机，亟待抢救和扶持。我认为，造成这种局面的原因一方面是随着文化娱乐形势日趋多元，KTV、电影院等成为年轻一代新的娱乐场所，昔日繁盛的书场集聚地——茶馆、茶楼逐渐衰落，评弹的表演场地愈来愈少。另一方面是因为民众的审美发生了巨大的变化，电视、电影、网络视频、手机等现代媒体逐渐使"一方'半桌'，两个茶杯，一把三弦，一把琵琶，两三个演员"的表演形式不能满足观众的视听需求，"一日说一回，一本书说几个月"的慢节拍也跟不上现代人的生活节奏。

但是这些都不是评弹这种优秀艺术湮灭的理由，我一直在思考，能不能跳出传统曲艺表现的狭窄格局，能不能把传统艺术和现代高科技媒体结合起来，赋予评弹这门传统艺术以更完美的表现。能否借用当下影视剧操作和运营的模式，开拓现时代的演艺市场，让评弹这种艺术走出狭小的书场，走向大剧院，让没有听过评弹的人感知评弹，让更多的人爱上评弹这种充满美感的艺术表现形式。

在此情况下，我策划制作了原创中篇评弹《徐悲鸿》，这是第一部以评弹形式展现画坛一代宗师——徐悲鸿的艺术人生、情感历程和人格魅力的舞台作品，这对传统的评弹演出是一次富有挑战性的尝试。幸运的是，当廖静文先生读完中篇评弹《徐悲鸿》的创作文本，就曾委托徐悲鸿艺术委员会的刘钊主任向作者表示感谢并传达满意之情。这部原创中篇评弹在无锡大剧院、南京大剧院、国家大剧院和保利院线各地剧院演出时也取得了良好的社会反响，并一举在第九届中国曲艺牡丹奖评选中获得了节目奖。

如果说，原创中篇评弹《徐悲鸿》是我"投石问路"的实验性作品，那么大型原创音诗画评弹《徐霞客》的制作与上演就是我践行"大曲艺、大评弹"发展思路目标性更为明确、态度更为坚定的一步。

曲艺非"小技"，有吴侬软语之称的评弹艺术给人的印象是擅长演绎家长里短、儿女情长的内容，但是我认为评弹同样可以承载起严肃的社会话题，可以塑造出杰出的人物形象，可以表现出恢宏的历史画面，评弹也可以挑起引领社会精神导向的"大责任"。评弹《徐悲鸿》描摹出画坛上一代宗师的伟大形象，紧接着，我又选择了徐霞客这位伟大的历史人物作为创作中心。徐霞客生活在16世纪80年代至17世纪40年代，是明代著名的地理学家、旅行家和文学家。他考察撰写的《徐霞客游记》开辟了地理学上系统观察自然、直笔描述自然的新方向，既是叙述祖国地质地貌的地理名著，又是描绘华夏风景的游记巨篇，在地理和文学史上都有着深远的影响。而关于徐霞客本人经历的有关记述极富传奇色彩，其伟大的人格和对学术研究持之以恒的过人毅力，值得世人景仰。徐悲鸿和徐霞客都是无锡本地的历史名人，用评弹传唱歌颂他们可以看作是我对家乡历史文化的一种致敬方式，也是我用曲艺继承和发扬传统文化的一种方式。但是因为这些都是评弹等传统说唱艺术较少涉及的创作内容，因此在工作难度上非常大，没有前人的作品可以借鉴，从文本到演排，所有环节完全都是原创。选择这样的创作主题，可以说是对评弹表现艺术的又一次挑战。

首先，在内容创作上，如何对人物漫长而坎坷的人生经历进行一个全面而有序的展现是整部作品首先要解决的问题，既要有连贯性，又要有代表性，在和该曲目作者方金华反复商榷后，我们决定截取徐霞客一生最有代表性的八个小章节：劝游、餐霞、阻行、访木、思夫、践诺、溯源、托稿，以典型的事件作为表现的中心。

其次，为了集中表现出一代地理学家动人的风采，更好地表现人物风餐露宿、披荆斩棘的游历过程，崇山峻岭、烟波浩渺等自然景色的背景烘托就显得尤为重要。为此，我给予了舞美多媒体设计师更多的要求，既要把现代舞台的声效、灯光、高科技 3D 投影等元素融为一体，又要与文本演出的内容保持相得益彰的节奏，以创新性的跨界融合表演形式打造出一台跨越时空的视听盛宴。

另外，依据人物的环境、地点、情景、心理，开创性地设计和汇聚了十三个耳熟能详的评弹流派声腔。十多位实力派评弹明星演员的表演中，既有吴侬软语的轻吟浅唱，又完美地融合了多个流派风格各异的声腔曲调，使得这部作品极富层次感和审美多样性。

音诗画评弹《徐霞客》以传统的评弹艺术为核心，结合了叙事的音乐、翁郁的诗情与流动的画面，让传统的评弹艺术借力于现代舞台的声、光、电及多媒体 3D 投影技术，把评弹艺术的美感以舞台化的方式呈现，立体式和动态化地展现出徐霞客爱自然、爱生活、重情义的一生，同时也完成了一次对传统艺术的实践性改造。

历经两年多时间的筹划与准备，大型原创音诗画评弹《徐霞客》在酷暑炎炎中杀青，并于 2017 年的 7 月 25 日、26 日晚在无锡市人民大会堂正式首演，成为全体主创人员为迎接党的十九大胜利召开献出的一份贺礼。演出结束后，很多年纪较大的观众感慨道："原来评弹也可以这么演！"很多年轻的观众是第一次接触评弹，他们的评价是："不是想象中那么冗长枯燥，评弹也蛮有意思的嘛！"从观众的角度上说，音诗画评弹《徐霞客》无疑是成功的，说明了我"大曲艺、大评弹"的创作思路通过了市场的检验。

首演后，无锡市文联及我们的出品单位召开了由中国曲协、江苏省文联等单位专家出席的专题研讨会。会上，董耀鹏、刘旭东、常祥霖、程桂兰、孙立生、李立山、张祖建、宋洪发、芦明、于涛等领导和专家先后发言，大家对其新颖的表现形式、精彩的舞台呈现和精炼集中的形象塑造给予了充分的肯定，一致认为音诗画评弹《徐霞客》的表演中既有传承又有突破，跨领域融合多种表现形式的方式为评弹这项非遗的保护提供了可资借鉴的成功范例。

会上，中国曲协理论委员会原主任常祥霖用"震撼"一词评价音诗画评弹《徐霞客》，这位老曲艺工作者的评价使我备受鼓舞。当然，该剧在文本创作、舞台调度等方面还有改进和提升的空间，这些也将成为我继续践行"大曲艺、大评弹"发展道路中宝贵的经验教训。

处理好传承与发展之间的矛盾

这几年来，我在个人的曲艺表演中也尝试走大融合的路子，力求推陈出新，滑稽双簧作品有《笑语欢歌》《轻歌曼舞》《忐忑》《照花台》《女儿国》，相声作品有《假酒》《哭笑论》《夸住宅》《规矩论》《结巴论》《新旧婚姻》，滑稽独脚戏作品有《如此广告》《海派相声》《老娘舅》等。总的来说，作品数量不算多，其中有些作品还是前几年创作的老作品，但是我的原则是"宁少勿滥"，否则就是对资源的浪费，更是对观众的敷衍。舞台表演是现时空的，观众需要的是"精品"。而且，对舞台艺术来说，每一次表演都是对作品的一次新诠释，因此，对于老作品我也反复打磨，争取做到尽善尽美，让老作品沉淀成经典节目。

不同曲种、流派、名家风格的融合是向新的表演形式探索的一种途径，为了能走得更远更快，我还有意识地在传统曲艺中融入跨领域的新元素。当然，艺术形式上的探索本身就是一个冒险的行为，勿论探索的方向是否正确，观众的能否适应和接受就是一个问题。例如台湾京剧演员吴兴国，排演出摇滚京剧《荡寇志》，将动漫元素、摇滚音乐甚至Cosplay与京剧融于一体，虽然该剧的上演在演艺界内引发了较大的争论，但是不能抹煞艺术探索的价值与意义。只要是饱含诚意、带着生命温度的探索都值得尊敬，因为没有这些探索谁也不知道下一个伟大的艺术形式还会不会出现。

在新元素的融入和探索中，我强调首先要尊重曲艺本身的艺术规律和艺术特征。众多曲艺流派在声腔和语言上都保持着自己一定的特点，在技艺与表演手段上也有属于自己的美学表达方式，"滑稽双簧"是我独创的曲艺表现形式，但是这种新的形式仍然要保持"幽默逗笑"的艺术特征，丢掉了这种特征，就意味着这种发展的方法是行不通的。与此同时，无论哪一种表演都不能与现实环境脱节，必须通过不断地与实际审美需求进行调整、磨合，才能获得暂时的生存。在新的文化样式和传播方式的冲击下，曲艺在当下的生存和发展遇到不少困难，依然未能走出整体亚健康状态。对此，一方面我决定把那些立得住、传得久，经得起时间和观众检验的老剧目传承好、演绎好，把它们打造成真正的艺术精品，使之成为我们牢固的根系，可以不断地为曲艺的新发展输送养料；另一方面，我要积极地面向基层、面向观众进行创新。坚持"三贴近"原则，深入生活，到人民群众中去发现生活素材，激发创作灵感，创作出与时代合拍，充满生活气息，既有很强的观赏性，又能反映时代精神、富于艺术魅力、为人民群众所喜闻乐见的优秀曲艺作品。要贴近现代人的欣赏习惯和生活方式，积极地利用新的传媒方式和舞台视听技术，让传统的曲艺表演具有时代感，在不破坏曲艺自身艺术规律的前提下，让新元素的融合更好地彰显曲艺的独特艺术内涵和深厚文化底蕴，使曲艺在网络新媒体和 3D 立体视听一统天下的今天，仍能展现出新魅力，焕发出新光彩。

中宣部部长刘奇葆强调，振兴戏曲艺术关系中华文化的薪火相传，关系民族精神的维系传递。要树立高度的文化自信，做好传承和创新两大文章，努力实现戏曲艺术的振兴和发展。

从 20 世纪 90 年代开始，大部分的曲艺团体基本上都民营化了，曲艺要传承，曲艺要发展，首要的条件就是解决生存问题，只有站稳脚跟，才能求得发展。在此情况下，如何通过了解市场、熟悉市场、运作市场，求得演出效益的最大化，是我身为民营曲艺团体带头人所要思考和解决的问题。

曲艺的艺术形式决定了传统的创作演出呈现为单打独斗的特征。但现代演出市场又要求曲艺团体的演出具有整体的舞台效果，即要尊重曲艺自身规律，同时又要适应演出市场的要求，发挥出团队的整体作用。在全国首批"牡丹绽放·英才培育"期间，我最主要的工作成果就是大型音诗画评弹《徐霞客》的制作，该曲目也集中体现了我对曲艺市场化运作的多方面探索。首先是编写工作，好的文本是成功的一半，我做了大量的前期准备工作，组织主创人员深入生活，深入徐霞客的故乡探访，收集了大量的史料和素材，经过加工、修改、提高，于 2016 年 7 月底完成了文本的定稿，之后又听取专家意见进行加工修改，八易其稿，精心打磨，使该作品主题得到进一步的提升，人物更加丰满，故事情节更加生动感人；其次，在主创团体的人员构建上我采用特聘的方式，集结了国内业界一流的创作力量。我邀请了中国评剧院著名导演韩剑英担纲此剧的导演，邀请原上海评弹团团长、国家一级演员秦建国担任艺术总监，邀请著名评弹音乐作曲家、国家一级演员陈勇和著名音乐作曲家杨浩平担任音乐总监和作曲配器，邀请中国戏曲学院舞台美术系副教授秦文宝担任舞美和服装设计，再加上一批目前中国评弹界实力强劲响当当的中青年演员，由此组建出阵容强大和有号召力的团队。再者，我在评弹《徐悲鸿》的经验基础上，继续借鉴影视剧拍摄的操作模式，整个剧目采用制作人总运营，作品立项、演员组合、演出市场、排练及后勤保障全部采用聘用签约、岗位薪金和考核奖励的激励制度。整个剧目在定稿后，将全体演出人员集中在一起，实行了一个月封闭式创排。这种模式有效促进了演员之间的沟通和配合，便于大家把精力集中到文本上来，入戏快，极大地提高了工作效率，减少了时间和资源上的浪费。

　　传统曲艺要发展就必须适应新的观众群体，解决不了年轻一代对传统曲艺的接受问题就解决不了曲艺的未来生存问题。表演固然重要，但是在现代的消费市场中，包装与市场推广也非常重要。我认为对传统曲艺形式上的探索还是要基于曲艺本身的特征，新元素的加入是为了衬托，为了改善，而不是彻头彻尾的改变。在这里青春版的昆曲《游园惊梦》是一个较好的例子。在我此次新推出的大型评弹剧《徐霞客》中，我就将传统评弹冗长、缓慢的节奏改成了类似于电影的长度与叙述方式，在尽量短的时间内集中表现出人物的性格特征和主要的人生经历，艺术表现上更加集中、精炼。在海报及舞台3D多媒体设计中尽量贴合年轻一代的审美需求，画面唯美，造型飘逸，背景转换流畅。整部评弹作品实现了思想性、艺术性、观赏性的完美统一，既赢得了曲艺专家的肯定，又受到了观众特别是年轻观众的欢迎，最终取得了良好的社会效益和经济效益，成功实现了传承之上的一次新变革。

珍重舞台表演的特殊意义

曲艺需要"走出去"，也需要"引进来"，曲艺表演水平需要大量的实战经验来提升，只有在实际的舞台表演中，表演者才能更好地实现切磋、学习和调整，在与观众的直接交流中才能对自己的表演取得第一手的、可靠的、有价值的评价信息。

在获得第八届"牡丹奖"表演奖之后，我力邀获得"牡丹奖"的诸位曲艺家来无锡演出，为家乡人民带来国内一流水准的曲艺表演。在这期间，我连续组织了两届"中国曲艺牡丹奖艺术团走进无锡"的演出活动，并在活动中亲自上场参与表演。2014 年 11 月 11 日在中国文联副主席、曲协主席姜昆的带领下，中国文联、中国曲协牡丹奖艺术团"送欢乐·下基层"曲艺名家惠民演出在江阴大剧院举行，我在此次演出中表演了相声《训徒》。2015 年 11 月 2 日，中国曲艺牡丹奖艺术团"送欢笑·到基层"走进无锡新区惠民演出在新区科技交流中心广场举行。我与相声表演艺术家李金斗先生一起为观众们表演了相声《智力 PK》。除此之外，我还在无锡人民大会堂连续举办了两届迎新春全国小剧场优秀节目（邀请）展演，这些演出都受到了广大市民观众的热烈欢迎和称赞。

作为全国首批十人"牡丹绽放·曲艺英才"培育行动中的一员，我感谢这项中国曲艺界最高奖项给我带来的殊荣，我更感谢它给我带来了更多的艺术交流的机会，让我在国内外更多的舞台上展现滑稽双簧的表演艺术。2015 年，我与梁爽奔赴马来西亚、新加坡，代表中国曲艺家协会进行访问演出，2017 年 3 月，我以曲艺名家新秀的身份在中国曲艺家协会"我们的中国梦"走进湖南浏阳高新区的专场演出上，与李金斗先生一起表演了滑稽双簧《说学逗唱》，随后，又奔赴北京怀柔，参加中国文联、中国曲协牡丹奖艺术团"送欢乐·下基层"曲艺名家惠民演出。2017年5月在中国曲艺家协会艺术团"中华曲艺海外行"之意大利、爱尔兰站的演出中与王波一起表演了双簧《欢歌笑语》《研究语言》等。在2017年7月全国曲代会期间，在全国十大"牡丹绽放·曲艺英才培育行动"成果汇报展上演出，该展演还被中央电视台《我爱满堂彩》栏目收取录制。

这些丰富多彩的艺术交流活动扩大了我的眼界，激发了我更多的创作灵感和创作热情。与此同时，这些活动也为我传扬传统曲艺营造了更广阔的空间，能让世界上更多的地方知道滑稽、双簧、评弹等这些传统艺术，能为更多的观众带来不一样的艺术欣赏感受，这令我感到分外的兴奋。

我的恩师王汝刚曾说过："'送欢乐·下基层'活动让我们的作品能够接受老百姓的检阅。一个好的作品应该多为老百姓演出，这也是衡量作品优秀与否的标准。通过观众的检验，丰富人民的精神生活，这是我们文艺工作者的责任。"文艺前辈郭达也说："文艺走基层，群众能免费或以较低价格观看到高质量的文艺表演，文艺工作者也能从群众中吸收很多新的东西，既丰富了自己、营养了自己，反过来又可以创作出更好的作品来回馈观众。"

身为中国曲协全国曲艺小剧场艺术指导委员会副秘书长，我不仅将小剧场演出作为曲艺界艺术交流的一个平台，还将其作为曲艺深入群众、提升表演水平的一个重要方式。我率领无锡阿福吉祥幽默俱乐部的工作人员精心组织打造"惠民开心小剧场·阿福喜乐会"，这种惠民演出活动一办就是四年，累计演出了一百余场，请到了来自北京、南京、苏州、上海、浙江、无锡等地参加演出的演员二百多名，演出相声、滑稽、评弹等曲目近二百个。

我们还联合无锡《江南晚报》举办了笑语欢歌进万家广场文艺演出活动，深入基层、深入社区、深入校园和军营，把优秀的曲艺节目搬上舞台，把欢乐和笑声送给人民群众。一百多场演出，受到了老百姓和社会各界的热烈欢迎和赞誉，成为无锡文化为民办实事的一个品牌活动，成为无锡城市文化一道亮丽的风景线。

这些接地气的文化活动，有的完全是免费的开放式，场地就在居民住宅聚集区的广场上，男女老少都来看。有的是以低价优惠的方式，让普通老百姓也能轻而易举地欣赏到他们喜欢的曲艺。例如，我们在地方政府的支持下开展的阿福吉祥·曲艺小剧场"周周演"活动，就以低票价的惠民演出受到了本地曲艺爱好者群体的极大欢迎。从成本上说，参加演出的演员和我们的曲艺团体付出的比较多，但是我们也收获了很多。青年演员多了个展示才艺、施展本领的实践平台，有利于积累更多的舞台经验，知名演员通过这些演出拉近了和人民群众的距离。曲艺表演需要经济效益，没有经济价值就无法生存，但是，曲艺表演也不能以经济效益作为唯一的标准，能满足最广大最基层观众的精神需求，才是曲艺生存的血脉。习近平总书记说："艺术需要人民，人民需要艺术。"能够尽个人力量推动和促进曲艺事业的创新和发展，能让人民群众在欢乐和笑声中受到教益、享受到精神文化成果，这是对我们付出的汗水和心血最好的回馈。

作为一个曲艺人，我时时刻刻地提醒着自己无论何时何地都不能忘本，不能忘掉曲艺的根基。"牡丹奖"不仅是对一个演员艺术造诣方面的肯定，更是给为了人民演艺的人而颁发的。虽然电视和网络日益普及，但是老百姓需要的不仅是快速传达的信息，不是来自大洋彼岸的花式唱腔，他们迫切需要的是贴近他们生活的表演方式和能打动他们内心的表演内容。我在这两年的下基层惠民演出中，在那些热诚的观众眼中看到了曲艺发展的希望，在他们那些发自内心的笑声和真诚的掌声中，我坚信更广大的人民群众依然热爱这些传统艺术，传统的曲艺表演依然还有肥沃的土壤可供依存。

下基层的惠民演出给了我一个调整自我、完善自我的机会。在演出过程中，我留心观众的现场反应，摸清对他们来说哪些地方"皮厚"，哪些地方该"皮薄"，测试自己的"倒口"溜不溜，知道哪些词"瘟"，什么时候就该抖包袱……

下基层的惠民演出也给了我一个接触劳动人民的机会，为我采风以及获得第一手的创作资料提供给了机会。利用演出之暇，我走到观众中间去，与他们攀话儿、拉家常，了解他们的喜好、他们的生活、他们的喜怒哀乐。纯朴的群众给我讲的很多段子被我整理改编，成了我的新作品，这些来自生活第一线的素材给予了我作品以前所未有的鲜活生命力。

两年的时间很长，我却没有辜负过一个日夜，而是埋头倾心于创作、表演和学习之中；两年的时间也很短，除了一些相声、滑稽双簧作品外，我向组织、向观众奉献的还有两部评弹作品《徐悲鸿》《徐霞客》，令自己安慰的是，这两部作品都受到了社会各界的肯定与赞赏。我想，唯有精品才能配得上牡丹的尊贵，才能不负"牡丹绽放·曲艺英才"培育行动的初衷与期望。目前，我正在为音诗画评弹《徐霞客》争取更多的曲艺赛事和演出活动的机会，并尽快晋京到国家大剧院进行公演以便获得更大的社会影响，力求斩获2017年第七届江苏曲艺"芦花奖"节目奖，冲刺2018年第十届中国曲艺牡丹奖"节目奖"，实现无锡曲艺"牡丹奖"三连冠的宏伟目标。接下来，我还要带领无锡市曲艺家协会、无锡阿福吉祥幽默俱乐部联合创作反映"一带一路"时代精神的原创中篇评弹《郑和下西洋》和《"一带一路"评弹组曲》等作品，继续为传统文化和时代精神之间架起更多的精神桥梁。

　　心有观众，情系"牡丹"，曲艺文化的延续主要有赖于观众的认可，更有赖于曲艺人的传承与创新。未来，我将带领着我的"阿福文化"全体人员通过创演观众喜爱的曲艺节目来服务社会，弘扬新的时代精神，并在市场经济条件下，加强与社会各界的协作，扩大地方曲艺的社会影响力，获得更多的社会关注度，通过多渠道的市场投资和商业化包装，使地方曲艺具有符合当下社会审美习惯和消费需求的新特征，使之更好地适应新时代的文艺标准，推动曲艺走向大剧场，走向更多的观众。

　　"须是牡丹花盛发，满城方始乐无涯"，我也衷心地祝愿今后的中国曲艺"牡丹奖"能越办越好，全国"牡丹绽放 · 曲艺英才培育行动"能培养出越来越多的优秀曲艺人才，打造出越来越多兼具传统与创新色彩的经典曲目，为全国人民带来更多的欢声笑语！

不忘初心　实现梦想

杨　菲

2015 年，中国曲协组织发起实施发掘培养、提高中青年曲艺专业人才的重点项目"牡丹绽放——曲艺英才培育行动"，我有幸入选第一批人才培养计划，通过两年多的集中学习、专业深造，使我在思想觉悟、理论知识、表演水平、实践经验等方面都得到极大的提高。在此期间，我更是做了大量的文艺实践工作。值此"曲艺英才培育行动"项目即将完美收官之际，我心怀感恩，将我从艺的心路历程和两年来的学习工作情况进行认真的梳理和总结。

一、心怀曲艺梦想

我出生在一个跟曲和艺毫无关联的家庭里，父亲是工程师、母亲是护士。但我在很小的时候，就已经表现出了极强的表演欲望，经常一字不差地跟唱电视剧主题曲，或者有模有样地模仿着影视剧中的角色。父亲发现了我的艺术天赋，便将还没有上小学的我送到了东方歌舞团学习舞蹈，有了专业的训练，我的艺术天赋更加突显，开始自编自导自演，成了学校里的文艺骨干，组织学校晚会、代表学校参加比赛都是常事儿。后来，父母还带我去学习了传统乐器——琵琶，不过真正让我与曲艺结下不解之缘的，是当时热播的电视连续剧《四世同堂》，这部电视剧影响了当时不少人。我最喜欢这部剧的主题曲，著名京韵大鼓表演艺术家骆玉笙先生所演唱的《重整河山待后生》。每天中午一放学，我便飞奔回家打开电视机，生怕错过了主题曲部分，那时候我还并不知道这个就是京韵大鼓，只是觉得它好听，后来喜好文艺的父亲告诉我，这便是曲艺中的京韵大鼓，也是因为这份喜欢，我报考了中国北方曲艺学校，向着我人生的第一个梦想——为考上艺校而努力。

面试时我第一次见到我人生中最重要的一个人物，也就是后来我的授业恩师、著名梅花大鼓表演艺术家花五宝先生。作为考官之一，在看完我的表演后，她觉得我的嗓音清脆高亢嘹亮，正是学习梅花大鼓所需要的好嗓子。花五宝先生当时就将准考证按住说："这学生我要了！"由于特殊原因，录取通知书晚了近1个月的时间才到达我的手中。开学时她老人家没有看到我来报到，心里十分失望，"杨菲这么好的苗子，是不是被别的学校录取了，可惜了……"所以当我俩相见，花五宝先生十分开心，决定给我"开小灶"补课，在花五宝先生的家中对我进行一对一的传授，再加上安冰老师时常在身边，我便很快将这1个月落下的课给补了回来。虽然有了名师的指导，但从未接触过梅花大鼓的我，学习之路依然充满阻碍，梅花大鼓这一曲种对演员的要求极高，演员不仅需要具备"唱功"还要有"打功"（打鼓的功夫），对演员自身的外形条件也要求苛刻。并且，考入曲校的同学中，有很多已经是具备曲艺基本功的，甚至是曲艺世家的子弟，这也让我有了巨大的心理压力，深知自己只能更加的勤学苦练，才能跟上大家的步伐。每天深夜，在练功房里，我对着窗户玻璃中映出的身影，练习着举手投足与唱腔的配合，深入感受唱段中人物的内心世界，陪伴我的是练功用的木头板和被我打弯的鼓楗子。

在我的心目中，花五宝先生性格耿直、为人爽朗，对人对事非黑即白、爱憎分明，喜欢就是喜欢，不喜欢就是不喜欢。她将我当作自己的孩子一样看待，每天朝夕相伴，接触的时间比其他同学都长，对我的言传身教也数倍于其他同学，故而直接影响了我的后半生。

师父曾告诫我："咱这行没饭。"可她老人家却把金饭碗传给了我，社会各界给予我五谷杂粮，老师们烹调了一道道南北大菜，我心怀感恩、细细品味，茁壮成长，坦荡荡心无旁骛把歌唱，因为我的梦想就在前方。

北方曲校毕业后，我顺利的实现我第二个梦想——进入了天津市曲艺团，这也许是老天对我最大的眷顾，因为我并非世家子弟，对艺术的理解又尚且稚嫩，而进入了天津市曲艺团以后，团里的领导和老师们对我艺术上的培养和熏陶，以及资深艺术团体的古朴、典雅和浓烈曲艺氛围的影响，对我来说，无疑是完成了一个"破茧成蝶"的过程。

但我也很清楚，若想艺术之路走得更远，需要更加深厚的文化底蕴作为支撑。而当时，在曲艺专业范围内并没有高等学历。于是，我就考取了天津师范大学艺术系音乐教育专业的专科学历。毕业后以专业第一的优异成绩，专升本考入中央民族大学继续深造，毕业时获得"学士学位"。后在曲艺团的领导们不断栽培和前辈老师们的艺术熏陶之下，不断地学习和提高，让我实现了第三个梦想——进京。

2003年，我如愿拜在花五宝先生门下，这不仅使我坚定了从艺信念，更为我拓宽了从艺道路。在拜师会上，我有幸认识了时任北京曲艺团团长的京韵大鼓表演艺术家种玉杰先生，在他的积极引荐和促成下，我从天津市曲艺团调到北京歌舞剧院。6年过去了，在单位培养下，我先后获得了十余个国家级曲艺赛事的金奖头筹，单位和社会给予我很多的肯定，这些荣誉给我带来了极大的鼓励和信心。与此同时，我也坚定了另一个目标——"弘扬民族文化，复兴鼓曲事业"。

二、施展曲艺抱负

2009 年，我将梅花大鼓成功申报成为"宣武区非物质文化遗产保护项目"，并于同年成立了"杨菲曲艺工作室"。当时我就明确了一定要秉承"弘扬中华民族传统美德，传承中国精品鼓曲艺术"的宗旨。工作室成立以后，培养了社会各阶层的鼓曲爱好者近百名。这些"爱好者"当中，不仅有耄耋老人，更有天真活泼的孩子，他们抱着对鼓曲艺术的挚诚热爱和执着追求，认真学习鼓曲演唱方法和表演技巧。多年来，学员们迅速成长进步，初露锋芒，多次在全国性的曲艺赛事中摘金夺银、屡获殊荣。2012 年，我和我的工作室联合至乐汇舞台剧，将曲艺与戏剧成功混搭，创作并推出了新京韵舞台剧《大前门》，该剧不仅在各地文化活动中反响强烈，取得了巨大成功，还获得了 2012 年全国优秀曲艺作品奖——银奖。

创新是艺术的生命。我和我的工作室同人在寻求表现形式上创新的同时，还在传播手段上寻找新的突破口。2014 年，对新的媒体形式——"微电影"进行了大胆尝试，于是，一部以曲艺人物故事为主线的民族艺术励志微电影《中国 style》诞生了；该影片将当下的流行音乐与传统鼓曲艺术巧妙结合，讲述了一位曲艺人在当今社会执着坚守为曲艺艺术振兴和发展而奔走的故事。该影片播出后，受到了业内专家和广大观众的一致好评，一举摘取第二届亚洲微电影艺术节"金海棠奖"、"致青春中国梦"微电影大赛一等奖等九项大奖，点击率突破 30 万且一路飘红。

为了让鼓曲艺术能够保持思想性、艺术性、观赏性相统一，坚持内容为主、创意制胜，提高鼓曲艺术原创能力，在探索中突破超越，在融合中出新出彩，着力增强鼓曲作品的吸引力、感染力，适应当今文化潮流和人们的生活节奏，我和我的团队在坚守传统艺术阵地的同时也一直致力于试图寻找新的路径，对鼓曲的传统表演形式进行大胆的改革和创新，并取得了专家们和观众的一致认可。如在梅花大鼓《霓裳羽衣舞》中，大胆创新并将舞蹈元素融入传统的表演形式中去，使剧情表现得更加完美，吸引了大批青年观众。该作品荣获"南山杯"全国曲艺新人新作邀请赛最佳表演奖。

三、团结服务曲艺人才

曲艺工作室是个"入口"，它能让更多人走进来，但如何激发孩子们的学习热情，帮他们找到"出口"搭建平台、学完了到何处去实践，又成了摆在我面前的一道难题！另外，自2002年来到北京，我就发现北京文化市场多年来没有固定鼓曲演出场所，许多的北京老观众成群结队地坐火车跑到天津去"听鼓曲"。于是，我暗下决心，一定要让老北京的观众们在当地就能欣赏到他们钟爱的传统鼓曲专场。2015年年初机会来了，我的母校——中国北方曲艺学校的系主任打电话找到我，说有几个优秀的毕业生，这些孩子们是名师之徒，面临择业问题，试图在北京找到出路。见面听了她们的演唱我心情很激动，觉得我们国家耗费大量的精力财力，聘请名师倾尽五年心血培养的大学生实在是太珍贵了，毕业后如果不搞专业，这对我们曲艺的传承是多么大的损失啊！

为了让京城的鼓曲爱好者拥有自己的艺术天地，让更多的观众走进剧场，欣赏鼓曲、了解鼓曲、热爱鼓曲、支持鼓曲艺术的发展，同时也是为了拓宽鼓曲艺术市场，为青年曲艺人才搭建平台，2015年，我经多方筹措接洽，集结京、津、冀、鲁、豫、晋等地区的青年鼓曲才俊成立了"北京杨菲曲艺工作室"旗下的"青春鼓曲社"——所谓"青春"，一是寓意为培养青年骨干演员和青年观众，使我们的鼓曲艺术朝着良性循环的方向发展；二是预示着我们传统的鼓曲艺术薪火相传，永葆青春。青春鼓曲社的成立，得到了中国曲艺家协会、东城区文联、和平里街道办事处的大力支持和关怀，同时也得到了京城百姓、曲艺票友们的肯定和喜爱。我们立志将青春鼓曲社打造成为京城曲艺界最温馨和谐的团队，坚决杜绝钩心斗角、蹬扒踩踹，不收受观众的花篮和赠礼，树立正能量，打造新团队。

伴随青春鼓曲社的成立，"中国北方鼓曲艺术原创作品基地"也应运而生了。作为鼓曲社的又一工作重点，中国北方鼓曲艺术原创作品基地将致力于吸纳曲艺作家、培养青年演员创作新曲目、表演新段子；尝试新方法、探索新路子——努力把传统的鼓曲艺术与时代相结合，用带有浓浓时代感的节目吸引更多青年观众。原创作品基地的成立，是曲艺人在文化体制改革环境下的一次新尝试，是用新的市场经营模式和现代的包装手段来助推曲艺发展，激励青年演员演好传统曲艺，讲好中国故事。

四、坚持艺术探索与创新

京韵梅花大鼓《文成公主》是我投入很大精力创作的一部关于"一带一路"作品，也是一部以爱国主义、民族团结为题材的主旋律曲艺创新作品。这部作品将京韵大鼓与梅花大鼓这北方鼓曲中的两大重要曲种巧妙结合，通过文成公主与松赞干布联姻这一民族团结典范故事，深刻再现了文成公主进藏、在藏的情景和藏族人民对文成公主的崇敬与热爱，大力弘扬了爱国主义精神和民族团结主旋律，传播了和谐向上的正能量作品。由时任拉萨市文联主席（现任拉萨市网信办主任）杨双旺作词；

天津市曲艺团国家一级演奏员、著名作曲家韩宝利作曲；我担纲演唱——可谓是三地、三界知名艺术家联袂完成，既实现了三种艺术门类的完美结合，展现了艺术家过硬的艺术功底，也体现了三地艺术家紧密协作的团结精神，其创作过程本身更是一次民族团结的生动体现。

作品首次将文成公主进藏这一爱国主义典范故事与鼓曲艺术相结合，大力弘扬了民族团结主旋律，传播了正能量；作品首次将梅花大鼓和京韵大鼓两种曲艺形式巧妙结合、圆润过度，以艺术形式的创新，更加生动地刻画了松赞干布和文成公主的主体形象，深刻再现了文成公主进藏、在藏的情景和藏族人民群众对文成公主的崇敬与热爱。该作品的政治思想性、社会教育性和艺术性兼具，成型推出后即受到各方热评，我携其参加"第九届全国曲艺牡丹奖大赛"，并且获得了表演提名奖。在中国曲协的推荐下，此作品作为中国文联 2016 年度青年文艺创作扶持计划项目，将该作品拍摄成 MV，实现与新媒体的嫁接，既使古老的民族艺术得到完美立体呈现，又拓宽了曲艺艺术传播渠道。我相信，该作品的问世，将会为广大网民和曲艺爱好者奉献丰富的文化盛宴，让更多的人喜爱上京韵梅花大鼓，让更多的人去学习、传播传承。并且在繁荣曲艺艺术主体的同时，也迈出了新形势下优秀传统文化与现代新媒体建设的重要一步。借助新媒体手段丰富艺术本体，也是一次大胆创新的新尝试，相信能够为新媒体网络文化的发展增添了浓墨重彩的一笔亮色，充分发挥了其艺术价值和教育作用，为民族艺术开拓了一条更广阔的道路。

五、坚持曲随时代服务百姓

青春鼓曲社自成立的那天起，便不忘使命，积极进取，以"弘扬中华民族传统文化，传承中国精品鼓曲艺术"为己任——在行动上，始终坚持与中国文联和中国曲协实现纵向对接，与中国曲艺界，特别是鼓曲界实现横向链接；成立两年来，在中国文联曲艺艺术中心和中国曲协北方鼓曲艺术委员会的领导和指引下，始终坚持正确的社会主义创作导向，以"践行社会主义核心价值观"为主线，以"为人民抒写，为人民抒情；深入生活、扎根人民；面向基层、服务群众；弘扬时代主旋律，实现中国梦"为主题，用最美的中国声音传唱着最美的中国故事。与此同时，在中国文联和中国曲协的关怀、指导下，青春鼓曲社不断走向正规，建立健全规章制度，规范管理手段，以"曲艺人行为准则"为准绳，树立"青春"形象，演出质量不断提高，演员队伍不断发展壮大，赢得了良好的社会声誉，得到社会各界的好评。

2015 年 2 月 28 日，"青春鼓曲社"大年初十开张首演。来自京津两地的中青年鼓曲演员们会聚一堂，联手为北京观众献上了一场融合了经典唱段和创意改编的精彩节目——北京的多位年轻鼓曲演员共同演唱的单弦《北京人》惊艳开场，清新靓丽的形象，流行时尚的唱词配以传统的单弦牌子曲旋律彰显了曲艺与时代的有机结合，唱出了北京的发展，曲艺的生机；我和学生的对唱梅花大鼓《半屏山》、陈娜娜和宗淑玲的对唱西河大鼓《花唱绕口令》都是由一位青年骨干演员带领一位新秀同台献艺，既是提携新人，又是对经典唱段的全新演绎；而天津籍的冯歆贻的骆派京韵大鼓和李玉萍的河南坠子、王树才带来的北京琴书等等，都给观众带来了原汁原味的艺术享受。青年演员演唱的传统经典曲目，均受到了观众的欢迎和认可，大呼过瘾。

作为当时北京唯一一家以北方鼓曲为主的体制外演出团体，青春鼓曲社坚持每周六为观众献上精彩的曲艺演出，此举不但填补了当时北京文化市场上一直没有鼓曲专场演出的空白，更为传承和发展鼓曲艺术搭建了平台，同时也为曲艺专业毕业生提供了就业和创业的机会，更为北京的广大曲艺爱好者带来了福音，从此鼓曲人有了自己的组织和阵地。两年来，青春鼓曲社在各方面的关心和支持下，凭着对中国传统艺术的热爱和敬慕，风雨无阻，驻扎在和平里文化活动中心，穿插开展惠民演出、曲艺讲座、非遗传承等活动，极大地丰富了基层百姓的文化生活。

为迎接党的十九大胜利召开，弘扬优秀中华民族传统文化，由中国曲协北方鼓曲艺术委员会、东城区文联、东城区文委共同主办的"青春鼓曲·一路有你""青春鼓曲社"成立两周年暨文艺惠民演出100期汇报演出活动，于2017年3月26日下午在北京市东城区风尚剧场举行，现场檀板阵阵、弦歌声声……中国文联、中国曲协、北京曲协、东城区有关领导与几百名鼓曲爱好者一同观看了演出。此次活动的目的之一是为了展现"小剧场曲艺"和中国北方鼓曲艺术委员会在中国曲协的带领下，深入基层，扎根人民，运用灵活多变的表现形式，为百姓提供义务的鼓曲艺术表演和鼓曲知识传播，进而拓宽了曲艺小剧场在曲艺产业化和市场化营销渠道及其起到的积极作用——提升了体制外文艺团体的总体艺术水平，推动了体制外文艺团体的繁荣与发展。其二是为了展示青春鼓曲社在东城区委区政府、东城区文联、东城区曲协及和平里街道等单位的大力支持和正确领导下，在推动社区文化繁荣，丰富社区群众的业余文化生活方面，以独具地方特色的经典曲艺及活泼多样的服务方式，深入到人民的生活中去，走进学校、厂矿、社区，在"坚持继承发展，大胆出新创新"的基础上，提炼创作出的优秀的艺术作品，打造优秀的服务品牌，为共同创建"和谐宜居之区"文化特色街道，为社区文化事业的振兴，为提升社区群众文化水平和文化品位而做出的成就和贡献！其三是为了增进社会各界对青春鼓曲社的广泛关注与了解，提升青春鼓曲社品牌形象，吸引更多年轻人加入其中。其四是为了实现青春鼓曲社品牌推广，打造青春鼓曲社知名度和美誉度。其五是通过此次活动，争取社会各界的大力支持和鼓曲爱好者的广泛参与，坚定青春鼓曲社广大演职人员特别是青年鼓曲演员对民族艺术执着坚守的信心和决心！增强青春鼓曲社的凝聚力、向心力和战斗力！演出现场，精彩纷呈，亮点频现，老中青三代同台，经典与新创并重，担当与责任并存，青春与梦想齐飞。观众的掌声和叫好声不绝于耳，演员们也是不负众望，将精彩的节目一一展示，鼓曲迷大呼过瘾！

青年演员孙静雅、宗淑玲、焦雅楠、周悦、李景双等带来的鼓曲联唱《鼓舞青春》拉开了演出的序幕，她们清新明亮的唱腔、富有时代气息的唱词，恰似杨柳春风，尽释"青春"两字，隐喻鼓曲艺术薪火相传，青春常在；青年骆派演员冯歆贻演唱的京韵大鼓经典曲目《百山图》明快清丽，令人如置身于百山大川之中；河南坠子青年演员李玉萍、陈杨演唱的新创节目《十月金风遍神州》，拳拳赤子心，殷殷爱党情，充分展现了她们不俗的艺术功力和出色的驾驭新作品的能力；著名西河大鼓演员钟声携宗淑玲演唱《中国梦》，她的舞台气质端庄稳健，淳朴自然，尽显功底；中国曲协北方鼓曲艺委会委员、单弦表演艺术家张蕴华与天津曲艺团团长、国家一级演奏员岳长乐带来的单弦《风雨归舟》，情真意切，婉转悠长；中国曲协北方鼓曲艺委会委员、滑稽京东大鼓表演艺术家王大海演唱《三鼠登科》，漫画式的夸张表演，贴地气的语言逗乐全场；中国曲协北方鼓曲艺委会副主任、京韵大鼓表演艺术家种玉杰带来的新创节目《龚全珍训女》，大气沉静，传播主流价值，为演出画上了圆满的句号。

很多曲迷观众为庆祝青春鼓曲社百期，纷纷送来字画和锦旗，"百场演出千人聆听同心协力鼓曲振兴""继往开来再创辉煌"等激励鼓曲人不忘初心、奋力前行。特别是小汤山镇中心小学的师生自发前来为曲艺课外辅导老师献花表达喜爱之情，让鼓曲人深深感动，更无悔于这份坚守，因为他们一直在用最美的中国声音传唱最美的中国故事。春光正好，陌上花开，天籁之音，可缓缓赏矣！

站在新的起点上，青春鼓曲社将继续秉承"弘扬中华民族传统美德，传承中国精品鼓曲艺术"的宗旨，认真贯彻落实习近平总书记在十次文代会上的重要讲话精神，积极响应时代召唤，顺应人民的期盼，以高度的文化自觉和文化自信，担当伟大时代的神圣使命，繁荣文艺创作，推动文艺创新，深入生活，扎根人民，奉献出更多有筋骨、有道德、有温度的文艺作品，努力成为时代风气的先觉者、先行者、先倡者，做一名胸中有大义，心中有人民，肩上有责任，笔下有乾坤的合格文艺工作者。

六、深入开展文化交流活动

2016年2月19日，在中国文联港澳台办和中国曲艺家协会的倡导下，中国文联走基层小分队、北京杨菲曲艺工作室青春鼓曲社赴台曲艺专场演出一行16人，在中国文联办公厅主任邓光辉（时任中国文联办公厅副主任）的带领下，舍弃了春节和家人团聚的珍贵时光，奔赴祖国宝岛台湾，开启了青春鼓曲社送欢笑之旅。中国文联给我们提供了一次难得的机会，使两岸文化得到了进一步交流和延展，台湾观众对民族艺术钟爱与热情的程度在给我留下了深刻印象的同时，也让我从心里相信"中华民族艺术同根同源"，我也意外的收获了一位台湾弟子，从而架起了两岸曲艺艺术沟通的桥梁，使得中华曲艺文化在宝岛开花结果！我也真心祈盼在海峡两岸文艺工作者的共同努力下，中华优秀传统文化的发展会迎来更加繁荣、蓬勃的春天。

应"1U懂旅行·更懂你探路者旅行"特别邀请，2016年5月和8月，我们先后两次登上了歌诗达·大西洋号，进行"为青春行走"大型曲艺专场演出和讲座。

本次专场互动讲座由我主讲——我边讲述、边示范，说中有唱，唱中有说，从曲艺各个门类的起源，到如今的发展现状，从曲艺谚语，到每一个曲牌……使现场一下子沸腾起来，每到精彩之处，观众席便响起雷鸣般的掌声，来自祖国各地的游客，不约而同地为我的精彩讲座鼓掌喝彩，为民族艺术的精美绝伦而欢呼。其实此次曲艺专场，是民族艺术——中国曲艺第二次登上意大利邮轮。此次"中华民族的艺术瑰宝——曲艺"歌诗达·大西洋号曲艺专场互动讲座，使我们深深感受到了中华民族艺术的神奇所在。这次曲艺专场讲座不仅仅是单纯的曲艺讲座，更重要的是，当意大利西方艺术遇上中华民族曲艺艺术，更彰显了中华民族艺术的独特魅力和无与伦比的精彩与华丽。

七、经历风雨才见彩虹

我曾经在接受《中国艺术报》记者采访时，激动地说"……传统艺术不能在我们这一代手里失传，我们不但要继承，还要创新——让更多的年轻人喜欢它，这是我们的责任！我宁可拉着这辆车使劲地往前拽，也不能放弃，因为使命，因为担当"。当题为《拉着鼓曲的车往前拽——访梅花大鼓演员杨菲》的文章见报后，许多人说我"不愧是当演员的！懂表演！会煽情！"——也不管这些话内含的是褒义还是贬义，我都无意辩驳。虽然在摇头苦笑的同时，分辨不清内心在品味着怎样的五味杂陈，却清楚自己这句发自内心的话的分量和贴切。

在创办"杨菲曲艺工作室"之初，就是变卖了自己在天津的一套房产，维持兴学办班的各种开销；后来为了青春鼓曲社，我又动用了母亲去世后单位返还的11万元医药费！不当家不知柴米贵，事事处处小心谨慎，同时对突发事件又必须及时应对，常常是捉襟见肘、身心疲惫，长年处于体力透支的状态。工作室先后搬了很多地方，最后才在和平里街道办事处的扶持下，稳定了下来，所幸的是虽然问题频频出现，却也在方方面面的帮助下一个个迎刃而解了。然而，这还只是资金方面遇到的阻力，在现实生活中我在全身心投入工作的同时，也不可避免地忽略了家庭和亲人，每次翻开我的工作学习日记，不禁眼圈泛酸。

说心里话，面对这种忙得顾不上照顾年迈的老爹、顾不上陪伴幼年的儿子，甚至和同样忙碌的爱人难以聚在一起吃顿"团圆饭"的苦日子，有时也在心里自问"你这样拼命到底图什么？"；特别是在越想越多的时候，也曾对当初的选择和今天的坚守动摇。可每每到了最后，无一例外的都是咬牙抹去脸上的泪水，然后义无反顾地走下去。

面对着选择，曾经也有过困惑。五年前的一天，爱人曾这样问我，"你把自己的演出费、讲课费、工资搭进去我也不说什么了，你不能败了全家去填这个无底洞，你到底选择家庭还是事业？"我对自己为曲艺事业做出的选择从未后悔过，但现在想想，越来越能设身处地体会家人的感受了。想想几年来，真觉得对不起爸妈、对不起孩子、对不起爱人……然后我把自己缩成一个团，由家中女王变身小矮人，觉得有愧于家庭。时间久了，丈夫的怨言也越来越少了，他完成了自身的工作后，倾尽全力培养孩子，照顾家庭。他知道我的性格，知道家里的事情是指望不上我的。

再到后来我的付出获得了社会的肯定，我所居住的和平里街道树立我为"感动和平里"——爱岗敬业典型，当选中国曲艺家协会第八届理事，东城区政协文化艺术界别和妇联界别双推荐我到北京市政协发挥力量，北京曲艺家协会吸纳我成为新一届主席团成员，全市21所培训教育机构聘请我及鼓曲社到学校定期传授曲艺，6个街道办事处与我社购买文化惠民服务及签署战略合作意向。我也作为专家，被市委组织部派到"人才京郊行"项目中，赴密云文化馆挂职锻炼一年……随着个性的收敛和事业一点点好转，爱人对我也渐渐地理解了。我以柔克刚，生活逐渐发生着变化，不知不觉中我已经成为两个儿子的母亲了，这是上天给我最好的礼物。回想当初将喜讯告诉爱人时，他是坚决不同意，理由很简单——"不想再来一遍，好不容易把孩子养大了快熬出头了，又来一个！到时您不管不问，活儿全是我的……"我笑着回答："这个二宝你甭管，我自己的选择，我自己带！"暗自窃喜的我发扬着"阿Q精神"，每天喜气洋洋、欣慰幸福。我带着二宝参加文代会、曲代会、政协会。让他在我肚子里录音乐、录唱腔、录专辑；他陪伴着我完成一个个策划会、演讲会、座谈会……没有一丝"妊娠抑郁"。家里的大孩子已被爸爸洗脑，对文艺一脸的抵触。我成天想着盼着——自己热爱的曲艺事业终于有了嫡传的接班人了。这回，我能做孩子的主了，这是属于我的小生命！

孩子真正落生就没有这么简单了，白天一往无前工作、夜晚伏案写作策划、其间不断穿插给孩子喂奶，没睡过一个整觉……生活的压力使我疲惫不堪，但是看看领导和老师们信任的目光、看看老观众们期盼的眼神、看看鼓曲社孩子们辛勤的坚守，我还必须得继续朝前走不能有丝毫动摇，我要对得起组织对我的培养、对得起自己的使命、对得起所有人的期待。这正是——

含苞蓓蕾初成长

春风春雨沐春光

待到牡丹绽放时

重整河山铸辉煌

就这样，我一步步拽着身后这架满载着激情和责任的曲艺大车走到了今天，回头瞭望——除了留在身后那一串儿由汗水和眼泪浸染过的脚印，也有不少令我颇感欣慰的东西——我的斑斑努力并没有白白付出：不但做出的成绩得到了上级领导的充分肯定，同时我们的"驻场"演出更是得到了大范围的认可，逐渐培养起了相对稳定的观众群……发展到最后，甚至超越了普通的演员与观众的关系，有的老观众会主动在演出前和散场后帮着我们演职人员一起收拾桌椅、打扫卫生；有的主动招呼和帮助照顾一些外地慕名而来的陌生观众，有什么心里话也不藏不掖直接说，听到些什么"闲话"也能及时与我们反馈沟通；特别是今年三月"青春鼓曲·一路有你"——青春鼓曲社惠民演出 100 期暨成立两周年汇报演出活动，不但很多曲迷观众闻讯纷纷送来字画和锦旗"百场演出千人聆听同心协力鼓曲振兴""继往开来再创辉煌"——实在是鼓劲儿提气儿的话语和感人至深的举动，我从心里十分珍惜这种观众和演员间的"鱼和水"关系和感情；更有一位平时演出场场必到的老观众兴致所至，当场赋诗祝贺——

曲坛秋冷连冬摧

痴心坚守望春归

浓情似火融冰化

喜看东风助杨菲

当时全场报以热烈的掌声，我的心情也是澎湃如潮，进而也完全理解和体会到了"金杯银杯不如观众口碑"的意义和价值，觉得以前受的苦和累都值了，并值得我今后更加努力地去做。

乘势而起，我们又成功地举办了"京津冀北方鼓曲巡演"，"巡演"直接吸引了来自京津冀三地数百名曲艺人才参与，首次实现了鼓曲艺术深层的融会贯通。实地巡演、艺术交流、席间座谈等多元化展示平台的构建，真正意义上将北方鼓曲艺术像专业化延伸，通过说新唱新的原创作品展示，来推动北方鼓曲的创作步伐，涌现出大量与时代接轨的现代作品，受到各地观众的热烈欢迎和积极响应。

2016年11月30日是个不平凡的日子，我有幸作为中国曲艺家协会代表团的一员，出席了中国文联第十次全国代表大会，在大会亲耳聆听了习近平总书记在开幕式上的重要讲话，这无疑是对我们文艺工作者最大的激励和鞭策，在庄严的人民大会堂，我多次激动不已，感动得热泪盈眶，决心要用行动来践行此次讲话的深刻内涵。

能够参加文代会是对我们年轻人莫大的鞭策和鼓励，使我们明确了前进方向，更好地把握时代脉搏，聆听时代声音，促使我们勇于回答时代课题，承担时代使命。当习近平总书记走上主席台时，台上台下代表自发起立共同伴随入场音乐附和击掌，迎接和见证这一激动人心历史时刻的到来……当主持人铁凝主席宣布："全体起立，唱国歌"，凝重的气氛，庄严的音乐，与会代表们众志成城的向心力再一次将我激动的心情推向高潮，当我们唱到"我们万众一心，冒着敌人的炮火前进！前进！前进！进！"时，我几乎控制不住自己的情绪，激动的泪水夺眶而出。当习总书记讲话中提到"曲艺"二字时，强烈的归属感、荣誉感、亲切感倍增，一下子把我们之间23排的距离拉得很近很近……总书记还说："中华民族在苦难和曲折中一步步走到今天，必将在辉煌和奋斗中大踏步走向明天，中华民族伟大复兴的航船一定能够劈波斩浪，驶向光明的彼岸。"仔细想想，我们文艺事业和文艺工作者的成功步伐不也是沿着这条艰难的道路一步一步攀登而来的吗？都说文艺是给予百姓的"精神食粮"，在此刻我觉得习总书记正是给了我们最大、最丰富、我们最需要的"精神食粮"，让我们这些年的卧薪尝胆、韬光养晦、执着坚守终于换来了今朝的雨后彩虹，这也使我们更加坚定了坚守的信心和决心！

"一个人的坚守是品德，一群人的坚守就是力量"，这一庄严的时刻，是凝聚最大正能量、增强民族自尊、树立创业自信的伟大时刻，她唤起了我们从事和坚守民族艺术阵地的强烈荣誉感。习总书记对文艺工作者提出了"四点希望"，这是对我们每一位文艺工作者的要求。正是因为有了希望，有了信心，我们才在困难面前不气馁，奋斗之中不迷途，用"真善美"战胜"假恶丑"。在今后的文艺生涯中，要勇于创新创造，讲好中国故事，树立中国形象，唱响中国旋律，在中国曲协的正确引领和悉心关怀下，"像牛一样耕耘，像土地一样奉献"，创作出无愧于这个伟大历史时代的新作品好作品，报效培养我们的伟大祖国、伟大人民。

中国曲艺家协会是我们曲艺人温暖的家，这些年来，我们紧紧跟随协会前进步伐，扎实工作，求真务实。协会为我们创造了优越的工作环境和良好的发展机遇，使我们做起事来勇于担当、无悔付出。一直以来，协会领导班子和谐团结，真抓实干，认真研究曲艺界未来发展方向，这是所有曲艺人有口皆碑的。协会领导班子远见卓识，将理论建设和职业道德建设放在首位，热心关怀和扶持体制外曲艺团队的建设和发展，培养青年人才，还鼓励我们争做"台上能演出，台下能创作，台前能讲课，台后有理论"的复合型曲艺人才。曲协是我们曲艺人最坚实的依靠，曲协的发展方向是最闪亮的坐标。

我们还年轻，一定努力追求德艺双馨，从内在到外在，从作品到人品，从工作到生活，从思想到行为，都要严格要求自己，努力成为时代风气的先觉者、先行者、先倡者，同心协力举精神之旗、立精神支柱、建精神家园，做一名优秀的、合格的文艺工作者。

我们要紧紧把握时代脉搏，坚定文化自信，牢记使命、牢记职责，不忘初心、继续前进，深入生活、扎根人民，奉献出更多有筋骨、有道德、有温度的文艺作品，在这个呼唤民族艺术回归的伟大历史时代，奋力谱写中华民族伟大复兴中国梦的历史篇章。用最美中国声音传唱最美中国故事！

京韵梅花大鼓

文成公主

作词：杨双旺

作曲：韩宝利

演唱：杨　菲

大唐盛世振雄风，
万方乐奏大明宫。
皇室有女李雪雁，
赐封公主号文成。
这文成，
德贤人淑广称颂，
达理博学享恩宠。

说罢大唐说吐蕃，
松赞干布逞英雄。
四十四国归一统，
创立文字把佛法弘。
高原一代君王梦，
目光远眺长安城。

这松赞干布，

派出大相奔长安，

铁心誓将公主迎。

唐天子龙颜大悦，

恩准松赞干布娶文成。

松赞干布感激万分，

红山建起布达拉宫，

亭榭雅致屋宇宏伟，

碧波荡漾微风中。

在吐蕃，

文成公主不忘使命，

辅佐赞普业业兢兢。

频频谏言感赞普，

朗朗大爱系百姓。

大小昭寺香火盛，

释迦金像端坐其中。

从此后，

吐蕃大地扬新风，

六畜兴旺五谷丰登。

社会进步民安定，

民族团结共繁荣。

文成在藏四十载，

名垂青史功千重，

藏民族奉其为"绿度母"。

你看那公主庙闪闪千年酥油灯，

布达拉高耸万丈晴空，
公主柳轻拂千年和风，
万里羌塘洒满千年旷世情，
千古绝唱流传万年唱大风。

牡丹赋

作词：杨妤婕
作曲：韩宝利
演唱：杨　菲

万花谱中冠群芳，

诗篇画卷誉花王。

到了春深后，众香国里谁独秀？

牡丹花，盎然开放占春光。

艳似彩虹情炽热，

素如月色性安详，

华贵雍容含仁爱，

美质高格显端庄。

倾国倾城人心醉，

争赏魏紫与姚黄，

真是国色天香。

牡丹啊，蕴于寒秋初冬日，

才有这经霜历雪育刚强。

华夏文韵常滋养，

才有这温情款款送芬芳，

根植大地亲沃土，

才有这不逞娇态自飞扬。

曲艺说唱民族瑰宝，

一朵朵牡丹竞秀溢彩流光。

更享盛世阳光雨露，

讴歌时代情意深长。

牡丹绽放纵情歌唱，

歌唱中华，人民幸福国运昌，好梦成真，前景辉煌。

"曲径通幽"为君狂

贾 冰

关于"牡丹绽放——曲艺英才培育行动"的小结，说实话，这两年虽说取得了一点点微末的成绩，但远远不是总结的时候，也自知未到总结的高度，思虑再三，我想还是说说心里话吧。

先说说这个题目吧，一直以来，我非常喜欢唐代诗人常建的一首诗《题破山寺后禅院》，其中尤爱"曲径通幽处，禅房花木深"两句，因为这种意境让人心旷神怡，让人抛却一切杂念，还原本真的那个你。从另一个角度上说（我自己的诠释），"曲"即"曲艺"、"幽"即"幽默"，曲艺的道路最直接的反映就是"幽默"，这是我一辈子为之奋斗为之追求的终极目标——做一个喜剧人。套改一下上两句："曲尽通幽处，我为喜剧狂"应该是我最为真实的写照。我觉得我这一辈子只谈过一次山盟海誓、轰轰烈烈的恋爱——对象就是喜剧。

我与她的初识

我的父母亲都是优秀的高级教师，小的时候我在我妈妈的班里上学，那时候母亲不让我喊她妈妈，让我喊她老师（整个小学下来，竟无人知道班主任就是我妈妈）。父母对我要求比较严厉，他们最大的心愿是希望我能好好学习，子承父业，以后也能当一位人民教师。

在童年时代（年代久远，记不清是哪一年了），有一次在上学的路上偶然间看见了一场二人转的表演，不知怎的，脚下像被吸铁石吸住一样，站在观众群里，一动也不想动。那一次我竟然忘记了时间，那一次我竟然听得如此入迷，那一次我的笑声竟然如此爽朗，那一次我竟然旷课了！结果可想而知，我被母亲狠狠地修理了一顿。可我惊奇地发现，那天我看的内容几乎一字不落地全背下来了，那些唱段我竟然可以用稚嫩的嗓音完全模仿下来，每每给小朋友们表演，总能迎来惊奇和赞叹的目光，一种从未有过的成就感油然而生。

从此一发不可收拾，不论是田间地头、学校剧场还是闹市露天，

只要有演出，不管再远，我也要追着去看，有的时候一个剧团从一个地方演到另一个地方，虽然是反复演着同一个内容，我也会疯狂地追着他们，百看不厌。收音机里只要一广播相声、评书我便会驻足聆听，马季先生、姜昆先生……家里的黑白电视机只要一播放小品，我更是欣喜若狂，巩汉林老师、赵丽蓉老师……随着年龄渐渐增长，我慢慢感悟到：我已经爱上她了（不知道这算不算得上早恋，但我深知，我已深陷其中，不能自拔）。

或许，这就是一见钟情吧。

对她第一次表白

由于我的"早恋"，学习上一落千丈，结果可想而知，未能考上大学，继续父母的梦想。可在我的内心里，一直有一个声音强烈的呼喊：一定要找到她，一定要向她表白，一定要跟她"情定终身、一生相伴"。虽然她充斥了我整个大脑，陪伴了我整个童年、少年；虽然她存在我的生活里、我的梦里、我的心里，那样美丽、那样迷人、那样纯洁、那样

让我如痴如醉，但又那样的遥远，那样遥不可及，甚至我从未看清她的脸庞，她的身姿，她就像一个纯洁的女神，那样的高高在上，那样的高不可攀，那样的令人神往。

我该到哪里去找她？我该怎样去走近她？我又该以何种方式向她表白？怎样才能和她一生厮守，不离不弃？

带着这样的疑惑和强烈的爱，我选择了参军，我感觉，在那里或许我能和她邂逅，因为在电视上、我看到过她在那里出现的身影；在收音机里，我捕捉到了她在那里出现的声音，我坚信，在那里我一定能找到她。

于是，1997年12月，我穿上了军装，来到了部队，成为73071部队文工团的一名新兵。经过多年的苦苦寻觅，至此，我终于找到了她。

第一次走进部队文工团的练功房，第一次看到那副红穗穿起的静静安放在桌子上的快板，第一次看到那含有油墨香的小品剧本，第一次看到那矗立在练功房正中央的说相声用的两只话筒……我的眼泪夺眶而出！我终于找到她了，我看到了她清晰的脸庞，那样清新、那样迷人，我看到了她的身姿，那样亭亭玉立，那样婀娜绰约。那一刻，我浑身发抖，那一刻我心跳加速，那一刻，两行幸福的泪水从我的脸颊轻轻划过，我在心里暗暗发誓：我一定要和你相守一生，永不分离！

还记得第一次上台演小品的情形，走上舞台，灯光一亮，大脑一片空白。那时候，感觉身体不是自己的，大脑完全被一种力量控制，十几分钟表演下来，不知道自己在舞台上说了什么，不知道自己在舞台上干了什么。走下台来，大汗淋漓，浑身都湿透了，脸色煞白，目光呆滞，就感觉整个人是蒙的。在台侧候场的战友们纷纷上前祝贺，说我演得出奇的好，效果出奇的棒，下面的战友都乐翻了，掌声一直不断。而我自己，却一点点印象也没有。

还记得第一次上台唱快板的情形，因为紧张，不仅节奏打乱了，还把板掉到了舞台上，不仅几次忘词，自己还随意加词，舞台调度也完全没有按照事先排练好的来，节目表演下来，亦不知自己说了什么，干了什么。

还记得第一次说相声的情形，舞台上一站，双腿发抖，声音发颤，完全记不得排练的节奏与语气，完全没有了和搭档之间的配合与默契，该铺平垫稳的没有铺平垫稳，该抖包袱的没有抖在点子上，该抑扬顿挫的完全乱了方寸，该起承转合的也全部没了节奏，一场下来，勉为其难。

这算是我的第一次表白吧！因为过于紧张，因为过于痴迷，因为过于激动，竟如此狼狈。但我分明感受到了她那颗火热的心，宽博的爱，也分明感受到了我的心与她的心贴得如此之近，那是站在舞台上的存在感，那是观众回馈的掌声和笑声，那也是我第一次真正意义上零距离感受喜剧的魅力。那一次也更让我感受到了她的神圣与庄严，她的巍峨与高尚，她的亲和与慈祥，她的宽容与博爱。

我从心里告诫自己，她是不可亵渎的，她是需要用我的生命去呵护的，她是我这一生永远为之追求和奋斗的动力源泉。

于是，从那一刻起，在练功房，我挥汗如雨；在书的海洋，我疯狂汲取。为了练习吐字，我曾累得连吃饭都张不开嘴；为了练习一个表情，我曾经对着镜子像魔怔一样，自言自语，时而喜怒哀乐，时而目瞪口呆，甚至，还差一点得了面瘫；为了揣摩相声表演，我自己既当捧哏也当逗哏，对几百段不同流派，不同风格的传统段子反复研习、背诵，每天夜里，我都是抱着一个随身听，戴上耳机，在相声磁带的伴随下入眠；为了练习表演，我从市场上几乎买来所有相声小品大师的磁带、光盘，反复聆听，反复观看，有的时候，一个表情反复看上几十遍，一个动作，反复模仿几百次，一句台词，琢磨好几天，遥控器不知按坏了多少个，DVD不知看坏了多少台，一年下来，仅笔记心得就写了厚厚的近20本（因部队几次搬家，不慎丢失，每每想起，心疼不已，不过那时候我的书法倒是长进了不少）；为了领悟曲艺的博大精深，我买来各种类型的南北书籍反复阅读，不论是相声、评书、评话，还是京韵大鼓、单弦牌子曲、扬州清曲、东北大鼓、温州大鼓、胶东大鼓、湖北大鼓、广东粤曲、四川清音，或是山东快书、快板书、锣鼓书、金钱板抑或琴书、河南坠子、苏州评弹，或是二人转、莲花落、宁波走书、凤阳花鼓……只要是对自己有所帮助，均有涉猎；为了提升理论层次，又买来《莎士比亚全集》《莫里哀戏剧全集》《阿里斯托芬喜剧集》《萧伯纳戏剧选》《易卜生戏剧集》《布莱希特戏剧选》《萨特戏剧选》《斯坦尼斯拉夫斯基戏剧解说》《西方美学史》等各种书籍疯狂汲取着营养。

在此过程中，也有幸得到了原南京军区话剧团团长、国家一级编剧邵钧林，原南京军区话剧团创作室主任、国家一级编导潘西平等老师的悉心点拨。从 1998 年到 2005 年，我从一个对艺术尤其对喜剧一窍不通的疯狂追逐者逐渐成长，从单单的演发展到了逐步开始创作作品、开始导演作品，从一个普通的演员成长到了曲艺队长 7 年间，在部队参与创作、导演、表演了上百部作品，演出了几千场，曾经在全军文艺汇演中分别获得一、二、三等奖，个人获"战士文艺"奖，荣立了四次三等功，可以说，这是我与她邂逅的初始阶段、表白阶段、也是我开始走近她的懵懂时期。

为了她第一次转身

在部队，虽然我感觉已经和她邂逅了，却怎么也走近不了她的内心，体会不到她真正的内涵与精髓，更不能真正畅快淋漓地与之开展心灵对话，真正做到"举案齐眉，心有灵犀"。换言之，我的发展遇到了瓶颈，为此，我十分苦恼，虽然，当时面临提干，虽然当时不少部队院团都向我发出了邀请函；虽然我的表演已经得到了部队官兵的高度认可；虽然我已走进了北京的舞台，得到了部队不少专家的赞许；我感恩感谢感激，但我清醒地认识到，我为之一生追求的戏剧样式，我内心真正需求的舞台，我为之苦苦寻觅的恋人，应该还有另一番模样。为此，我曾无数次苦苦挣扎，无数次经受着内心的煎熬与斗争，无数次地问自己：未来的路到底应该怎么走？未来自己所追寻的戏剧到底是个什么样子的？未来的我那个心驰神往、爱得死去活来的那个她到底在什么地方？我该怎么办？

虽然我仍舍不得部队给我的教育培养和舞台，几经纠结，考虑再三，为了我心中的喜剧，为了我疯狂迷恋的她，我决然而然地选择了离开。这是她给我指引的道路，我应该遵循我的内心，更应该追随她给我指引的方向。

脱军装！转业回地方！

于是，我只身一人，离开部队，提着背包，来到杭州，开始了我人生中又一次苦苦寻觅之旅。那情形和七年前去部队多少有些相似，只不过，少了当年的一些懵懂，多了一些坚毅；少了当年的一些冲动，多了几分思考；少了当年的一些新奇，多了几分坚守的信念。但不同的是，这次有一种从未有过的孤独与凄凉，更有"风萧萧兮易水寒，壮士一去兮不复还"的慷慨与悲壮。但有一点十分清楚：我离她越来越近了！我们的心也越来越近了！

就这样，我来到了浙江省曲艺杂技总团，开始了我喜剧道路上的又一次追逐。

初到团里，参演了几个作品，虽然同行们给了许多认可，观众们给了许多赞许，但不知怎的，一种从未有过的无所适从和极度的排斥感久久徘徊在心里，而且越来越强烈，总觉得我塑造的人物有点不到火候，有点力不从心，更无法准确地诠释人物的内心与个性，于是我又陷入了深深的痛苦之中，反复思考着我在部队七年的演艺生涯。在部队，我演过新兵、演过老班长、演过连长指导员、演过营长、团长甚至将军、老干部，不同的角色、不同的年龄阶段、不同的岗位，我都能瞬间抓住人物特点，以我的理解游刃有余地给不同的角色赋予灵魂，诠释其内涵，可为什么到了地方以后却有些力不从心、无所适从呢？忽然，我明白了！是生活！在部队，之所以能够达到这些，是因为熟悉的军营生活让我对人物本身就很熟悉，所以塑造起来就得心应手了，而到了地方，由于自己对各行各业知之甚少，对市井百态更是了解不多，导致了现在的状态，我想当务之急，首先应该补上这一课。

下定决心以后，我用了三个多月的时间观察生活、体验生活。多少次，我站在大街上，心无旁骛地注视着每一个来来往往的行人，看着他们的喜怒哀乐，观察他们的一言一行，从他们不同的表情、异样的神色、不同的语气以及不同的穿着打扮上去揣摩人物的性格、喜好、职业、特点，为此，经常会迎来诧异的眼光（还被交警盯了几次，怀疑我有什么不轨的行为）；多少次，我蹲在地铁口，从不同人的脚步中去寻找人物的心理节奏，急切的、蹒跚的、慢条斯理的、一摇三晃的、落地轻微的、砸地有力的、大步流星的、小步慢走的、奔跑的、跛脚的、边走边停的……我认真地从他们的脚步中勾勒人物的形象、揣测她们的心理活动（有的时候，由于太过投入，竟然还挣了几块钱——过往行人把我当乞丐了）；无数次，在各大商场，我观察着不同性别、不同穿着、不同气质、不同年龄的人的表现，好奇他们会买什么东西、买什么品牌的东西、买什么价位的东西，由此去推断他们的职业、收入，以及他们身上应该具备的气质（有几次，只要我一出现，保安就会立即跟在我身后，密切注视着我的动向——大概，把我当成踩点的了）；无数次，在各种餐馆里，我观察着不同的人群点什么菜、喝什么酒、什么样的坐姿、什么样的吃相、喝酒的习惯、吃菜的习惯、夹菜的动作、什么样的谈吐、怎样交流、不喝酒的人什么样、喝红酒的喝白酒的喝啤酒的什么样、微醺的什么样、醉酒的什么样，面部表情有怎样的变化（不少次，都被服务员不耐烦地催促：先生，我们要下班了）。在大雨磅沱的街头、在狂风大作的时候、在火车站、在地铁里、在电梯里、在公园里、在办证大厅、在银行窗口、在小区、在办公室……我不知道走了多少门面店铺、不知道进了多少商场商厦、多少次往返各种地方。有的时候为了了解一个人的行为，我可能会追随着他的活动轨迹进出于不同的地方；有的时候，为了了解一个交警的特点，我会陪着他一起上岗下班；有的时候，为了心中的一个答案，我会在大街上、商场里拦下无数人去寻求答案；有的时候，为了了解一个职业的特征，我会找相同职业的不同年龄、不同阶层的人群反复求证。就这样，我着了魔似的到处奔波了三个多月。

我也不知道当时是一种什么样的精神支撑着我，是一种什么样的力量鼓励着我，是一种什么样的信念促使着我，我想一切都源于内心那份发了疯着了魔似的狂恋吧，也源于我一直追逐的梦想和从未放弃的寻觅吧。

记得有位名人曾经说过这样一句话："假如你赞美火山爆发的辉煌，那么你就该赞叹岩浆十年一百年一万年几百万年几千万年乃至更久远的时间在地底下运行奔突的寂寞。"我非常喜欢这句话，也经常拿这句话来警醒自己。是啊，鲜花掌声使人得意忘形，冷嘲热讽使人萎靡颓丧，流言蜚语使人愤懑忧伤。语云："宠辱不惊，看庭前花开花落，去留无意，望天上云卷云舒……"要做到这般洒脱，委实不易。英国讽刺作家托马斯·卡莱尔说过："世界上荣誉的桂冠，都是用荆棘编织而成。"那时的我，暂时忘却了以前所有的荣誉、所有的成绩、所有的演绎。决定以一个小学生的心态让自己清档，把自己归零，一切从头来过。

在我苦苦追寻和探索一年后，2006年12月，获得了第三届浙江省笑星大赛获笑星称号；同年12月，创作并表演的小品《唱票》获得浙江省第二届曲艺杂技节节目类金奖，个人获表演银奖；2007年9月，（侯马）相声小品优秀节目年度推选暨精品节目展演荣获"优秀节目奖""优秀作品奖"两项最高奖；同年12月，参与创作并表演的轻喜剧《小村故事》获浙江省第十届戏剧节优秀剧作奖、优秀表演奖；2008年6月，第五届中国曲艺"牡丹奖"全国曲艺大赛（绍兴赛区）的比赛荣获表演入围奖、小品《唱票》、小品《站台》获节目入围奖；2009年11月，主演的轻喜剧《小村故事》获首届浙江文化艺术节展演优秀剧目奖；同年12月，创作并表演的群口快板《变》、小品《站台》获浙江省第三届曲艺杂技节优秀作品奖、创作奖、表演金奖；2010年10月，创作并表演的小品《吻》，获第六届中国曲艺牡丹奖全国曲艺大赛新人奖；同年11月，笑在长三角——江浙沪笑星电视邀请赛金奖；2013年11月创作表演的小品《鸿雁》荣获第四届浙江省曲艺新（曲目）作汇演创作金奖、优秀节目奖、表演金奖。2014年6月获第八届中国曲艺牡丹奖全国曲艺大赛（余杭赛区）表演提名奖。

在这期间，我的师父魏真柏先生无数次悉心教导，多次给我创造机会，更在艺术上、工作上、生活上给了我无比细致的关怀与厚爱，浙江省曲艺家协会的同人也曾给予我莫大的鼓励与帮助，我个人从演员成长为主持人、编剧、导演；从一名普通员工成为浙江曲艺杂技总团有限公司董事、副总，浙江曲艺团团长。一路走来，无论如何，但有一点从未改变，那就是当初追逐喜剧的那颗初心，对于她的那份迷恋和狂爱，在追逐的过程中，一直是战战兢兢、如履薄冰，一直是小心翼翼、如临深渊，一直是夙夜匪解、未敢懈怠，也正因为如此，方能一路拼搏，一路汗水，这个中滋味与辛酸，只有自己能够体会。但我知道，我正在一步步走近她，我的心也与之贴得越来越紧，我对她的爱也愈来愈深，对她的依赖也更加强烈，大有一日无她便不可活的境地。

与她开始相知

2015 年 6 月 23 日，这是一个注定难忘的日子，也是我人生中又一个非常重要的转折点：我被中国曲协"牡丹绽放——曲艺英才培育行动"列为首批培育名单，同批入选的还有陈靓、夏吉平、刘芋君、任平、暴玉喜、张旭东（叮当）、杨菲、苗阜、庄丽芬一共 10 人，其中男性 6 人，女性 4 人；主要从事表演的 9 人，创作的 1 人；来自东部地区的 6 人，中西部地区的 4 人；年龄最大的 46 岁，最小的 31 岁，平均年龄 37 岁。"牡丹绽放——曲艺英才培育行动"每两年一批，总共 3 批，每批 10 人。在全国那么多获得中国曲艺最高奖牡丹奖得主中，我能有幸当选，那一刻我心中思绪万千，在备受欢欣鼓舞的同时，心中又多了一份沉甸甸的责任，一种无形的压力和前所未有的紧迫感、恐慌感油然而生。

在当下，众多喜剧门派林立，大批喜剧明星、青年才俊不断涌现，各大卫视喜剧类栏目琳琅满目的情况下，我自己应该给自己一个什么样的定位，未来的发展方向到底应该是个什么样子，一段时间以内，我陷入了久久的深思。总想着自己应该做点什么，应该有所行动，只有这样，才能无愧于中国曲协给予我的信任和帮助，只有这样才无悔于同行们的鼓励与期许，只有这样，才无愧于自己多年来苦苦追寻的梦想与爱恋。

可是，我该做点什么呢？我又该从何做起呢？

多年的坚持，使我清醒地认识到一点——喜剧是有使命的。虽然，幽默是她不可或缺的重要因素，或者说是她赖以生存的主要条件，但使命却是她的灵魂，任何作品，如果没有了灵魂，其他的一切都是苍白无力的（一家之言，如有失偏颇，敬请谅之）。换言之，我觉得优秀的喜剧作品应该承载一定的社会功效，或给人以启迪、或引人深思、或反映社会阶层的生存状态、或反映社会的不同现象，因为这是作品创作的力量源泉，是我们取材的根本所在，也是观众的期盼，更是曲艺喜剧小品人应该担负起的义不容辞的责任。

想来想去，我想还是从全国农民工春晚入手吧。说到全国农民工春晚，这里也有一个小故事，2013年年底的时候，我突然接到了一个电话，对方自称是央视农民工春晚的编导，说是从网上看到了我的小品《站台》的视频，觉得很不错，就直接打电话给我向我发出了邀请，问我能不能参加他们全国农民工春晚的录制，我欣然接受，并连夜召集此作品的相关人员，反复讨论、修改、加工，力争能够反映出农民工这个阶层的辛酸苦辣。以前，每次出差在车站候车的时候，总能看到一些农民工兄弟，他们穿着不是那么得体，他们的身上还透露着劳动人民所特有的汗腥味和钢筋混凝土的味道，他们大包小包拎着行李，等候在车站，从他们的脸上，可以看到辛勤工作一年收获的喜悦以及和家人长期分别等候的焦灼，从他们的脸上还可以看到这些年在城市里不多见到的农民工所特有的质朴与憨厚，纯真与善良，但言谈举止中，他们又有几分自卑，这个城市美容师的特殊群体盖起了一座座高楼大厦，修建了一个个广场公园，美化了一条条街道、公路，连接了一个个城市交通，但终因怕被人们看不起，终因怕人们嫌弃自己而透露出几分自卑。甚至他们连候车室的椅子都不去坐，而是坐在冰冷的地板上，而不少的人民看到他们脸上总带有几分不懈和鄙夷，每每这时，我的心里总有一种刺痛感，总想着应该给他们做点儿什么，于是就有了《站台》这个小品。

初次登上农民工春晚的小品，我的心里是忐忑的，虽然他不比央视春晚受到的关注程度高，但毕竟也面对着全国七亿农民观众，面对着全国农民工和他们的家庭，让我没想到的是，演出现场这个小品"炸了"，播出后反响异常的好。这便奠定了我们合作的基础，从此便有了第二年的小品《掉包》和第三年的小品《车站奇遇》。三个作品，我从饰演警察到民工再到暴发户，题材从警民关系、环境污染再到现代婚恋观，可以说反映出了农民工群体的一些现实问题。虽然如此，但在我的心里始终有一个过不去的坎，那就是怎么样通过农民工自己的嘴说出他们的心声，以此来唤醒广大百姓对这个群体的尊重，想到以前在车站候车的种种情景，2016 年的农民工春晚我决定从正面入手，直面反映主题，这样做难度可想而知。于是，我又像刚来杭州时的情形一样，多次到火车站候车室去观察，特别是每次出差候车的时候，我都非常珍惜，有人等车很不耐烦，而我，却特别喜欢等车的那段时间，在车站这样热闹的场所，可以观察到形形色色的人，可以听到他们之间最鲜活最真实的对话，所以等车的时光对我来说，简直是一种享受。

在收集了大量一手资料之后，打开电脑，脑子却一片空白，不知从何处入笔。有的时候，思路基本成型，框架已经搭起来了，但写了上千字，又被我自己否定了，就这样反反复复不知多少次，电脑文件夹里的费稿不知多少篇，痛苦挣扎了不知多少个不眠之夜，最终有了 2016 年的作品《鸿雁》。演出现场，观众先是被一个个密集的包袱砸得前仰后合，最后，却被农民工的真情感动，泪流满面。有的观众说，开始看这个作品我是"笑哭了"，看到最后却是"哭笑了"。这是观众给予我的最高褒奖，而我却更加诚惶诚恐。回报观众最好的形式就是拿出更好的作品，虽然，这个作品还不尽完善，还有许多不尽如人意的地方，但于当时的我而言，已经用尽了洪荒之力，人最难的不是打败对手，超越对手，而是否定自己，超越自己。接下来的 2017 年，我决定从亲情入手，从社会现象入手，从而今众多在一线城市打拼的青年玩命族入手，围绕"钱重要、情重要"这个主题，着手打造。虽然由于档期问题，我未能参演，但创作、排练环节我却一样没有缺席。同样，由我的团队演出的小品《回家过年》同样也达到了前面"笑哭了"后面"苦笑了"的效果。

2016 年，我受邀参加了东方卫视《笑傲江湖》的角逐，接到这个任务以后，我和我的团队进行了认真的研究，将前面两季的全部选手的视频资料逐个加以分析，对每位参赛选手的表演风格、表现手法、展示内容进行了较为系统的梳理。我觉得，既然是要参赛，既然是和全国的喜剧人进行比拼（虽然都号称是"素人"，但研究结果表明，每一位参赛选手都不是"吃素的"），那就一定要有自己的风格。为此，我也把自己十几年的舞台作品拿出来一一对比，和全国的喜剧人对比，和自己的每一次表演对比，和自己的每一个作品对比，通过对比我自己感觉到，这些年来歌功颂德的作品层出不穷，但质量上乘的不在多数；剑走偏锋的表演形式屡见不鲜，但作品的立意站立点有待提高；让人捧腹大笑的作品随处可见，但笑完能够引人深思的凤毛麟角。我想这也许就是我该努力的方向，于是，思虑再三，我想还是从讽刺作品入手。选择讽刺作品无疑是给自己出了一个大大的难题，因为此类作品，说浅了，劲儿不够；说深了，尺度不好掌握；打擦边球，观众未必认可；直面问题，审核未必通过。对此，不少同人跟我看法一致，也纷纷来劝阻我，不要涉及此类作品，出力不讨好，而且也未必能够得到观众和专家的认可，还是另寻他路的好。但我这人有个特点，一旦认准了，就一定会做下去，哪怕是头破血流，哪怕是粉身碎骨也在所不惜，这是我对喜剧的承诺，更是我对她苦苦迷恋的诺言。

于是，又如以前一样，失魂落魄地游走于各个地方：商场、大街、餐馆、公园、社区、写字楼；又如以前一样，案头堆满了各种各样的书籍：文学类、艺术类、金融类、励志类、职称类；又如以前一样，电脑里存储了各类喜剧资料：小品的、相声的、电影的、网络的、有声的、无声的；又如以前一样：白天绞尽脑汁，晚上辗转反侧，吃饭失魂落魄，甚至连开车都会时常走神！

　　经过千百次的否定，经过千百次的筛选，我决定从职场入手，决定从现在见怪不怪却深深毒害着各个阶层各个领域的阿谀奉承的现象入手，先是设计了规定情境——白领阶层的职场，后又设计了人物：经理和他的三名身份不同的员工，后来又对内容进行了反复的设计，对每个人物的特点进行了系统的包装——从外形穿着打扮，到肢体动作，从个人的喜好到语言风格，都进行了一一设计，我清楚地记得，仅对每个人物的设计，都写写画画了一百多张 A4 纸。在喜剧表演风格上，除了延续传统观的表现手法以外，结合观众胃口的提高、网络快节奏的现实，我决定舍去包袱的中间环节，加入快抖快缝的方式展现，而且加大包袱密度，提高包袱质量，再把语言反复的功效、多次反转的方式镶嵌其中，进行全方位的设计和包装。怀着无比忐忑的心情，第一个以"讽刺天团"为组合的小品《拍马屁》就像小媳妇第一次见公婆一样，在观众和专家评委面前亮相了。这次演出我出奇的紧张，就像我刚入部队第一次上台表演一样，大汗淋漓，浑身发抖，心跳加速，大脑嗡嗡作响。按说我也有十几年的舞台经验了，不应该这样，但不知怎么了，就是不能自已（后来想想，可能就是因为我太迷恋她了，太爱她了，生怕自己的一个行为会引起她的不快，生怕自己不能为之增光添彩的缘故吧）。让我万万没想到的是，现场气氛异常地热烈，掌声、笑声几乎不断，评委给予了高度评价。表演结束之后，我站在后台，眼泪止不住地留了下来，这泪水既有喜极而泣的喜悦，亦有苦苦寻觅的辛酸，既有十几年如一日执念而行的欣慰，亦有疯狂追了十几年终获她的认可的幸福。来不及喘息，我们又匆匆忙忙开始了第二轮的准备。第二轮，我准备仍然延续之前的话题，延续之前的风格，根据现场的效果和观众的反馈，在演员阵容上，做了适当的调整，由于时间紧张，在编排上和剧本上是仓促的，是不够充分的，由于仓促上马，也可能是求成心切，劲使得太大了，最终止步于决赛。

对于这个结果，我的内心是平静的，更没有了第一次的激动与兴奋，留下更多的是反思和教训，做什么样的喜剧作品，打造什么样的喜剧风格，展现给观众什么样的喜剧作品，是我一直以来追寻的答案。输赢不重要，重要的是至少这个舞台让我找到了方向——找到了努力的方向，找到了未来坚守的方向，找到了我多年来苦苦寻觅的结果，这个收获远远比赢得一场比赛大得多。也有的观众在微博给我留言说，复赛我不应该再选择讽刺，应该全方位展示个人的表演技能，是这个题材束缚了我的表演，可我自己不这么看。在我看来，喜剧表演就像武学修炼功夫是一个道理，只有把一家一派的功夫学深学精，悟通悟透，勤修苦练，掌握精髓，修到上层，才能以扎实的功底博取众家之长，达到融会贯通，所以，既然选择了，我就会坚持下去。故而在2017年东方卫视的春晚上，我一如既往地选择了这个风格，还是职场老板、还是讽刺、还是那个喜剧风格、还是那个节奏，于是小品《要债》也如期获得了应有的效果。

在这个过程中，我被评为国家一级演员，被选为浙江省曲艺家协会副主席，但越是荣誉加身，心里越是恐慌，越是感觉肩上的担子越来越重，责任越来越大，越是不能放过自己，越是要在这条道路上更加坚定更加执着地走下去，而对她的迷恋也更加至深，我知道，我这辈子，根本不可能离开她了。

为她再次转身

2017 年，我再次接到东方卫视的邀请，参加《笑声传奇》栏目和当红喜剧明星进行比拼，而由于我是浙江省曲艺杂技总团的副总、浙江省曲艺团的团长，单位也有大量的事务需要我去参与、去处理，这让我陷入了两难的境地，一方面是我苦苦追寻了近 20 年的梦想，虽充满了挑战、充满了未知，却是我一生的钟爱，一生的追求；另一方面，是我为之辛苦付出了十几年的单位，这里融入了我的汗水、我的青春、我的情感，在这个单位也留下了我一步步成长的印记，这里的一草一木、一人一事都有我太多太多太深太深的感情，哪儿哪儿都难以割舍。从个人角度上说，通过多年的努力，我已经是这个单位的副总、是下属单位的团长，在这个单位我有一份足以养家糊口的固定的收入和相应职位应该享受的保障，也能继续我的艺术生涯，或者说未来应该有一个还算不错的结局。鱼和熊掌不可兼得，到底该何去何从？要不要离开体制内？可一旦离开的话，这十几年的付出努力将付诸东流，一切都将从头再来，而未来怎样，谁也不可预测，万一不能成功，这一切一切可再也回不来了，这样值得吗？自己这么多年苦苦坚守为了什么呢？难道仅仅为了一个职位、一个稳定的铁饭碗吗？难道仅仅是为了那个安逸的生活吗？可万一没有了体制内的保障，没有了经济来源，家庭怎么办？面对着这些诸多问题，我不停地叩问着自己的内心，到底该何去何从，站在又一次的十字路口，我迷惘了，我该怎么办？

这时候，我想到了当年离开部队的那一刻，自己为什么要离开？当时的纠结又源于什么？也想到了当初刚来杭州孑然一身的情形，那一刻，自己的追求又是什么？自己这么多年苦苦追寻，不就是想做一个首先让自己满意的喜剧人吗？不就是在喜剧的道路上寻求更大的发展空间、更大的平台吗？不就是为了有朝一日能够在曲艺这片滋养我的沃土里，用自己更加丰硕的成果、更加深厚的艺术修养来回馈这门艺术、回馈社会，更好地服务于广大人民群众吗？这不也是"牡丹绽放——曲艺英才培育行动"的初衷吗？然而，如果一味满足现状，躺在过去的功劳簿上享受沉醉，不去迎接新的挑战，这一切怎么可能实现？

果断决定，再次转身！

于是，我离开了工作十几年的单位，虽然有诸多不舍，同时也摘掉了所有的光环，虽然心里有诸多遗憾，我再一次孑然一身，再一次将自己逼上了绝路，逼上了一条不归路。不过与上次不同的是，这次的抉择那样坦然、那样淡定，同时又那样决然，那样坚定。

就这样，我孤身一人，踌躇满志，再一次来到了东方卫视的舞台上，再一次和自己的命运进行角逐，和心中那个迷恋的她心贴心地站在一起。

刚到栏目组的时候，我也曾经困惑过，要不要坚持以前的风格，要不要延续以前的特色，毕竟，曾经因为它，我在《笑傲江湖》的战场上遭遇了滑铁卢，但几经挣扎，我还是坚定了自己的想法，毕竟，找到一条属于自己的路是很艰难的，而在这条布满荆棘、蜿蜒曲折的道路上一直坚持走下去更是需要强大的勇气和足够的毅力，我想不管未来怎么样，我都应该坚持下去。

定下决心，迅速和创作团队进行沟通交流，仍旧是没日没夜地激烈讨论，仍旧是通宵达旦地不断追寻。当下甚至相当一段时期以内，一人得道鸡犬升天的现象普遍存在，不管干什么事亲者近、远者疏似乎成了这个社会一条不成文的规定，虽然，党的十八大以来，中央加大反腐力度，转变作风，这种现象得到了有效的遏制，但是这种毒瘤思想仍然深深根植于人们的心里，如果能以喜剧小品的形式将这一现象加以讽刺，给人们以警醒，不正是我们从事喜剧艺术的基层文艺工作者应该承载的使命吗？立意有了，迅速寻找切入点，潜心创作，小品《裙带关系》就这样产生了。第一轮的比赛，竟然和戏剧大师蔡明老师得分相等，但我十分清醒，无论从艺术修养上还是表演功力上，我和蔡明老师无可比拟，换言之，我们根本不在一个重量级里，之所以有这么个结果，是观众们对于我这么一个喜剧新人的抬爱，更是众多艺术家对于我的包容，更加令我感动的是，作为竞争对手，蔡明老师竟然动员其他艺术家主动给我拉票，著名相声大师大兵老师也对我呵护有加，在众多观众的抬爱下，在蔡明、大兵等艺术家的呵护下，第一轮我成功晋级。

　　晋级之后，我没有欣喜，因为我清楚地知道，不是我赢了，而是蔡明老师、大兵老师他们赢了，他们用一颗宽博的喜剧大师的关爱之心保护着我，才让我有了进一步展示自我的机会。于是我不敢懈怠，更不能辜负观众和戏剧大师们的期许，抓紧备战。在第二轮作品的准备上，我和创作团队花了很大的心思。以往的作品，我们都是从现象入手，这样虽然能够达到预期的效果，但很难触及观众的内心，震撼力稍有欠缺，而生活在这个社会里的每个人都有不为人知的内心世界，埋藏在心底的不愿为外人道也的多数是他最为脆弱或是致命的缺陷，战胜了它不就是和自己的命运进行抗争么？由此，我们创作了第二个作品《贾总的演讲》，创作之初，一切都很顺利，作品很快就立起来了，但排练完后，总觉得哪里不舒服，总觉得还欠把火候，经过反复推敲，终于发现了问题所在：作品虽然立起来了，但当初想触及观众内心的要求根本没有达到，为了这个关键的"核儿"，我四方求助，征求意见，最终，在演讲的最后环节终于找到了应有的状态，为了保持这种状态，我甚至不敢多背词，生怕太过熟练会破坏这种表演，为了保持这种状态，我经常一个人在卫生间像神经病一样对着镜子做各种表情，没有声音……，当作品和观众见面的时候，最后一段独白演讲获得了出奇的效果，我看到观众席有人掉泪，随后喊着眼泪大笑，随之是更加感动的落泪，我知道，我当初要触及观众内心的目的达到了，这个作品立住了。就这样，我战战兢兢进入了决赛。

最让我感动的是决赛。为了帮助我、扶持我，蔡明老师带来了她自己的团队，精心为我量身打造。纵观蔡明老师在比赛中所有的作品，每一部都是诠释人间大爱的，每一部都是弘扬真善美的正能量的，每一部都是触及人的灵魂深处的，同样，这次依旧想表现一个类似的主题。在为我设计人物的时候，蔡明老师和他的团队花尽了心思，到底什么样的人物形象才能真正反映我的真实水平，到底什么样的语言风格才能更好地诠释作品，经过蔡明老师和创作团队反复商议，决定做一个大胆尝试：那就是去掉我之前所有的表演技巧，忘却我之前创造的每一个人物形象，只从人物内心出发，不加任何修饰。李白有一首诗写得好："清水出芙蓉，天然去雕饰"。这是蔡明老师的高明之处，不加修饰就是最好的修饰，无需技巧就是最好的技巧，这看似是冒险，其实不然。在蔡明老师和她的团队精心打造下，决赛作品《劝捐》诞生了，凭借着这部作品，我幸运获得了《笑声传奇》第一季的总冠军。

是的，幸运！拿到奖杯以后，当时我的脑子里只有这两个字，幸运的我得到了观众们的支持与认可，幸运的我得到了参赛同行们的关心与鼓励，幸运的我得到了蔡明老师、大兵老师以及众多艺术家的呵护，更加幸运的是我得益于中国曲协两年的培养与关怀，特别是"牡丹绽放——曲艺英才培育行动"，没有这个平台带给我的专家指导、演出交流、研讨培训、汇报展演等契机，我也不可能会取得成功。

在"牡丹绽放——曲艺英才培育行动"启动仪式上，中国文联党组成员、副主席李前光在启动仪式上表示，包括青年曲艺工作者在内的广大文艺工作者是党和国家的宝贵财富，我们要政治上爱护他们、生活上关心他们，为他们创作表演搭建平台和舞台，营造良好环境，培养造就一大批德艺双馨的曲艺领军人物。这些话至今犹在耳畔。中国曲协主席姜昆在启动仪式上说："今天的青年曲艺人面对更加开放和多元的文化环境，面对更加复杂和多样的文化需求，面对更加艰巨和多变的文化考验，我们应该通过更加有效的办法给予他们支持扶持，帮助他们坚定理想、拓宽视野、增长阅历、提高本领，成长为曲艺艺术传承发展、继往开来的中坚力量。"这些鼓舞一直是我前行的力量。中国曲协分党组书记、驻会副主席董耀鹏在启动仪式上表示，接下来的两年里，中国曲协将会同有关单位和部门，通过资金支持、专家指导、演出交流、研讨培训、宣传推介、汇报展演等灵活多样的方式，引导和扶持入选者进一步增强专业素养、锤炼技艺技巧、提升创新能力、提高艺术修为、推广艺术成果，努力使之成为新时期的曲艺领军人物。这些话至今仍记忆犹新。

两年来，我不敢懈怠，始终牢记身上肩负的使命，始终牢记自己身为中国曲协这个大家庭中一员的责任，不忘初心，一路向前。其实我最感谢的还是曲艺这片沃土，我之所以能够在追寻梦想的道路上一路向前，在喜剧艺术的领域里自由翱翔，都源于这片沃土的给予。

我想，还是应该说说的是我的家人（虽然有点落俗，但不吐不快），在拿到《笑声传奇》总冠军奖杯的那一刻，我在演播大厅的上空看到了我的父亲，看到了他欣慰的笑容。2012 年，就在我的事业正处于爬坡期的时候，父亲却永远离开了我，而此前，从 18 岁离家，几乎从未膝下尽孝。我的母亲退休后，抛却亲朋好友，只身来到杭州照顾我的生活起居，我的妻子为了支持我的事业，为了家庭，辞掉了南京公务员的工作。2016年 10 月 29 日，我的女儿贾昕瑶（小名九儿）来到了这个喜剧世界，可这个时期正值我在喜剧的道路上打拼的时候，到现在为止，也少有陪伴。虽心有亏欠，但我从未后悔，因为他们知道，我正在跟我的喜剧谈着一场轰轰烈烈山盟海誓的恋爱。

不是结束　仍在继续

"雄关漫道真如铁，而今迈步从头越。"这两句诗应该是我现在的真实写照。我始终坚信文无第一，武无第二，还有《笑声传奇》的一句话我特别喜欢，"十年磨一剑，磨出好的作品"。这是对观众负责，对自己负责，做事情认真，这一点特别重要。其实笑，说难也难，说容易也容易。笑，随便做几个也能笑。但是那个笑和刻骨铭心的笑是不一样的，我喜欢让大家开怀大笑，到最后流着眼泪还在笑。现在的我，一如既往，将以前的所有光环归零，在追寻梦想的道路上继续向前；现在的我，一如既往，在喜剧世界的海洋里继续披荆斩棘，寻求更远的彼岸；现在的我，一如既往，追寻着一生迷恋的她，和她相守一生，永不分离！我深深地记得，是曲艺这门艺术，让我有了今天的成绩，今后，我会用我的一生，在舞台上、在荧屏上、在网络上……将这门艺术发扬光大，将富有曲艺特色的喜剧小品融合到我以后所有的作品里。我深深地记得，是众多艺术家、喜剧界前辈、同人，特别是广大观众给予我的关怀和厚爱，才有了今天的贾冰，今后，我会认真对待我的每一部作品，用最最优秀的作品来回报社会、回报人民，回报关心我、支持我、给予我呵护的每一个人。我深深地记得，喜剧就是我的命，我愿意用生命来维护"喜剧演员"这四个字，我会认真地去对待它，会用自己对喜剧的理解给自己的表演拼命去锻炼，拼命地去找到准确的位置，将现在形成的表演风格坚持下去进行到底，直到生命的最后一刻。

本来是一篇严谨的个人总结，却被我洋洋洒洒写成了文风不太严谨的心路历程，不过我觉得没有跑题，将一个真诚的自己如实汇报，本身也是一种总结。最后，再次沿用开头的两句话作为本篇小结的结束吧：

> 曲径通幽处，
>
> 我为喜剧狂。
>
> 愿以生命继，
>
> 为笑筑华章。

当外卖来敲门

编剧：娄辰

人物：

外卖员甲：贾冰

顾客甲：马典滨

快递员：张红爽

顾客乙：任梓慧

外卖员乙：喳喳

外卖员甲：郭老师，你点的外卖到了，炭烤羊腰，孜然牛腰。

主持人：我得补一补了。

外卖员甲：猪腰刺身。

主持人：我的天，这玩意儿多臊气。

外卖员甲：东鹏特饮就腰子，这是什么个套路？

主持人：那是。

外卖员甲：郭老师，难道您是身体被掏空？浪里个浪里个，郭德里

　　　　　个纲，浪里个浪里个，郭德纲。（敲门）你好，外卖。

顾客甲：来了。

外卖员甲：先生你好，请问您是，您是鹿晗先生？

顾客甲：是我呀。

外卖员甲：为什么？

顾客甲：什么为什么。

外卖员甲：胃里装的是什么？我知道了，小宝宝乖，叫叔叔。

顾客甲：你干什么？

外卖员甲：你太胖了，都以为你怀孕了呢。你一个人点这么多外卖，啥意思，你们家开派对？

顾客甲：没有，我一个人吃。

外卖员甲：你一个人点这么多吃，就你这体格往这儿一放能正好装下，你看，你这是按内存点的。不对，这饮料装哪儿？

顾客甲：填缝。

外卖员甲：七瓶饮料填缝？漂亮，来，祝你用餐愉快。

顾客甲：好，等等，我对对。不对。

外卖员甲：咋地了？

顾客甲：我点了七杯可乐，你就给我六根吸管。

外卖员甲：疏忽啦。不过没关系，你不是一个人吃吗，一个人吃你还能喝一杯可乐换一个吸管？咋的，你怕自己和自己交叉感染？

顾客甲：你要再这样，我就给你差评了。

外卖员甲：别差评，给不给差评没有关系，我主要是担心你身体呀，阿哥。

顾客甲：你要说什么呀？

外卖员甲：七杯可乐一起喝，喝完得叫救护车，救护车呀来得慢，人间少位好大哥。

顾客甲：你宋晓峰啊？

外卖员甲：我是送外卖的。你把吸管给我拿来，就给你一根，听见没？

顾客甲：好。

外卖员甲：不能多，一杯一杯喝，今天就喝两杯，那几杯放冰箱里，对身体不好，听见没有？回去吧。

顾客甲：好。

外卖员甲：回来。敢不敢给个五星好评，阿哥？

顾客甲：敢。

外卖员甲：漂亮，快去呀。

顾客甲：你等着。

外卖员甲：怀孕的阿哥。好评来了，感谢宋晓峰友情赞助。就在这儿。（敲门）你好，外卖。你好，外卖。这人不在家这是。你好，我是送外卖的，你的外卖到你门口了，你不在家，我这样吧，要不我把在……这咋还漏了？要不你。你好，请问需要理财吗？本公司特别推出了一款理财产品，存一百万返二百万。

顾客乙（画外音）：需要。

外卖员甲：稍等给您转人工坐席，公司黄了。不是，你这纸袋子，你这体格也不行，你不锻炼身体，你连个，你连个麻辣烫你都保不住，你看洒的，你们能不能懂点事儿，别给我添乱，大家都很忙的呀。

快递员：一点都不听话是吧？

外卖员甲：真是太不听话了。

快递员：揍它。

外卖员甲：揍不揍，你是个什么玩意儿。

快递员：大哥，我是个送快递的。我想采访一下，你们送外卖是生活都这么枯燥了吗？

外卖员甲：为何说出如此的狂言呢？

快递员：外卖员跟外卖唠嗑，这个事情让我吓坏了，哥。

外卖员甲：是这么回事，你听我跟你说，你看这茼蒿跟宽粉两人干起来了，然后那个金针菇拉架，拉偏架，旁边的葱花、香菜，它俩看不上了，它俩也跳出来了，都纷纷跳出了这个小碗。我以为他们要另立山头了，你说这玩意儿。

快递员：啥意思？

外卖员甲：就是麻辣烫洒了。

快递员：洒了，洒了你就说洒了，你跟我说啥评书。洒了咋整？

外卖员甲：我这不想招呢吗？

快递员：还想啥招，你再给人买一份。

外卖员甲：兄台，还买一个，我都到门口了，人家马上就回来了，我现在去买来不及了，回来看外卖没来不给差评啊，兄台。

快递员：你说这家？你去买吧，没关系。

外卖员甲：为啥？

快递员：耽误不了，这家这个女的严重的拖延症。

外卖员甲：拖延症？

快递员：上回我给她送件，她让我等一会儿，我一下子等了个国庆黄金周。

外卖员甲：那你这个假期过得很有意义是属于在楼道里旅的游。

快递员：所以后来我学聪明了，你看，你再来快递，鞋柜里一放，你也可以这么干。

外卖员甲：对，再来麻辣烫，我也往鞋柜里一放，结果人一拿以后成酸辣粉了，那不还是差评吗，兄台？

快递员：你是餐饮界的，我是物流业的，不一样。

外卖员甲：术业有专攻，兄台。

快递员：我还跨界了。你赶紧买吧。

外卖员甲：好。

快递员：干啥去？你回来，你直接拿手机，手机有吗？

外卖员甲：有。

快递员：你拿手机给她点一份不就完了吗？

外卖员甲：兄台，我，外卖点外卖？是不是有点春潮澎湃？

快递员：赶紧买吧，快点。

外卖员甲：好，点。复制，门牌，搞定。

快递员：你说啥？

外卖员甲：不是我说的，它说的。你说啥？它说饿了。

快递员：饿了，这不还麻辣烫吗，还没洒干净，你吃这个吧。

外卖员甲：兄台，你胆儿太大了。不是，我这个外卖点外卖就够呛，
　　　　　你让我外卖吃外卖，这就属于丧心病狂。

快递员：你不都给人点一份了吗，那这份不就算你合法继承了吗，
　　　　　是不是？

外卖员甲：你这个智商，确实比豆浆好喝。

快递员：吃吧。哥，你吃的时候离那鞋柜远点。

外卖员甲：没事。

快递员：串味儿。

外卖员甲：我爱吃酸辣粉。

顾客乙：大哥，干啥呢？

外卖员甲：我吃业主点的外卖。

顾客乙：好吃不？

外卖员甲：好吃是好吃，就是有点辣，给我辣的有些时候，我现在
　　　　　都感觉到我自己有点不会说话。这位貌美如花，两米多

　　　　　高的大姑娘儿，你是哪家的呀？

顾客乙：我呀，是这家的呀。

外卖员甲：这可真是哪壶不开，开哪门呀。

顾客乙：你是送外卖的吧？

外卖员甲：然也。

顾客乙：你是给我送外卖的吧？

外卖员甲：非也。

顾客乙：那此时此刻我应该给我的外卖员打个电话了。干啥呢？

外卖员甲：我这属于闲来无趣，蹦个野迪。

顾客乙：现在的外卖员挺倔，就让你多等一会儿，你可好在我门口
　　　　当着我的面把我外卖给吃了。好吃不？

外卖员甲：有点辣。

顾客乙：你还嫌辣？

外卖员甲：我能忍。

顾客乙：为什么吃我外卖？

外卖员甲：其实这个外卖从真正的含义上讲就是你已经继承给我了。

顾客乙：继承？你是我儿子？

外卖员甲：不要开伦理的玩笑。

顾客乙：不是，你是不是有病啊你。

外卖员甲：我实话跟你实说吧，背着谎言过日子太难了。是这么地，
　　　　我给你送麻辣烫，到门口不知道怎么地它就洒了，然后
　　　　我正想怎么办的时候，来一快递小哥，那小哥跟你很熟，
　　　　他说你有炎症。不是，对不起，他说你有拖延症，然后
　　　　我就合计怎么弄，赶紧再给你点一份吧。完了我肚子跟
　　　　我说，它说它饿了，我不能亏待它，我就吃了。你那份

正在来的路上，阿姐。

顾客乙：又点一份，早说呀，大哥，误会你了。

外卖员甲：麻辣烫来了。麻辣烫，快，麻辣烫，上。

外卖员乙：大哥，如果我跟你说，你的麻辣烫走丢了，你信吗？

外卖员甲：我跟你说如果你的麻辣烫走丢了。我都不信，这怎么麻辣烫还走丢了？这么智能吗？

外卖员乙：大哥，你别着急，你听我给你娓娓道来。

外卖员甲：别急，别急，你听他娓娓道来，来，快娓。

外卖员乙：事情是这样的，两年前我刚来到这座城市。

外卖员甲：娓远了。两年前你娓远了，你近一点，现在。

外卖员乙：现在认识你很开心，大哥。

外卖员甲：你有病啊你，你跟她直接说吧，麻辣烫到底哪儿去了，不是，人家点的，我给人家点的，快点。

外卖员乙：大姐，是这样的，今天上午我给人送餐，回来的时候发现公司给配的电动车丢了，然后我就寻思着餐我得送，我就整辆自行车，然后我就把麻辣烫挂车把上去了，我给其他人送餐去了，等我再回来的时候，自行车也丢了。

外卖员甲：你咋不上把锁呢？

外卖员乙：我上锁了。

外卖员甲：上锁咋还能丢呢？

外卖员乙：现在小偷都有高科技，拿手机一扫码就开了。

外卖员甲：对，现在小偷有高科技，拿那个手机一扫，共享单车呀。共享单车不用小偷，谁都能扫走。你离我远点。

外卖员乙：为啥？

外卖员甲：我怕你智商跟我智商共享。

外卖员乙：我智商怎么就能跟你智商共享了呢？

外卖员甲：别叽叽了，外卖都丢了，丢不丢人，我们耻不耻辱，我
　　　　　们送外卖的？

外卖员乙：你耻不耻辱？

顾客乙：停。我这一碗麻辣烫，演得挺好，让我看了一集《演员的
　　　　诞生》。行了，麻辣烫我不吃了，也不用赔了，我现在就
　　　　打电话投诉你，差评，真有意思。

外卖员甲：你别，两米高的大姑娘儿，阿姐，你别差评。你差评，
　　　　　我们外卖咋干，差评，差评。

外卖员乙：大哥。

外卖员甲：别叫我哥，你是我爹。

外卖员乙：不要开伦理的玩笑。

外卖员甲：你这是跟谁学的？五年，风风雨雨日夜兼程，我谁都不
　　　　　敢得罪，我到哪儿都给人家赔笑脸，才换来我今天这个
　　　　　零差评的业绩。天灾，我都没怕过，今天被你这个人祸
　　　　　给祸祸了。我告诉你，我一定高低给你个差评。

外卖员乙：差评就差评吧，我也想明白了，我丢了公司电动车得赔钱，
　　　　　我丢了单得赔钱，顾客给我差评，我还得赔钱，等我把
　　　　　这些钱都还完了，我就不干了，回家，大不了不结婚。

外卖员甲：出来打工，挣钱回家结婚。

外卖员乙：她在家等我一年了。

外卖员甲：你不就是一个差评吗？你再好好干，认真点，再干十个
　　　　　好评，慢慢就能顶回来知道吧？丢一个麻辣烫没事。

外卖员乙：随着麻辣烫一起被共享的还有三份盖浇饭，两份热干面，
　　　　　一个咸鸭蛋，饮料若干。

外卖员甲：那就七十个好评，你咋整，就你这样的。

外卖员乙：没事，哥，我大不了过两年再结婚。

外卖员甲：这等不了，现在的社会发展多快，还过两年结婚。过两年结婚，你回去以后即便她答应你了，也是二婚。

外卖员乙：那咋整，哥？

外卖员甲：这样你把那个盖浇饭、热干面，咸鸭蛋还有饮料若干，这些走失群众全送给我，我替你扛了。

外卖员乙：那你咋整？

外卖员甲：我咋地不比你好点，我结婚了，我有孩子了，现在还有我老妈都在老家呢，他们可幸福了。虱子多了不怕咬，差评多了，这事还真不小。什么玩意儿？

外卖员乙：单转给你了。

外卖员甲：你好快。你好好干，我就给自己一个座右铭，我就倚仗这这个座右铭，我才做到了今天无差评这个水平。我的座右铭是：生活不止眼前的枸杞，还有啤酒烤串花生米。

外卖员乙：哥，你还是换个座右铭吧。

外卖员甲：咋地？

外卖员乙：你这座右铭容易胖。谢谢，哥。

外卖员甲：我都瘦成啥样了，还胖？七十个好评，我咋跑？干就完了。好，现在开始赔礼道歉模式。先生你好，我给你解释一下，你的热干面，它在武汉，对不起对不起。

电话画外音：行了，你也不用解释了，我告诉你，我必须给你个差评。什么原因我不管，总之你没送到。

外卖怎么还没到，这都多长时间了。

我的饭送过来都是凉的，让人怎么吃？

　　　　　　　你们这帮送外卖的，能不能体谅体谅别人，你不饿呀？

外卖员甲：饿。妈，我刚送完最后一单外卖，我在这儿吃饭呢，我
　　　　　还能搁哪儿吃，我还能搁楼道里吃，我饭店，你看，后
　　　　　面饭店小墙，都挺好的。我吃麻辣烫，你看麻辣烫，都
　　　　　快吃完了，改善改善伙食，你别担心我了，我还照顾不
　　　　　好自己。妈，孩子怎么样？妈，你注意身体。妈，信号
　　　　　不好我挂了。

（结束）

裙带关系

编剧：娄辰
人物：
贾总经理：贾冰
王副总：喳喳
职员：高冰
任副总：任梓慧
保洁阿姨：贾总妈妈

贾总经理：开会。

合：老板。

贾总经理：别整那些没用的。

王副总：好。

贾总经理：会议主题，解决公司存在的裙带关系问题，什么玩意儿你们一个个的？利用自己的职权，把七大姑八大姨全整到公司里边来，收容所啊？王副总，此时此刻，你不该说点啥吗？

王副总：噢，还有这样的事？你们。贾总经理：你甭说了。

王副总：怎么了？

贾总经理：你被撤职了。

王副总：为什么？

贾总经理：为啥？公司一共三百多人，其中有一百零八个是你家亲戚吧？怎么的？你们家族要起义啊？

王副总：我安排的人，都是有能力的。

贾总经理：漂亮，我好喜欢这句话，漂亮，有能力，漂亮，来，你过来。抓紧点，来，我问你一下子，就是在门口那保安，是你安排的吧？我没猜错的话，是你六舅姥爷吧？今年九十七了吧？能力搁哪呢？我每次开车进门啊，我都不敢按喇叭，我怕把他给按走了。下去以后好好给我查一查，公司还有没有存在这种裙带关系的问题，欢迎大家积极踊跃地举报。

王副总：我举报。

贾总经理：你好快啊。

职员：将功补过啊，可以。

王副总：他们部门，有个保洁阿姨，说把儿子安排进公司了。

贾总经理：什么？

王副总：保洁阿姨。

贾总经理：什么？

王副总：说把儿子。

贾总经理：什么？

王副总：安排进公司了。

贾总经理：一个保洁阿姨，把儿子安排到公司里边来，丢人呐，丢人呐，丢。丢人呐。去，把他儿子给我找来。

职员：不是，他没说，我也不知道他是谁啊。

贾总经理：没有关系，你把那个阿姨找来啊。

职员：好。

贾总经理：散会。

任副总：等一下，贾总，我还有话要说。

贾总经理：我说散会。

任副总：走走走。

贾总经理：用劲过猛了。保洁阿姨：贾总，您找我。

贾总经理：过来。一个小小的保洁员，竟然把你儿子安排到我公司
　　　　　里边来，你以为你是谁。妈妈。

保洁阿姨：儿子。

贾总经理：一个小小，竟然把你儿子，妈，真是你啊。

保洁阿姨：是我呀。

贾总经理：不是，什么情况？你什么时候来的？

保洁阿姨：妈两个星期以前就来了。

贾总经理：不是，传说中那个保洁员就是你吗？

保洁阿姨：是我呀。

贾总经理：他们说你把儿子安排到公司里边来，怎么的？我这董事
　　　　　长是你安排的？

保洁阿姨：废话，你连出生都是妈安排的。

贾总经理：妈，你要这么说话，我告诉你，一点毛病没有，妈妈。
　　　　　妈，干啥呢？我家里边大别墅给你住着，保姆给你雇着，
　　　　　怕你寂寞还给你买两个兔子，你这到公司里来，你什么
　　　　　路子？

保洁阿姨：给谁说话呢？小犊子。

贾总经理：妈妈，又骂我，你看我，开会三令五申强调，我说公司
　　　　　杜绝裙带关系问题，这时候你老出现，你觉得合适吗？
　　　　　再上你到公司你干点啥不行？你干保洁，儿子看到好心
　　　　　痛的，你知道吗？妈，你的腰不好，你的腰，你的腰，妈，
　　　　　你赶紧来坐。

听儿子话，等会您跟儿子回家，好吗？

王副总：贾总。

贾总经理：说，你儿子到底是谁？我告诉你，你今天不说出来的话，
　　　　　我就，你什么时候来的？小同志，你有什么事情？

王副总：贾总，我想问问您中午吃什么？

贾总经理：还吃什么，这老太太裙带关系还没解决，我吃什么吃。
　　　　　我不吃了，走吧。

王副总：好。贾总，我刚才问了，我六舅姥爷今年不是九十七。贾

总经理：那多大了？

王副总：九十六。

贾总经理：滚吧，滚，滚。妈。妈妈。

保洁阿姨：你吓我一跳。

贾总经理：妈妈，快走吧，快走吧，行不行？再来人我该咋办呢？妈。

保洁阿姨：那你咋不吃中饭呢？

贾总经理：妈，这大中午头的，你出现这么个事，你让儿子如何吃
　　　　　得下呢？

保洁阿姨：那不管发生什么事情，咱也得吃中饭啊。再说，妈给你
　　　　　带了你最爱吃的韭菜馅饺子。妈拿去。

贾总经理：妈，你好宠我。我伟大的母亲。不是，妈，你这饺子是
　　　　　用这车运来的？妈，你想法好别致啊。

保洁阿姨：妈怕别人偷吃。

贾总经理：这种情况谁敢偷吃，我给拜他为师啊。

保洁阿姨：儿子，快吃。咋样？儿子，好吃吧。

贾总经理：世上只有妈妈好，味道特别好，妈，但是妈，你知道吗？
　　　　　你无形当中你骗了我，你知道吗？因为这个不是韭菜馅
　　　　　的，它是酸菜馅的，吃到我嘴里，有一种酸酸的感觉。

保洁阿姨：不可能。拿错了，不是这盒。

贾总经理：这盒啥呀？

保洁阿姨：这盒是别人吃剩的垃圾。

贾总经理：妈，你说你这样。妈，我觉得你这玩笑开得有点大。

保洁阿姨：儿子儿子儿子。

贾总经理：妈，有些事。

保洁阿姨：儿子儿子儿子，没事吧？

贾总经理：妈，我吐饿了。

保洁阿姨：等着，妈给你找饺子。

贾总经理：别去了，妈，我来吧，我来吧，妈，你息怒。从小吃啥玩意儿长大的。

职员：贾总。

贾总经理：你儿子到底在哪里啊？我怎么找也找不着呀，到底在哪里，到底在哪里。饺子里也没有啊。

职员：我知道，贾总，贾总，息怒，息怒啊，不是，他儿子怎么可能在垃圾桶里呢？

贾总经理：饺子里也。

职员：我知道，我都看到了。包括我是后勤主管，这事得我来处理，我去办她。贾总，不同意吗？同意了。站好了，小老太太你挺疯狂，居然敢把你儿子弄到办公室来上班？我告诉你，你儿子找不到工作，无非就两点，一，文化不够，二，生理缺陷。贾总，啥意思？

贾总经理：这意思就告诉你，你这个工作方法是不对的。

职员：是吗？

贾总经理：一切要向董事长看齐。

职员：请。

贾总经理：你应该这样，站好了。你说，你这样做你对得起公司吗？

保洁阿姨：我。

贾总经理：对不起。你这样做，你对得起你的工资吗？

保洁阿姨：我。

贾总经理：对不起。你这样做，你对得起上下领导对你的关心吗？

那什么东西？对不起，对不起。飞机。

职员：贾总，我知道了，学习了，到位。

贾总经理：那你还有事吗？

职员：没有了。

贾总经理：走你。

职员：贾总，辛苦啊。

贾总经理：妈妈。

保洁阿姨：干啥呀？

贾总经理：你快走吧，我求你了，行不行？再来我该演啥呀我呀？

保洁阿姨：我哪我也不去，你想让妈回去也行，你给妈生个大胖孙子，

妈回家给你带儿子总行吧？你看人隔壁老王，人儿子都

生二胎了，你呢？

贾总经理：妈，咱能跟人家比吗？人家是隔壁老王。

保洁阿姨：别跟我整没用的，你不生，我不走。

贾总经理：妈，有时候我觉得你真的，你真的，真的好天真的母亲。

什么？你是不是以为生孩子特别简单一个事？噗一个，

噗一个。

保洁阿姨：复杂吗？

贾总经理：咱这么说，就你扫地你不是得有扫把呢吧，那我生孩子

我怎么得有个小伙伴啊。

保洁阿姨：我不管，你今天不把这事给我解决了，我告诉你，我哪我也不去，我哪我也不去。

贾总经理：好吧，我倔强的母亲，我答应你，年底之前，我就把这事解决了，行吗？

保洁阿姨：你说的？

贾总经理：我说的。

保洁阿姨：说话算数？

贾总经理：算。

保洁阿姨：好儿子。

贾总经理：妈妈。

保洁阿姨：儿子。

任副总：贾冰。

贾总经理：小老太太，讲不过我就跟我动手是吧？太极拳管用吗？我十八代祖传的，我螳螂拳我呲你，呲你。

任副总：你有病吧？

贾总经理：收一下。

任副总：干什么呢？

贾总经理：跟保洁派掌门切磋一下。

任副总：别给我整那些没用的，今天说说咱们俩的私事吧。

贾总经理：阿姨，这领导和领导之间谈话，你要听吗？

保洁阿姨：要听。

任副总：贾冰，咱俩的事还用得着背人吗？

保洁阿姨：没毛病。

贾总经理：没毛病。

任副总：我问你，你今天开会什么意思？还禁止公司裙带关系。

贾总经理：当然了。

任副总：点的谁呢？

贾总经理：不不不。

任副总：我喜欢你这么多年了，全公司上上下下谁不知道。

贾总经理：任副总，你这么。

任副总：连保洁阿姨都知道。

保洁阿姨：我才知道。

任副总：你要面子不主动，我主动总行了吧？

保洁阿姨：没毛病。

任副总：我主动约你看电影，你说你妈病了。我主动约你吃饭，你
　　　　说你妈住院了。

贾总经理：你看看。

任副总：我主动约你出国玩，机票都买好了，你说你妈瘫痪了。

贾总经理：玩大了。

任副总：你说阿姨都住院了，我总得去医院看看吧，当天晚上你又
　　　　跟我说，阿姨出院了。

贾总经理：出来了。

任副总：我就纳闷儿了，一个老人瘫痪了，当天就痊愈啊。咋的？
　　　　你妈是金刚狼啊？

保洁阿姨：闺女，对不起，任副总，消消气，我年纪大了，我来说
　　　　他两句。过来，我问你，啥是金刚狼啊？

贾总经理：金刚狼就是，你问那玩意儿干啥你啊？

保洁阿姨：别给我整没用的，你看这姑娘大个，能吃，有劲，尤其
　　　　那大屁股，肯定能生儿子。

贾总经理：妈，你这个评定标准也太别致了。

保洁阿姨：我告诉你，这姑娘我相中了。

贾总经理：你能不能不捣乱了？我的妈妈呀。

任副总：妈？

贾总经理：完了。

任副总：妈？

贾总经理：露了。

任副总：保洁阿姨是你妈？

贾总经理：对了。

任副总：阿姨对不起，对不起，我不知道是您，阿姨。

保洁阿姨：没事儿，没事儿，我呀，就是想来陪陪他。没想让别人
　　　　　知道。

贾总经理：行了行了行了，小闹剧一场，行了，任副总，我就直接
　　　　　跟你说了，你被开除了。

任副总：什么？竟然敢开除我？

贾总经理：你看你。

任副总：好你个负心汉，我走。

保洁阿姨：姑娘，上哪？你让她上哪去呀你？

任副总：对呀，你让我上哪去呀？

贾总经理：任副总你咋有点彪呢，你这来匆匆，去匆匆，你上厕所
　　　　　呢你啊？你能不能听我把话说完？那咱俩在一起了，不
　　　　　就有裙带关系了吗？有裙带关系，你在公司里还怎么待？

保洁阿姨：是这么回事啊，闺女，快和我回家。

任副总：不是，啥意思，阿姨？

保洁阿姨：这怎么还叫阿姨啊？

任副总：那叫啥呀？

贾总经理：金刚狼嘛。

合：啥？

贾总经理：妈，妈妈。

任副总：哎哟，太早了，阿姨，这个有点。阿姨，阿姨。

保洁阿姨：快回家。

任副总：阿姨，别打我。

保洁阿姨：肯定能生儿子，这大屁股。

贾总经理：拍起来。我暴力的母亲呐，一箭双雕啊，朋友们。

王副总：贾总，出事了。

贾总经理：我怎么这么烦你啊，我看到你咋右眼皮就跳，怎么还？

王副总：好消息。就在刚才，我六舅姥爷正在兢兢业业的那什么站
　　　　岗，突然看到，一个暴力的保洁老太太，正变态似的拍打
　　　　着任副总的屁股，疑似劫持，我六舅姥爷，为了证明自己
　　　　的工作能力，以九十七岁的高龄，与老太太展开了殊死搏
　　　　斗，俩人现在扭打在一起，全公司人都看着呢。

贾总经理：妈，母亲，暴力的母亲。

王副总：贾总，记得要给我六舅姥爷转正啊。

（结束）

风雨牡丹香南苑

庄丽芬

十二岁那年，走进泉州艺校开始学习南音，懵懵懂懂，完全不知南音为何物。相对于班里很多有南音基础的同学，我就像是一棵青涩而平凡的小草。二十四年的春夏秋冬，倏忽而过，当年的小草经历了风雨的砥砺，已嫣然成长为一棵迎着南风吟唱的牡丹花。伴我风雨同行的，是那份始终热爱南音艺术的虔诚心肠，是那群关爱我的老师与同人们，更是自己那一丛丛执着的坚韧枝叶，在无数个风雨困境中，艰难挺立过来。其实，牡丹花在刚发芽的时候，与一般的小草并无差异，而最后让它茁壮成长，并绽放出美丽花朵的，正是那一步步用心铺就而成的百折不挠的风雨路程。

一、春来小草才发芽

由于姐姐也是在泉州艺校学习传统艺术，所以1993年小学毕业之后，我便满怀好奇，懵懵懂懂的报考了泉州艺校的南音班。凭着小时候跟奶奶弹钢琴学唱歌的音乐小天赋，我顺利通过招生考试，秋季开学时，成为南音班的一位小学员。可是，第一天上课时我就傻眼了，班里好多同学要么出身南音世家，要么已经有了好几年南音弹唱的童子功，就我是空空如也的白纸一张。完全懵懵懂懂，脑子里还一直以为南音就是跟家里奶奶一样，边弹钢琴边唱歌跳舞。当第一次在课堂上听到南音那节拍缓慢的歌唱，像天书的工乂谱，我幼小的心灵充满了困惑与抵触。一下课，我就飞奔跑到学校传达室打电话给爸爸，说我不学南音了，要回家！电话另一头的爸爸，听完了我的哭闹，就只冷静地说了一句话："千金难买后悔药，这条路是你自己选的，希望你再难也要坚持走下去！"听完爸爸的电话，我当即觉得有些惭愧。是啊，这条路是自己选的，虽然之前并不知道南音是什么样子，但是既然考上了，能来学习，就是一种冥冥之中注定的奇妙缘分，为什么第一天就打退堂鼓呢？！听着耳畔响起的上课铃声，我挂上了电话，鼓足勇气，又回到教室接着上第二节南音课。

　　我这棵青涩的小草，新芽刚一冒出土壤，碰到的不是春日暖阳，而是一片的阴雨连绵，首当其冲就是我的方言腔调问题。南音演唱是以闽南方言泉州府城的腔调为标准腔，无论是泉州下属哪一个县，又或者是厦门、漳州，甚至港澳台、东南亚，凡是闽南语方言区演唱南音，都必须以泉州府城的腔调为准，否则演唱时的曲韵就对不上。学习南音的第一道基本功，就是要把唱词的咬字统一调整为标准的泉州府城腔调。南音演唱讲究唱词的咬字是否字正腔圆，占有很关键的比重。字腔不正，嗓子再好，乐感再好，那也是白搭。我的家乡是闽南方言区最东北端的泉港，腔调与泉州府城有着较大的差距。老师给我们上第一节正腔课的时候，点名让我单独念一段唱词，刚开口全班同学就笑倒一片，羞得我脸颊红辣辣的，泪水湿淋淋地在眼眶里打转。接下来几节课，全班一起念唱词的时候，我都刻意把自己的声音压到最低，生怕周围的同学听见。甚至于课外时间都变得沉默寡言，不敢与同学们讲话，就怕大家笑话我的泉港腔。老师看出了我的心病，循循善诱地告诉我说："字腔就好像是南音入门的钥匙，这第一步迈不出去，后面的路都无从谈起。"当时，真的很想回宿舍收拾行李回家，但是刚坐到床边把衣服全收到包里，又不舍地全部掏出来，抹干了眼泪，还是回到教室，鼓足勇气，强迫自己大声地念出来。

为了改变自己的语言环境，我整天都拉着来自泉州市区的同学说话，努力矫正自己的腔调，到后来同学们一见着我就怕，说是"爱说话的啰唆鬼又来了"。为了保持语言环境的单一纯正，我狠下心一连大半个学期不回泉港老家，直到有一天奶奶打电话过来说她很想念我，我实在忍不住了，一到周末就飞奔回家。结果，回去没两天，把苦练了两个月的泉州腔给前功尽弃了。那时的我特别恨自己不争气，不能坚持到底。后来一直到放寒假我都没再回家，春节也是匆匆在家待了几天，就赶回学校。终于，我用了一年不到的时间就把自己的闽南方言调整为地道的泉州腔，在泉州没人听得出我的口音是泉港来的。而一回到泉港，老家人都笑话我"叛变"成了泉州人。我字正腔圆的唱词咬字，后来为我南音演唱的学习与发展，奠定了非常扎实的声腔功底，像是牡丹花生长之初撒下的第一把肥料，浇下的第一勺水。而最让我受益匪浅的是，通过对方言声腔的矫正，我有生第一次懂得了，遇到困难一定要咬紧牙关坚持下去，不到成功的那一步，一毫米的距离都不敢松懈。就好像压紧的弹簧，你一松懈，它就无情地把你弹回原点去了。

学习南音的第二道坎，就是南音的旋律与节奏的基本功。记得第一次在艺校课堂学唱南音的时候，老师教的第一首曲目是【福马郎】曲牌的《秀才先行》。老师在南琶上捻完指，有南音底子的同学就齐声跟着唱起了"秀才先行，秀才且先行，待妾随后……"当时的感觉就是，整个人蒙掉了，如坠无边的云雾，根本找不着方向。直到同学们跟着老师把整首曲子唱完了，我还在曲谱上面找不着旋律音符在哪里、唱的那个字在哪里。因为作为中国现存最古老的乐种之一的南音，它的旋律、节奏、演唱与现代音乐的差别实在是太大了。我拿跟着奶奶弹钢琴唱歌谣的那一套，可以通过招生考试，但却没办法用来学唱南音。于是，我必须逼着自己走进南音与现代音乐完全不同的"古典、优雅、缓慢"的独特王国里去。不但要咿咿呀呀、拗口拗齿地跟着老师同学唱，好几次因为在课堂上"跟丢"了节奏与唱词，而又急又糗地偷偷抹起了眼泪。还要起早贪黑地苦学南琶的弹奏，因为南琶是掌握南音旋律与节奏最重要的乐器。弹奏南琶时，是左手按腔位，右手的拇指与食指弹拨琴弦，所以学弹南琶之初，无论是站着、坐着、躺着，右手指都一直在裤腿上来回弹拨着，连晚上睡觉做梦都在重复这样的动作。有一天夜里，宿舍的同学半夜醒来，听见我手指弹拨裤腿的声音，迷迷糊糊还以为老鼠爬到床上偷咬东西呢，着实吓了一跳。

当时艺校的老师们觉得我的南音基础虽为零，但是艺术的模仿力与可塑性很强，即使是浑然不懂的曲子，也可以凭着几遍反复跟唱而拿下来。更令他们称奇的，是我的音域极广，嗓音的张弛伸缩度很强，南琶腔位的最高调门我都可以唱得上去，最低调门我也可以运转自如。而最主要的，是我小小年纪却永不言输、百折不挠的精神，深深地打动了他们，觉得我是可堪栽培的好苗子。为此，他们不辞辛苦地对我的南音演唱基本功进行口传身授，尽管有时很严厉，但是却如阳光甘霖，滋润着我这棵小草不断拔高成长。随着学唱的南音传统曲目的增加，以及对南琶演奏技艺的掌握，我慢慢缩小了与同学之间的距离，并开始懂得讲究演唱时的润腔行韵，开始懂得去识读原本看似天书的古老工尺谱，开始懂得去感受南音典雅缓慢的音乐本质。不断投入融入，由单纯的学，变为自觉的、爱不释手的喜欢。除了老师课堂上教的曲目，我还像海绵吸水一般，不断地自己看谱弹奏学习更多的曲目。多少个黎明熹微的清晨，多少个星月沉静的深夜，我一个人独坐在艺校排练厅的角落，如痴如醉地弹奏着一首首的南音曲目，感觉宇宙空间之大、历史长河渺渺，怎么会有如此优雅美妙之音乐，仿佛自天上宫阙飘然而来的缭绕天籁，深感圣贤孔子所谓的"闻之三月不知肉味"。

六年的艺校学习岁月，我前后学会了几百首南音传统曲目的演唱与弹奏。除了唱腔的掌握以外，还掌握了南音琵琶、三弦传统南音乐器的演奏，并学习了四宝、响盏、酒盏、木鱼等"下四管"打击乐器。感恩学校老师们的悉心栽培，1999年我以优异的成绩毕业，进入福建省泉州市南音乐团工作，成为一名正式的人民艺术工作者。曾经破土发芽、艰难生长的小草，沐浴了六个春秋寒暑的雨露、炎日、风霜、寒雪，渐渐长出了结实的枝干，片片绿叶迎着朝霞，随风袅娜，缓歌轻吟。

二、夏日沉沉结蓓蕾

20世纪90年代末，是中国改革开放大潮澎湃的时期，很多同学一毕业就选择了离开南音，只有我们少数几个坚守了下来。那时乐团平常演出不多，影视、电脑等多媒体的蓬勃兴起，对我们古典艺术也产生了很大的冲击，老观众一年更比一年少，而年轻的新观众却还未培养起来。经历了刚进入剧团工作的一段满腔热情干劲之后，我也慢慢觉得自己有点"蔫"了。仿佛春天里发芽成长起来的小草，遇到了闷热的夏天，枝枝叶叶都被严酷的烈日晒得倦倦趴趴的了。有一次随团去下乡演出，正当我声情并茂地演唱着，使出了全身的力气与热情，想向观众展示南音是一种多么好听的天籁之音的时候，却发现台下没有了一个观众，只剩下团里的一位同事与趴在他脚下的一条狗。当时鼻子酸得就像吃了一大口的芥末，虽然忍住眼眶里打转的泪水没有流出来，但是心坎里却已是血泪俱下。还有一次，我跟同学在市区的南音馆阁里演唱，那里经常聚集着许多爱好南音的弦友们，与他们的学习交流，是那段艰难岁月里的一种很好的慰藉与加持。那天是夏日午后很烦闷的天气，我动情地吟唱着，感觉南音就是炎炎夏日里泉州古城的一股沁人心脾的凉爽。这时一群年轻人逛街经过，驻足在庙门口往里看着，当时我的心情无比的兴奋，好希望他们能够走进来聆听，好希望他们能够喜欢上南音这门古老艺术，我们太需要新生代年轻观众的支持了，我愿意为他们一曲接一曲地唱到第二天天亮。这时只听见其中的一个年轻人喊道："走啦走啦，老古董咿咿呀呀，不知道在唱什么！"于是这群年轻观众一哄而散。当时心窝里一阵莫名的难受，手里的南琶还在轻悠地撩拨着，口里还在婉转地吟唱着，但是心里却似乎断了好几根琴弦的感觉，特别心痛、心慌！那段日子里，自己最好的苦闷消遣方式，就是一个人躲在角落里，一首又一首地弹唱着南音的传统曲目。一方面，不停地告诉自己，小草在春天里顽强地发芽生长出来了，现在一定要度过炎热沉闷的酷暑，方能迎来金风凉爽、果实丰收的秋天。一方面，又不停地质问自己："难道古老典雅的南音真的与现代社会格格不入了吗？南音的观众就只能一直这样小众吗？南音是要固步自封地坚守传统不放，还是要与时俱进地创新发展？我们该如何向年轻人推广南音，他们才会喜欢上南音呢？……"无数的疑问像乱麻一般，在我的脑海中不断纠结萦绕。我甚至认定，我对南音无怨无悔的喜爱，可能只是一辈子的曲高和寡、孤芳自赏。

　　带着如何创新发展、如何现代推广的疑问，我开始变得有所追求，而不是一味反复地吟唱传统曲目来满足自己。那段岁月，真正带我走出困惑，走出沉闷的是《满空飞》与《将进酒》这两首曲子。这两首曲子不仅是我南音演唱生涯中的两首可圈可点的代表作，更是艺术追求道路上的两座重要的里程碑。《满空飞》是我对南音传统曲目融入了现代演唱技巧，开拓创新发展的第一次大胆尝试。这首曲目中有些唱段的高音可以达到南琶的最高音位——极"亻六"（简谱"3"），并且润腔上旋至"亻电"（简谱"5"），所以一直是南音界普遍认为的高难度曲目。我充分发挥自己音域广、高低声调张弛自如的优势，在传统南音演唱的艺术规范基础上，恪守传统，但又突破传统，开放思维。演唱时运用现代美声高音的胸腔共鸣技法，把声音位置适当靠后，借以增加声音的厚度。同时，我在演唱节奏、行腔、声音控制等方面也做了一定的个性化处理，以便在演唱中更好地表达我对《满空飞》的情感体悟，使整首曲子的感情更加饱满，用良好的音乐效果与强烈的艺术感染力，去深深地打动听众的心灵感受，期望达到唱听双方的情感共鸣。第一次公开演唱这首创新型的传统曲目时，心中一直惴惴不安，生怕被同行与观众盖上"盲目创新、离经叛道"的帽子。没想到演唱结束后，不仅得到大家的肯定与好评，而且普遍认为我通过这种勇敢突破的路线，使得自己的嗓音优势发挥得更加淋漓尽致。给人感觉既是传统的南音，又有类似于高音美声唱法的奇妙感受，古今融合，交相辉映。2000 年，我凭借此曲荣获福建省第五届"水仙花"戏剧唱腔比赛金奖。2007 年，再凭借此曲荣获福建省中青年演员比赛金奖。随着演唱的不断成熟与提高，《满空飞》已经成为观众们耳熟能详、广为赞誉的常演金牌曲目了。

南音的传统曲目浩如烟海，多达近万首，但是新创曲目却不多。近年来，以南音传统曲牌创作的新曲目，成为南音界创新发展的一个主打方向。《将进酒》取材自唐朝诗仙李白的名篇，由南音名家陈华智先生作曲，以南音传统曲牌【北相思】为主干旋律，配以现代音乐的旋律设计与配器手法，使得曲子既古色古香又新意盎然，强大民乐伴奏阵容的加盟，让各个音部协调整齐，气势更为磅礴开阔。在唱法上面，以南音传统唱腔为主，辅以我所擅长的共鸣张力，在节奏快慢与声调高低的转换衔接上控驭得当，使得旋律音色可以很好地去表现诗词原作的主题情感。并在高音部的上扬唱腔上，很好地展现了我的特长之处。特别是【北相思】曲牌的固定典型腔里头有一段先急促颤动、进而缓长悠扬的拉腔。这段拉腔在该曲目中反复出现多次，配以响盏等"下四宝"打击乐器，成为推动曲段高潮气氛的一个鲜明特征。而这一特征与我的音调高低伸缩度强的优势，有机地结合了起来，摆脱了传统南音平缓缺乏激情的短处，使得整首曲子层次高低分明，符合了现代听众流行音乐的欣赏习惯，更为动听悦耳，更为激越人心，令观众听之难忘。我也凭借此曲，一举夺得福建省第十一届"水仙花"戏剧比赛金奖。南音新创曲目，在初期很难为老观众所接受，但是听完我演唱的《将进酒》之后，不仅年轻观众喜欢，老观众也越来越喜欢上了新创曲目。千年南音，就是经历汉唐宋明清，一代一代的新创曲目积累下来，成为如今博大渊深的传统曲目宝库的，那么我们这代人也应该有属于我们自己的时代作品。《将进酒》经过我的不懈努力打磨，逐渐成了观众心目当中最受欢迎的"时代流行作品"。

　　传统曲目演唱的现代艺术创新，以及新创曲目的成功，使得南音的观众群体由以前的老年人、本地人为主，慢慢向年轻人、跨城市化发展。许多年轻的新生代泉州观众，正在不断聚集到南音的舞台下，他们觉得北京有京剧、相声等传统文化品牌，苏州有昆曲、评弹，那么南音就应该是泉州这座古城标志性的文化品牌之一。泉州的年轻人应该带着自豪感来欣赏它、喜欢它，觉得南音并不与周杰伦、五月天的流行音乐有什么冲突。曲目演唱与观众群体上面的突破发展，让我更加有信心往南音的教育推广上面前进。早在 20 世纪 90 年代，泉州教育界与文艺界就共同致力于南音的中小学课堂教育，高等教育方面则走进了泉州师范学院的音乐专业课堂。南音进中小学课堂在早期的应试教育阶段，开展力度有所缓慢。但是随着素质教育阶段的发展，中小学课外兴趣特长班的广泛开展，给了南音教育推广很大的发展空间。泉州市区很多中小学校每周固定至少有一节至两节的南音兴趣特长课，于是我便利用业余时间忙碌地穿梭于泉州的多所中小学校。我觉得，相对于后期的年轻观众群体培养而言，中小学校的南音爱好群体的培养，其作用与影响力更为明显突出，在孩子可塑性很强的年纪，就让他们了解、欣赏，并喜欢上南音，以此扩展到对整个国家民族传统文化的热爱。我吸取了当年自己学南音的教训，在中小学南音课程的初始阶段，十分强调学生们的泉州方言的字正腔圆。然后，开始教授《直入花园》《风打梨》等简单明快的南音启蒙曲目。待到孩子们的南音功底较为稳固之后，就配合学校的语文课程，教授《静夜思》《陋室铭》等一些根据古诗文创作的南音新曲目，让孩子们觉得既亲切又有趣。上了一段时间的南音基础课程之后，再挑选一些好苗子，根据他们自己的兴趣意愿，组成一个南音小组，开始教授南音乐器演奏以及难度较高的传统曲目演唱，由基础推广，上升到真正的艺术传授。而泉州师范学院音乐专业的教学，由于都是音乐专业出身的成年学生，我就将南音提升到音乐学术的高度来进行交流与教学。很多大学课程是在与学生快乐的互相交流中进行的，让学生能在一个轻松的环境下学南音，而终极目标是为了南音古老艺术的现代化传承与发展升级。循序渐进，根据各年龄段的实际情况，以及学生对南音的爱好程度，因材施教，因时施教，争取南音教育推广的效果最大化。

2005 年 7 月，我主唱的南音曲目《生命的交融》荣获第五届中国曲艺节精品节目奖。2010 年，出版个人南音演唱专辑《弦管》。同年 6 月，我主唱的南音曲目《千家罗绮管弦鸣》荣获全国第十五届群星奖。2009 年 10 月，福建南音经过漫长而艰难的申报路程，终于被联合国教科文组织列入"人类非物质文化遗产代表名录"。南音的申遗成功，令我们南音人欣喜若狂，极大地提振了我们传承发展南音的士气！泉州南音乐团也乔迁新剧院，各种常态性公益惠民演出精彩纷呈，泉州南音的保护传承与发展推广，进入了一个崭新的时代。碧玉新妆初长成的小草，在沉闷的夏日里顽强坚持，带着困惑与疑问，既恪守传统信念，又勇于创新突破。潜移默化，厚积薄发，不知不觉间，迎风俏丽的枝头长出了一个个含苞待放的蓓蕾，待到秋高气爽金风天，夏日的姹紫嫣红即将凋谢的时候，它却要开出比金黄菊花还要更加美丽夺目的花朵！

三、金秋牡丹绽如火

2013 年 9 月 20 日，由泉州市文广新局主办、泉州市南音乐团承办的庄丽芬南音独唱音乐会，在泉州南音艺苑如期举行。这是我二十年来在南音传承、发展、推广工作上的一次阶段性大总结，犹如经历了春天的耕耘、夏日的酝酿，到秋天收获了，在向所有爱我帮助我的老师、同人、观众们，展示我的累累硕果，反馈我的浓浓感恩之情。整场音乐会由南音传统曲目《满空飞》《鱼沉雁杳》《正更深》《感谢公主》《只恐畏》以及南音新创曲目《赤壁怀古》《将进酒》七首艺术含金量高、个人代表性强的曲目组成。在曲目的设置上，采取传统七成、新创三成的比例，体现了我立足南音传统艺术的传承与坚守、追求现代艺术的突破与创新的理念，推陈出新，古今融合。在现场伴奏模式上，大胆地打破传统南音四管围绕伴奏、一人居中演唱的舞台模式。《鱼沉雁杳》这首传统曲目采用古琴进行单独伴奏，通过南音演唱与古琴如胶似漆的融合，古色古香地再现了南音作为民族音乐活化石的古朴典雅。后面的《赤壁怀古》与《将进酒》则特邀福建省民乐团的加盟，运用大型的民族乐团做伴奏，使得整场演唱会的各个音部齐全平稳，民族乐器呈现多姿多彩，整体气势既古雅庄重，又浑然磅礴，是南音现代传承发展史上十分罕见的大阵容乐队伴奏。充分调动舞美、灯光、服装的运用，一改演唱音乐会大多舞台形式单调的习惯，但又不会像歌舞晚会那样弄得那么绚丽缭乱，而是始终以突出我的演唱为中心，有机配合，营造气氛，而不是喧宾夺主，造成观众在视觉上的游离。前面的传统曲目，四管伴奏者主要以古典服饰亮相，灯光幽雅空灵，让观众感受南音源自古代宫廷雅乐的典雅与清丽，又用电脑灯与追光直射效果，使我的演唱身姿亮于周围伴奏，全场音乐气氛做到古今融合，以曲生情，情景交融，还集中突出我的演唱中心位置。后面两首新创曲目，伴奏的民乐团以现代服饰亮相，场上灯光明亮大气，既体现曲目的现代创新性，又符合了曲目本身恢宏磅礴的情感气氛，在演唱会的结尾部分将台上台下的全体气氛调动起来，达到全场演出的高潮顶峰。同时，也暗喻着我再经过二十年的传统学习，不断探索创新，终于使自己的艺术发展走上了一条明丽的康庄坦途，迎来了苦尽甘来的阶段性收获谷峰。演唱会的最后，我唱完李白的《将进酒》，转身挥袖在舞台上写下毛笔书法的"将进酒"三个大字。这最后的惊鸿一笔，为整场独唱音乐会画上了画龙点睛之彩，也成为我这场独唱音乐会令人啧啧称赞的经典瞬间。当天晚上的演出，最令我感动不已的是一位一直以来诚挚支持我的观众，特地从深圳驱车赶来泉州，携带一家三口来观看我的独唱音乐会。那天晚上，他发高烧，身体极不舒服，还一直坚持看完我的整场演出，同我言欢祝贺之后，才拖着病痛怏怏的身子，赶去医院急诊。我想当天的音乐会，再多的鲜花与掌声，都代替不了观众们最真切无私的支持与关爱，他们是我们艺术工作者最宝贵无价的价值之体现。有他们的真挚支持，我这棵满怀感恩之心的小草，必定可以绽放出璀璨似火的花朵！

独唱音乐会之后的第二年，我正式申报了第八届中国曲艺牡丹奖的比赛遴选。跟乐团领导与同人商讨之后，我决定将最能代表我个人演唱风格与水平的南音传统曲目《满空飞》进行节选精排，曲目名称改为更具韵味的《落尘》。经过一段时间的反复排练、打磨、提高，不断与同人们磋商研讨，请许多文艺专家前来座谈指导，大半年的时间放下所有事情，只为磨这一剑。牡丹奖评选的四轮比赛，我皆以此曲应选。一咏三叹，九转回肠的演唱，曲惊四座，每轮比赛都以评委高分通过。2014年10月18日，第八届中国曲艺牡丹奖颁奖典礼在南京举行，我一举摘得牡丹奖新人奖，填补了福建省在牡丹奖新人奖方面的空白。如此一个重量级的奖项，无疑是对我二十年来孜孜不倦的南音传承、发展、推广、教育工作，最最有力的业绩肯定与水平证明。更是中国曲艺界对泉州南音在新时期传承发展事业上的好评与赞赏，因为我的艺术成长与获奖成功离不开整个泉州南音界老师同人与广大观众的关爱扶持。正如中国曲艺家协会主席姜昆所说："泉州南音优秀青年演员获奖，实际上不只表达大家对新人的鼓励，更希望南音实现艺术自身的成长和传承，真正让千年雅乐薪火相传。"继获奖之后，2015年我荣幸成为全国首批"牡丹绽放——曲艺英才培育行动"培育人才。同时还在福建电视台《海峡艺术名家》栏目录制了《千年雅乐牡丹初绽——庄丽芬》艺术人物专题片。二十年，七千多个春秋日夜，我从一棵平凡稚嫩的小草，经历春雨连绵时节的吐芽发枝，沉闷酷暑的蓓蕾含苞，终于迎来了秋日牡丹绽放的闪亮时刻。花瓣上珠圆玉润，分不清是喜悦的笑靥，还是辛苦的泪水。我用二十年风雨历程培育出来的牡丹花朵，证明曾经的小草，不是一棵平凡的小草。

四、寒冬傲雪更飘香

开春发芽，仲夏蓓蕾，金秋绽放，寒冬凋谢，似乎是自然界万物生长不可避免的规律。但是我想，作为一名南音传承人，要勇于去突破这种规律，越是寒冬腊月，越是要绽放出坚韧的艺术活力。不但要傲雪凌霜，更要飘香四溢。独唱音乐会也好，牡丹奖也好，《凤求凰》也好，只不过是上一个季节的绽放。我要做的就是保持对南音艺术的赤子初心，不骄傲自满，不满足于上一个阶段的成果。而是要让牡丹花，像青松一样，像梅花一样，越是严冬苦寒，越要枝节挺立，笑看落雪飞霜，努力准备着，迎接明年春天的到来，渴望下一个花期的绚丽盛放。

入选中国曲艺牡丹绽放培英行动后，我感觉自己肩上的担子更重了。必须要百倍努力，才能对得起中国曲协与南音界同人对我的关爱与栽培。为了更好地保护、抢救、传承南音艺术，我曾经和同事深入到泉州底下很多个县市的偏僻乡村，去找以前的南音名家或社团的后裔，寻找散佚很久的南音古谱。本来自我想象是很容易的事情，可是真正做下去了，才知道是很艰难的。路途遥远，跋山涉水，尚且还可。就是找到了人家，又要费很多工夫去做思想工作。人家想通了，愿意无偿把古谱献出来给我们抄录，又得让我们自己钻进又脏又乱的杂物间去找。有时我费力将一堆杂物挪开，先是一片蛛网尘埃，然后就立刻闯出来一大群的蟑螂老鼠、蚊子跳蚤。对于久居城市爱干净的我，真的是神经很大条的考验。但是当我们找到了那本失传多年的古谱，真的是如获至宝，像是一件价值连城的千年瑰宝，捧在我温热的手心。什么样的艰难都比不上我们身上所肩负的南音传承使命。南音的传统艺术养育了我，赋予了我太多太多。即使再艰苦万难，也要一首一首地去找寻、抢救已经散佚的老曲目，让千年雅乐历久而弥香。

入选中国曲艺牡丹绽放行动后，我不仅收获了友谊同时也让我重新审视自己所从事的专业，以前我们更重视的是传统南音的传承方面，而忽略了创新，通过参加牡丹绽放培英行动让我深深地体会到作为一名年轻的曲艺工作者在传承传统南音的同时创新的重要性，任何一个时代流行的曲种都应该是受到当代人们的喜欢，所有南音要传承发展就要注入现代内涵，南音的观众群越来越老年化，很多观众特别是青年观众对南音的舞台呈现、演唱内容有距离感，使南音的普及面临很多困难，怎么样针对不同的观众群进行舞台艺术呈现，这对于我来说是今后要面对的重要课题，传统的东西需要传承，传承并不是一成不变，创新是为了把南音最美的东西发酵出来，从而让更多受众发现她的美。继 2013 年独唱音乐会的成功举办、2014 年牡丹奖新人奖的荣膺，2015 年我又迎来了第三朵美丽花朵的盛绽怒放——首部南音创新剧《凤求凰》大获成功。单纯的曲目演唱，使得观赏枯燥乏味，是南音与现代观众欣赏审美不相兼容的一个短板。新时期以来，泉州南音一直都尝试着将故事情节上具有连贯性的几个曲目连缀在一起，通过小部分动作对白串联起来，进行带有人物表演元素的演唱，为广大观众所认可，并取得较好的成绩。但是，将整场南音作为一个有完整人物故事情节，并做舞美、服装、舞蹈、灯光等戏剧的综合性创作、大资金大投入的，南音剧《凤求凰》算是南音现代发展史上的第一个。该剧由福建省"2011 计划"南音文化传承与发展协同创新中心策划出品，泉州市南音传承中心与泉州师范学院、泉州南音艺术学院联合演出。由厦门台湾研究所所长、著名剧作家曾学文担任创意文本写作，南音名家吴世安作曲，中国评剧院国家一级导演安凤英执导。该剧以西汉才子司马相如与卓文君的爱情故事为题材，分为《和鸣》《私奔》《诀别》三场。由我担任女主角"卓文君"，作曲吴世安先生根据我的声线特点进行量身定做，以南音传统曲牌为基础，融入了现代旋律的技法创新，将我音域广、高低音跨度表现力强的演唱优势充分发挥出来。为了使整部剧生动好看，不落入曲目演唱铺陈的俗套。在以男女主角演唱为主体的同时，融入很多的舞蹈表演与乐器打击演奏。但又严格控制这些辅助手段的使用分寸，始终凸显南音以演唱为主的艺术本质。在服装与舞美上面，采用统一的汉代色彩为基调，让人想见南音发源时代的盛世繁华与雍容典雅。灯光随着司马相如与卓文君爱情故事的发展而变化，追求时的热烈奔放，热恋时的甜蜜安闲，诀别时的黯淡惨晦。特别是由两位舞蹈演员扮演意念化的一对凤凰，跟着男女主角的缓节慢歌，款款而舞，成为在舞台上看得见的流动音符、飘游旋律。

卓文君这个角色，对我而言是一个从艺二十年来最大的挑战，比参加牡丹奖评选的时候，还要来得压力山大。因为她不仅要唱，而且要有所表演，尽管不必像纯粹的戏剧演员那样，但是万一表演与演唱有所脱节了，对于这个剧，对于卓文君这个人物，也是很大的一种折损。另一挑战压力，来自演唱情感的连贯性与发展变化。以前在台上演唱一首南音的大撩曲，动则一二十分钟，对于情感起伏变化的控制与音乐演绎，还是很有把握的。然而，这次是要在舞台上用一个半小时的演唱去表现一个固定的人物，要不断地调节、掌控卓文君追求司马相如、当垆卖酒，以及最后情感诀别的阶段性情感变化。三场戏，一个人物，有恋，有爱，有恨，那种情感演绎的难度，已经远远超过一首大撩曲所能承载的负荷了。可是，这毕竟是现代南音发展史上的第一个剧，跃跃欲试的好奇心，渴望征服它的好强心，驱使着我在排练中反复曲折地去摸索卓文君这个人物。后来，经过一段时间的排练磨合之后，我总结出一个"曲生人情"的实践道理。就是先把曲目唱好，用自己的演唱感动自己，然后将自己带入这个古代人物中去。在音乐气氛的感染下，在演唱情感的驱动下，自然而然地去领会并使用那些微妙的表演动作。一步一趋，一笑一颦，一喜一悲，一举手一投足，全在音乐演唱的情感氛围之内。屏后窃听时，见到司马相如的爱慕，恨不得与他比翼双飞，唱"凤兮凤兮归故乡，遨游四海求其凰"；为了生活，为了支持司马相如的文章功业，曾经贵为豪门千金的卓文君，甘愿抛头露面、不辞辛劳地当垆卖酒，为了爱情虽苦也甘之如饴，唱"愿得一人心，白首不相离"；得知远在京城的司马相如，功成名就，却醉倒富贵温柔乡，忍心抛弃糟糠之妻时的那种愤恨与决绝，唱"朱弦断，明镜缺，与君长诀"！有观众说是我的端庄唯美的舞台形象、高低有致的好嗓音，彻底征服了卓文君这个角色，彻底征服了观众。但是我心里并不这样认为，我的内心告诉我，是我对卓文君这个古代女性的领悟，牵引我在音乐演唱中去演绎这个人物的情感，最后用这种"曲生人情"的境界去感动了观众，成功塑造了卓文君这个人物。很多戏曲界的同人看了《凤求凰》之后，由衷地慨叹："丽芬并不满足于她得天独厚的好嗓子好唱功，而是进一步追求用真挚的情感去推动演唱，并反过来用真挚的演唱去塑造人物。不需要很多的表演动作，不需要很卖力的舞台表现手段，便自然而然地唱出了真实感人的卓文君。"

　　该剧经过好几个月的排练打磨之后，在泉州本地正式对外公演，便一举轰动，好评如潮。参加当年的第六届福建艺术节暨第三届全省音乐舞蹈杂技曲艺优秀剧（节）目展演，荣获剧目一等奖第一名、表演一等奖第一名。从而，我继2012年的第五届福建艺术节暨第二届全省音乐舞蹈杂技曲艺优秀剧（节）目展演之后，成功蝉联了这两个重量级的奖项。赴上海参加第十八届上海国际艺术节福建文化周的重要演出，更是打动了无数沪上观众与海外来宾。到现场观看的瑞典科技大学校长图尔·梅尔格德，盛赞"太美妙了！没想到这里能听到如此纯净的音乐，令人身心陶醉"。他说他第一次听到泉州南音，十分惊讶于中国传统音乐的博大精深。而我自己觉得，是老祖宗留下来的千年南音，赋予了我强大旺盛的艺术生命力，赋予了南音人在艺术创作时像水泥一般超强的团结精神。我们后辈只不过是运用现代的艺术理念与手法，去让她"复活"起来而已。没有南音千年雅乐博大精深的艺术底蕴，我们就呈现不出《凤求凰》的东方神韵画卷。感恩千年南音，她就像玉露甘醇，滋润着我这株牡丹花，一朵接一朵地璀璨绽放！除了南音《凤求凰》的创排，入选牡丹绽放这两年里我创作了南音新作《古老的刺桐港》并且录制了《牡丹绽放》的个人南音专辑。《古老刺桐港》我邀请了泉州著名的作者姚雅丽为我作词，我自己作曲，这个作品是以"一带一路"，海丝起点泉州为题材，作品在音乐方面除了保留传统南音"上四管"外加入了二胡、笛子、大阮等民乐器使整个作品的音乐更加丰富，在表演形式上突破了传统南音坐唱、站唱的表演形式，加入了舞台上的台位调度，使节目更加有观赏性，《古老的刺桐港》通过常态性公益演出得到新老南音观众的喜爱认可。

除了传承、创作、教育、作为一名南音非遗代表性传承人，走出去广泛交流推广南音，让五湖四海都飘萦着千年古乐的雅韵芳香，也是我义不容辞的责任。早在 2004 年，我便随团赴法国参加南音申遗的专场演出；2010 年，赴香港参加由文化部主办的"中国非物质文化遗产展演"；2013 年 9 月，赴韩国光州参加"东亚文化之都"授牌仪式演出；2014 年 9 月，赴日本横滨参加"东亚文化之都"中日韩三国联合演出；

2016 年，赴丹麦参加文化艺术交流演出；2017 年，赴波兰参加南音与波兰传统音乐音乐会等演出。2015 年，我们在日本一个有着百年历史的剧场演出。这个剧场从后台到舞台中央，需要经过一条长长的走廊。演出时，当我们的南音演员手捧传统的四管乐器，在长廊上悠缓从容而行之时，整个剧场响起了热烈的掌声。再当我们在舞台上正襟端坐，气定神闲地弹唱起了第一声南音的时候，感觉台下的日本观众是一口气紧吸着的，全程屏气凝神地专注聆听我们的每一个音符，敬畏之心，俨然于表。按演出安排，我们只需表演两首南音曲目，可是现场观众的反应实在是太热烈了，两首曲目实在无法满足他们对南音的痴迷与仰望。于是演出邀请方同我们商量，是否再加演几个曲目，我们欣然同意。海内存知己，天涯若比邻，有此南音知己，夫复何求？即使让我们零报酬一直唱到天亮，那也是难得的快事呀！演出结束后，观众还是久久不愿离开，纷纷上台跟我们合影，通过翻译了解许多关于南音的音乐知识。回国后，我一直在思索这个问题：是什么赋予了我们南音演员出场时的那种与众不同的优雅气质？是什么赋予了南音如此销魂醉魄的魅力，让远隔重洋的海外观众，在语言与文化不通的情况下，也能如此痴迷于南音的古老旋律？

我印象最深刻的一次演出是 2015 年中国音乐学院与我团共同合作举办"泉州南音年"系列文化活动。当时策划系列专场演出的是中国著名琵琶大师刘德海老师。刘老师对泉州南音并不陌生，曾多次来泉州采风交流，了解南音传统艺术，也多次邀请我们前往北京交流演出。刘老师一向对我的唱功赞赏有加，那次的系列演出更是指定由我演唱南音传统曲目中非常具有代表性、高难度的"七撩曲"之一《月照芙蓉》。该曲目演唱时间长达 25 分钟，节奏缓慢，运腔做韵婉转悠长，非常考验演唱者的功力。尤为重要的是，这首曲子由于时间长，所以不是能唱就唱那么简单的事情，要对运腔做韵以及情感表达都非常到位的优秀演唱者，才能镇得住场子，吸引观众长时间不厌其烦地听下去。如果唱得不好，压不住场面，台下的观众躁动纷纷或者是昏昏欲睡，那就是演唱的大败笔。因此，七撩曲在我们南音界称为功夫曲。当接到这个工作安排的时候，我心里一方面是受宠若惊的喜悦，另一方面又是非常忐忑的压力山大。尽管这首《月照芙蓉》我在平常已经唱得很滚瓜烂熟了，但毕竟代表的是有着千年历史与声誉的泉州南音。北京是全国最大的音乐交流前沿，也是国际上了解中国传统艺术的最大窗口，这次的演出对泉州南音具有很大的意义，演唱《月照芙蓉》这种高难度的曲目，才能令中外音乐学者对泉州南音刮目相看，才能很大程度上地提高南音的国内外艺术知名度和艺术声誉，让五湖四海都陶醉于千年雅韵的魅力醇香。于是，我甩掉了身上所有的包袱，全身心投入排练准备。我记得到了北京第一次进入排练厅排练时，当南音的音乐一响起，刘德海老师情不自禁地掉下眼泪，演出的时候，主持人刚报完幕，台下观众还在小声地讨论着前面的一个曲目，等到台上南琶一捻完指，我唱出了第一句，台下的观众似乎瞬间被什么给摄住了魂魄，就这样寂静无声、如痴如醉地听我唱完了25分钟的七撩曲《月照芙蓉》。当我唱完最后一个音符之后，台下观众先是定住了三四秒钟，似乎有一种意犹未尽的感觉，等到确定是我全部唱完了，顷刻间如海水潮涌般的掌声澎湃而来，刘老师无比兴奋地在台下高呼"南音万岁"。那一刻，对所有在场的南音人来说都是一次毕生难忘的演出经历。南音培育了我，而我用自己最出色的表现来展示她、赞美她的感觉，非常的自豪，非常的美妙。我非常重视每一场的国内外交流演出，我的一举一动，一吟一唱，都是海内外音乐人了解南音的一扇窗口。我必须把每一首曲子唱好，发挥出自己水平的极致，让从来没听过南音的人喜欢上南音，让喜欢上南音的人更加痴迷南音。台下的观众可能来自世界的任何一个角落，我用南音打动了他，那么通过他的推介，南音就有可能去打动他们整个的国家。牡丹花的美，可能是一段花期的美，但是通过花蕊散发出来的南音的千年芳香，香飘五湖四海，那才是真正永恒的美！

入选牡丹绽放培英行动，排演了《凤求凰》，牡丹绚丽绽放之后，回首来时风雨，我才瞬间明白：其实，南音就是一株绽放千年的牡丹，历尽无数的春夏秋冬，几经风雨霜雪，花开花落，花落花开。就是那种对古老音乐艺术永恒的追求、发展、沉淀、酝酿，才能在千年之后依旧芳香如故。我们是受了她的恩赐，受了她的熏陶，才会有那么优雅的气质与婉转的吟唱。我只不过是一株才绽放了一个花季的小牡丹花而已，

在南音这株千年牡丹面前，我真的是太渺小了。只有不断地努力，走过
春夏的风雨，不骄傲于秋日的丰收，挺过寒冬的霜雪。今年牡丹花虽好，
明年牡丹花会更红更香……

春寒料峭

作词：曾学文
作曲：吴世安
演唱：庄丽芬

春寒（於）料峭有谁（於）相怜，
（不女）冷夜（不女）抚琴与月听，
谁解语花（於）心何寄，
孤弦独语盼和鸣，
（於）孤弦独语盼和鸣。

梦回刺桐港

作词：姚雅丽

作曲：庄丽芬

演唱：庄丽芬

古老的木船，静静地靠在刺桐港。

古老的石像，久久地端坐清源山。

梦回刺桐港——

海丝之路，梯航万国；东方大港，帆影片片。

清源飞歌，蟳埔潮涌；灵山圣迹，少林雄风！

我与你手牵手，看五里长桥千帆过，

我与你手牵手，听开元古寺钟鼓鸣。

梦回刺桐港——

文化之都好风光，"一带一路"新画卷。

阮爱拼敢赢的泉州人，

征服世界，驶向未来……

牢记使命　砥砺精进

苗　阜

七月流火，转瞬已经进入了 2017 年的下半年，回顾从 2015 年 7 月起中国曲协主办的"牡丹绽放——曲艺英才培育行动"两年来的学习和工作，我的感受良多，现汇报如下：

一、认识提高、觉悟提升、使命感增强

2015 年中国曲协组织发起实施的"牡丹绽放——曲艺英才培育行动"作为承前启后，发掘、培养、提高中青年曲艺专业人才的重点项目，我作为第一批入选的中青年曲艺工作者参与此项国家级的人才培养计划感到非常荣幸。两年多来，通过集中学习、专业培育，使我们无论从思想觉悟、知识水平、理论知识、表演实践等方面都得到了极大的提高。

学习奋进、提高认识、武装头脑是"牡丹绽放——曲艺英才培育行动"的核心内容，作为第一批"牡丹绽放——曲艺英才培育行动"的入选者，从一开始我就感受到自己所肩负的责任之重大，我能感受到领导和同志们把这么光荣而艰巨的学习任务交给我，是对我无限的期望和信任。我无以为报，只能以付出自己十二万分之热忱与努力，通过学习和提高来回报党和组织的信任、领导和前辈的栽培。

在中国曲协领导下，通过集中学习，我们深入学习了习近平总书

记在文艺工作座谈会和中央党的群团工作会议、中国文联第十次全国代表大会、中国作协第九次全国代表大会上的重要讲话精神，认真学习了《中共中央关于繁荣发展社会主义文艺的意见》《中共中央关于加强和改进党的群团工作的意见》等方向性、纲领性文件，以坚定地实现"两个一百年"奋斗目标为核心，武装自己的思想和头脑，坚定自己的信念与信仰。

就像习近平总书记指出的："文艺工作者要自觉坚守艺术理想，不断提高学养、涵养、修养，加强思想积累、知识储备、文化修养、艺术训练，认真严肃地考虑作品的社会效果"，曲协"牡丹绽放——曲艺英才培育行动"给我们提供了绝好的学习机会和锻炼平台。两年来，通过培育行动，我们不是坐下来读死书、死读书，相反，更多的时候，是带领着我们走出去，去看、去想、去思索、去交流、向广大的人民群众学习，向中华民族优秀的文化传统去学习、向老一辈德艺双馨的艺术家们去学习。通过学习、讨论、调研、采风、座谈等途径和方式，让我们能够从内心真正深切地领会习总书记讲话和中央政策的精神实质和深刻内涵。

习近平总书记指出"文艺是时代前进的号角，最能代表一个时代的风貌"，"改革创新是时代大潮、是时代主旋律"。在我们这个奋进勃发、改革创新为主题的时代中，如何做一个时代的弄潮儿、勇立时代潮头，是我们这些中青年一线曲艺工作者需要尽快认识和领悟的时代要求。"牡丹绽放——曲艺英才培育行动"给我们提供了这样一个提升觉悟、提高认识、增强使命感的机遇和平台。

通过学习和实践，以深入基层、深入人民、深入生活为途径，以集中学习、认真研讨、交流座谈为手段，以党中央的和领袖的指示精神为指针，让我们的头脑和思想树立和强化新时期文艺工作者的使命与职责，进而使我们的创作和演出实践活动更加切近人民生活，更好地服务人民、反映我们新时代下如火如荼的社会主义改革开放事业，认识的提高、觉悟的提升、使命感的增强是我们"牡丹绽放——曲艺英才培育行动"入选者首先要做到的事。

厚积而薄发，通过系统、认真的学习交流活动，让我们参加"牡丹绽放——曲艺英才培育行动"的每一个人都深切地认识到"坚守根本又不断与时俱进，保持坚定的民族自信""举精神之旗、立精神支柱、建精神家园都离不开文艺，中国的作家艺术家应成为时代风气的先觉者、先行者、先倡者，通过更多有筋骨、有道德、有温度的文艺作品，书写和记录人民的伟大实践，是时代的进步要求"这段话背后，党中央对我们这些一线曲艺工作者的殷切希望和谆谆教导。

我们更加深刻地认识和领会"党的宗旨和文艺的宗旨具有同一性：党的根本宗旨是全心全意为人民服务，文艺的根本宗旨也是为人民创作。把握这个立足点，党和文艺的关系就能得到正确处理！""人民需要文艺、文艺需要人民、文艺要热爱人民"这一核心思想。一直以来，我们很大程度上，简单地认为观众是我们的衣食父母，没有从更高层次上、从党的宗旨和文艺的宗旨上来思考，没有从一名党的基层文艺工作者角度来认识这个问题，简单地将艺术工作等同于生存技能，这其实是很多基层曲艺工作者普遍存在的思想问题，这既与党对我们基层文艺工作者的要求相去甚远，更重要的是会使我们迷失自己的社会职责和肩负的社会使命，偏离党对社会主义基层文艺工作者的要求，陷入以自我为中心的泥潭。"牡丹绽放——曲艺英才培育行动"首先纠正和教育我们的就是如何站在一个社会主义基层曲艺工作者的角度来创作和实践，如何用党的文艺理论来武装自己的头脑、来指导自己的创作和表演。因此，仅从这一点上，就让我们从思想认识上得到了极好的教育和提高。

列宁说"没有革命的理论，就没有革命的实践"。作为一名党的基层曲艺工作者，理论认识的高低、有无，直接决定着自己创作与演出实践的层次与水平，在新的历史时期，一名基层曲艺工作者就需要"讲品味、重艺德，为历史存正气、为世人弘美德、为自身留清名"，这是一种自身安身立命的基础，这是一种生存发展的前提，更是新时期党对基层曲艺工作者的基本要求。

更重要的是，习近平总书记提出"优秀的文艺作品，最好是既能在思想上、艺术上取得成功，又能在市场上受到欢迎。要坚守文艺的审美理想、保持文艺的独立价值，合理设置反映市场接受程度的发行量、收视率、点击率、票房收入等量化指标，既不能忽视和否定这些指标，又不能把这些指标绝对化，被市场牵着鼻子走"的艺术作品评定标准，为我们今后的艺术作品创作与演出实践确立了方向。通过两年来的学习实践，我个人的政治觉悟、思想水平、理论水平、演出实践都得到了极大的提升，最重要的是自己从政治上、思想上、知识水平上得到了跨越式的提高。

戒浮躁、求创新、建队伍，这是新时期党对我们这些曲艺工作者提出的要求和期望，通过"牡丹绽放——曲艺英才培育行动"使我们更加深刻认识到了这三项任务的重要性和必要性。时代的进步和社会的飞速发展，已经远远脱离了过去那种一首歌唱一辈子、一个段子说一生的阶段，人民审美与艺术素养的普遍提高，对我们这些文艺工作者提出了更高、更新的要求。

思想认识的提高，政治水平的提高，必将会反映到自己的艺术创作与演出实践之中，这也验证了"牡丹绽放——曲艺英才培育行动"的初衷和定位的远见卓识。毛主席曾说"星星之火，可以燎原"，通过"牡丹绽放——曲艺英才培育行动"洗礼的我们这些中青年曲艺工作者必将以自己的百倍热情将自身的艺术创作与艺术实践反哺回馈给我们这个伟大的时代!

"文学艺术,铸造灵魂。文以载道,文以化人。描写现实,提升境界。春风化雨,润物无声。启迪智慧,美化生活。陶冶情操,荡涤灵魂。展现情怀,承载梦想。精神是文艺之魂,没有精神也就没有文艺",这是新时代党对基层文艺工作者提出的要求,更是我们每一名身处一线的曲艺工作者创作与演出实践所必须遵循和贯彻的基础,"通过文艺作品传递真善美,传递向上向善的价值观,引导人们增强道德判断力和道德荣誉感,向往和追求讲道德、尊道德、守道德的生活"是我们一以贯之、需要始终贯彻的奋斗目标和发展方向。

二、曲艺惠民重在实效、弘扬传承回报人民

学以致用,理论联系实际的工作作风得以发扬,"牡丹绽放——曲艺英才培育行动"两年来,更多的时候是把我们聚集在工厂、学校、兵营和乡村,通过深入基层生活、深入人民生活来为我们采集营养、积累知识。学,然后知不足,学以致用,是我在"牡丹绽放——曲艺英才培育行动"中获取到的一个创作学习法宝,使我获益良多。深入生活、深入实践,把所学、所思、所想落到实处。

通过"牡丹绽放——曲艺英才培育行动"两年的学习实践,我深刻领会到只有深入生活、深入实践,将自己的所学、所思、所想真正落到实处,才是新的时代一名曲艺工作者的日常。"问渠那得清如许,为有源头活水来",我们要深深扎根于人民群众之中、扎根于中华绵延五千年的民族文化之中。

艺术来源于生活,艺术高于生活;从群众中来,到群众中去,这是我们党号召的群众文艺路线的精髓,这一点我们的老艺术家们给我们做

出了非常好的表率。在我们陕西，老一辈的作家柳青扎根农村数十年创作出的《创业史》，陈忠实的《白鹿原》、路遥的《平凡的世界》等等都是从乡土中汲取的营养，为后世留下了不朽的丰碑。越是民族的，就越是世界的，就像习近平总书记在文艺工作座谈会上指出的"世世代代的中华儿女培育和发展了独具特色、博大精深的中华文化，为中华民族克服困难、生生不息提供了强大的精神支撑"。作为一名基层曲艺工作者，只有俯下身去，向生活要素材、向群众求帮助，扎根在群众之中、扎根在五千年生生不息的优秀民族文化之中，才是我们能够生存与发展、壮大与提高取之不竭、用之不尽的源泉。"牡丹绽放——曲艺英才培育行动"教会我们的就是这样一种学习创作态度和表演实践能力。

曲艺艺术是以群众的接受、人民群众的认可为标准的，作品的好坏和表演者有直接的关系，但是最关键的还是要作品好，能够经得起时间和观众的检验，一味地装疯卖傻、插科打诨，的确是能博观众一时的笑料，但是流于肤浅，没有文化内涵、没有正确思想认识的相声，就没有生命力，不可能成为受观众欢迎的、记忆深刻、值得回味的好作品；而一味地表演老一辈艺术家的经典作品、老作品，则更是没有艺术生命，经典就是经典，逾越难上加难。曲艺演员单纯表演别人写好的段子，也不会有生命力，而且难以形成自己的艺术表演风格。因此，相声演员自己创作或者参与创作，是唯一一条能够永葆艺术生命力的有效办法。

"牡丹绽放——曲艺人才培育行动"在很大程度上就是着力于曲艺表演人才自己创作、参与创作表演作品这一重点来进行的。要创作就需要积累大量的舞台实践，观摩体会大量的同类艺术作品，由量变到质变，这是一个艰苦的过程。古语有云"熟读唐诗三百首，不会吟诗也会吟"，熟能生巧是一个必经的程序，而就相声演员而言，之所以要大量地背贯口、熟悉记忆大量的相声段子，就是一种量变积累和锻炼。师傅领进门、学艺在个人，一名演员勤能补拙是一类，但更多的真的是需要一种爱好和天赋在里面，再加上后天大量的素材积累、段子积累才能逐渐走向成功。我自己不是一个具有天赋的相声演员，虽然从小喜好，但是缺乏系统的专业训练和积累，好在的是我还算勤奋，比别人更加努力一些，勉强算得上是笨鸟先飞、勤能补拙，这次"牡丹绽放——曲艺英才培育行动"的专业培训和专家指导，给了我极好的学习机会，一方面大量积累了演出实践，更多的是通过与同行、专家、前辈的交流学习，使我各方面都有了长足的进步，在曲艺理论和演出实践上弥补了短板。

2015 年 6 月、8 月、11 月、12 月间，我先后参加了中国曲艺牡丹奖艺术团送欢笑走进北京怀柔，"深入生活、扎根人民"西安站、新疆站，送欢笑走进山西长治、走进扬州、走进安塞，海峡两岸曲艺欢乐汇等七地的惠民演出；参加了中华曲艺海外行（北美加拿大、美国站）外事演出活动；参加了"向人民汇报——文艺创作成果展演"曲艺专场、第三届全国相声小品优秀节目展演等重大演出活动。

2015 年 10 月，由我发起并组织全国曲艺名家、牡丹奖终身成就奖获得者赵连甲先生为首的 9 位国内曲艺界名家，在陕西铜川召开了"让剧本发出时代的声音"暨首届相声剧本研讨会，铜川是我生长的地方，我对铜川的感情非常深，这种对家乡的情怀一直是我创作的源泉，铜川历史人文积淀深厚，人民质朴，这里有许多值得传承和学习的历史和文化。这次活动的主旨就是要弘扬陕西地域文化、深入挖掘铜川区位地域特色和传统文化，为相声作品创作寻找、总结、提供、凝练陕派曲艺素材和艺术灵感，并积极推动将铜川打造成一个全国曲艺艺术基地，着力促成第九届全国曲艺大赛在铜川举办。我陪同赵连甲、康松广、赵福玉、刘俊杰、刘春山等来自全国的曲艺名家一起到铜川陈炉古镇、照金革命老区、药王山等地进行采风学习，这次活动结合铜川地域特色和人文特点，凝聚时代鲜活思想，以创新艺术表现形式为出发点，弘扬时代强音、广接三秦地气，取得了良好的效果。艺术家们的言传身教，近距离教会了我很多很多，使我收获丰厚，他们的德才是我一生学习的榜样和精神财富。艺术是有规律可循的，艺术的表现手法也是可以借鉴学习的，通过与这些老艺术家、老专家的沟通交流，我开了眼界、长了见识、提高了水平。

2016 年 2 月、4 月、7 月、8 月、10 月，我参加了"我们的中国梦——中国文联、中国曲协文艺志愿者服务团送欢乐慰问演出走进西安""欢乐曲艺赤水行""送欢笑到基层走进合肥""送欢笑走进拉萨"等四场惠民演出；6 月参加"向党汇报——纪念中国共产党成立 95 周年优秀曲艺节目展演"、第四届"包公杯"反腐倡廉曲艺作品征集成果展演、第九届中国曲艺牡丹奖颁奖仪式暨"深入生活、扎根人民"成果汇报演出、"第四届全国相声小品优秀节目展演"等重大演出活动；10 月参加了"德艺兼修、担当使命：加强曲艺界行风建设座谈会"并发言、第九届中国曲艺牡丹奖颁奖系列活动——"江苏文艺·名家讲坛"、"苗阜、王声走进南京大学的主题演讲"；2016 年 3 月 12 日与西安千名学生一起植树，呵护绿色家园，4 月 2 日在上海参加"爱星奔跑"第九个世界自闭症日公益跑，5 月 4 日参加团中央活动"向上向善好青年"的评选，被团中央评选为全国"向上向善好青年"；在陕西省曲协大会上，我被选举为陕西省曲艺家协会副主席，参加陕西省"四个一批"人才培训班，被推选为陕西省文艺界重点扶持对象，当选中国文联文艺工作者职业道德委员会首届委员……这些荣誉，让我对自己提出了更高的要求和标准，感觉自己肩上的担子更重了，责任也越来越大。

2017 年我邀请了 985 三期原创文化专项资金支持项目《相声的有限元》《说出你的笑：校园相声学》《逻辑搞笑实录：上海交通大学相声

协会十年原创精华》三部相声专著的作者李宏烨博士和郑钰博士加盟我的创作团队，从相声理论专业角度提升了自己相声创作的专业理论基础水平和专业素质。

2017年4－6月我全程参加了第三届欢乐校园行陕西西安高校相声联盟巡演，参加"牡丹绽放——曲艺英才培育行动"以前，我就把义务进校园活动作为自己义不容辞的一项文化使命和责任，宣传中华优秀传统文化、培育中华优秀传统文化爱好者。把"弘扬"与"传承"作为自己的任务，尽一份自己绵薄的力量。我欣喜地看到陕西师范大学相声社、西安音乐学院明乐曲艺社等校园相声新力量，也更加鼓舞和坚定了我对中华优秀传统文化代代传承、发扬光大的信心。

培育曲艺爱好者、扶植相声新力量，是我作为一名"牡丹绽放——曲艺英才培育行动"一分子的义务和责任，我们通过西安高校相声联盟、欢乐校园行等渠道，凝聚和培养了一批又一批热爱中华传统文化、喜爱曲艺艺术的大学生，也通过他们传递着真善美、传递向上向善的价值观，要拿出一碗水，自己就要有一缸水，这从另一个侧面也倒逼着我需要不断地学习和汲取知识、提高自身修养与素质，再进而反哺于自己的创作与表演。这是一个联动的、不断提高的过程，同时，与新时代大学生们的交流与沟通，也使我学习到了更新的知识，更充实了自己创作与表演的内涵。只有在学习中不断提高自身学养、涵养、修养，加强积累和知识储备，才能真正做到打铁还须自身硬，让自己无负于这个学习的时代。

深入学校，向大学生们学习；深入厂矿，向工人师傅们学习；深入部队，向解放军指战员学习，是一直以来我自己坚持不懈的一项演出工作内容。2017年是建军90周年，我先后到西安卫星测控中心、战略支援部队驻西安某部给解放军指战员演出，和他们深入交流，取得了良好的效果，更让我深切体会和感受到了基层广大官兵的热情。

　　2017 年 4 月、7 月、8 月我先后在西安大明宫国家遗址公园和榆林进行了多场露天惠民演出以及"牡丹绽放——曲艺英才培育行动"成果汇报演出等，让更多的观众能够近距离、无障碍地欣赏到我们的相声艺术作品。让富于时代精神的主旋律相声艺术作品深深地扎根在人民群众之中，服务于人民。2017 年 4 月，我一如既往地参加了关爱自闭症儿童的社会公益活动，给患儿们送去自己点滴的爱心，同全国助残先进代表宋虎杰院长交流学习；参加了拟成立的陕西省新文艺群体（自由文艺工作者）协会的协调会；接受了陕西铜川市王益区委宣传部颁发的"我为家乡代言"的荣誉；2017 年我光荣地成为中国文艺志愿者协会的文艺志愿者；参加了中国曲艺家协会第八次全国代表大会；2017 年上半年我也积极尝试和主持参与了山西卫视推出的美食类文化竞演节目《世界面食大会》、湖北卫视喜剧类选秀节目《我为喜剧狂》第四季；参加了 2017 年央视元宵晚会、北京卫视春晚、陕西卫视丝路春晚、天津卫视春晚、安徽卫视《乐传万家喜福会》；参加《百花迎春: 中国文学艺术界大联欢》；参加江苏卫视春晚、山东卫视春晚和安徽卫视春晚节目；"中国曲协第八次全国代表大会及牡丹绽放曲艺节目汇演""航天创造美好生活——中国文联文艺志愿服务团: 中国航天日专场演出""第四届全国相声小品优秀节目展演""中国文联、中国曲协文艺志愿服务团'送欢乐'走进盐都专场演出""金典相声笑行天下专场演出"；作为特别嘉宾受邀参加了央视《梦想微剧场》《星光大道》《群英会》、CCTV11 戏曲频道《秦腔》《一鸣惊人》、CCTV3《开门大吉》《2017 东西南北贺新春》等晚会与节目的演出。其中，陕西卫视"2017 丝路春晚"中的演出获得了中国电视艺术家协会颁发的"2017 年春节文艺晚会最佳作品奖"。

　　2017 年 3 月，在赴河南红旗渠灌区和陕南商洛地区采风期间，我多次拜会了民间艺术家《屠夫状元》《一文钱》的编剧田井智先生、商洛市博物馆原馆长陈道久先生、商洛文联书记王良先生和民间艺术家田爵勋先生等一批根植于民间的老艺术家，向他们虚心求教、汲取了丰厚的传统民间艺术营养。其中，《屠夫状元》的编剧田井智先生，是我非常敬仰的一位民间艺术家，田井智先生创作的商洛花鼓戏《屠夫状元》是一部让人百看不厌、有深刻教育意义的艺术精品，我在上学的时候，就记得其中有一句唱词"跟着状元当娘子、跟着杀猪的翻肠子"非常的生活化和朴实，艺术是相通的，虽然数十年后，我才能与田井智先生坐在一起谈创作、谈体会、交流创作思路，虽然商洛花鼓戏和曲艺相声属于不同的艺术表演门类，但是，正是由于艺术服务人民的共性能让我们畅所欲言、无话不谈，更让我从与田先生的交流中获益良多。来源于人民、服务于人民、回馈于人民，2016 年、2017 年新近创作的相声作品，绝大多数我都直接参与了创作，作为主创者和表演者，创作和表演的《这不是我的》《文武双全》《文墨人生》《西游朋友圈》《看电影》《观球有语》《西游新说》《球迷轶事》《凭什么》《手机畅想曲》《醉西游》《新齐谐》等一批新作，"勇于创造，用精湛的艺术推动文化创新发展"，通过"2016 年'曲苑流觞'全国巡演"和 2017 青曲社"十年一鉴"全国巡演，受到了全国观众的好评和认可，只有扎根于生活才能创作和表演出能够符合我们伟大时代精神的艺术作品。

从 2015 年 7 月到 2017 年 7 月的两年多时间里，通过"牡丹绽放——曲艺英才培育行动"，我先后参加了全国范围内的惠民演出活动超过 60 多场，这些田间、地头、广场、军营、厂矿、车间、小区、路边的惠民演出活动，拉近了我们与人民群众的距离，检验了我作为一名曲艺工作者的水平和功力，让更广泛的人民群众近距离、无障碍地接触了曲艺、贴近了相声，让我们这些演员脱离开荧屏、剧场、音响的限制，将自身艺术创作和表演展现于大众面前，进一步加深了我们与人民群众的感情交流，相声作为一门语言类曲艺表演艺术，依然简单地走说、学、逗、唱的方式，已经不能满足当代人民群众对相声的欣赏要求，抖包袱、现挂需要更贴近于人民生活和新时代的环境特色，包袱响不响、现挂绝不绝，对我们相声演员无论从基本功要求上，还是跟进时代、表演创新上都提出了更高的要求，惠民演出现场表演在很大程度上，让相声演员对现场的把控、表演的亲和度、表现力的掌握、捧哏逗哏合作的契合度等综合素质都提出了更高的要求。现在，无论是长袍大褂的剧场演出、还是便服随性的惠民演出，我基本都能够掌控自如，以亲和力强、表演传神、幽默得体的演出状态，完成好自己的相声作品。通过惠民演出的不断磨合、实践，我在这方面的业务能力和水平，得到了显著的提高，这一切无不得益于"牡丹绽放——曲艺英才培育行动"的系统学习、专业打造和演出实践。我用不断的惠民演出实践，以实际行动和真诚付出努力践行习近平总书记提出的"广大文艺工作者要牢记使命、牢记职责、不忘初心、继续前进，同党和人民一道，努力筑就中华民族伟大复兴时代的文艺高峰""坚持服务人民、用积极的文艺歌颂人民""坚守艺术理想，用高尚的文艺引领社会风尚"，用中国特色、中国风格、中国气派、中国旋律、中国形象讲好中国故事。2017 年 5 月上旬，文化部《"十三五"时期繁荣群众文艺发展规划》的颁布，更让我坚定了坚持走惠民演出、服务群众的决心和信心。

　　努力创作，认真表演，用最新、最好的曲艺艺术作品来回馈观众、回报社会是新时期基层曲艺工作者向党和人民汇报的最好表达。相声艺术接地气是一个非常重要的核心因素，同时，相声本身针砭时弊、反映现实更是它语言类艺术表演的精华所在，作品立意的高低、境界的高低、表演手段的好坏、包袱设置、铺垫的过程、现场的表现、搭档的配合，都是一个成功相声作品必备的要素，向社会学、向群众学、向专家学、向前辈学都是我们必不可少的途径和渠道。"牡丹绽放——曲艺英才培育行动"给了我们一个非常好的学习平台，强化思想、端正认识，理论学习与社会实践相结合，给予必要的支持和扶助，培养曲艺创作和表演中坚力量，起到良好的传帮带作用，承前启后，是"牡丹绽放——曲艺英才培育行动"的核心。我们这些亲历"牡丹绽放——曲艺英才培育行动"的青年曲艺工作者、创作者，都来自基层，应该说不是温室里的花朵，我们都是经历过基层锻炼的曲艺创作者、表演者，我们在实际创作表演过程中或缺的往往就是对方向的迷失、对定位的把握、对表演的过于市场化、对创作的闭门造车，缺乏生活、脱离生活甚至背离生活。"牡丹绽放——曲艺英才培育行动"则针对这些具有共性的问题开刀，纠正我们的错误和不足、培养我们正确的思想方向和思想方法，端正认识，用正确的文艺理论和新时期党的文艺方针政策武装我们的头脑，坚定我们的信念和信仰，用正确的文化观、历史观、民族观、国家观来增强我们做中国人的骨气和底气，树立强烈的民族自信心与自豪感，坚定我们的文化自信，使我们在今后的创作和表演实践中高扬社会主义核心价值观的旗帜，把社会主义核心价值观生动活泼、活灵活现地体现在文艺创作和表演实践中，通过作品和表演，告诉观众应该肯定、赞扬什么，应该反对、否定什么，弘扬真善美、鞭挞假恶丑，用高尚的文艺引领社会风尚。

心有多大，舞台就有多大。近年来的学习、培训、交流、观摩，老艺术家们的言传身教、同行前辈的切磋指导，给了我莫大的知识滋养和精神鼓励，学会了做人、做事、从艺的真谛。真心感谢这些专家同行、前辈、领导对我们这些来自基层曲艺表演一线曲艺工作者的关爱与扶植，是前辈们这种不吝赐教、甘当人梯的忘我情怀和真情付出，带给了我们一片新的艺术天地和境界。

三、转变身份，牢记责任

2016 年作为陕西文艺界的代表之一，我荣幸地参加中国文学艺术界联合会第十次全国代表大会，亲耳聆听了习近平总书记的重要讲话，鼓舞了干劲、振奋了精神。在会上习近平总书记代表党中央、国务院所做的重要报告言犹在耳、无时无刻不激励着我——一个文艺新兵，我耳边不时想起的就是习总书记铿锵有力的话语、掷地有声的期许。

"文运同国运相牵、文脉同国脉相连"，习总书记语重心长的话语，给我们这些文艺工作者指出了方向。习总书记说：

"广大文艺工作者要坚持以人民为中心的创作导向；坚持为人民服务、为社会主义服务；坚持百花齐放、百家争鸣；坚持创造性转化、创新型发展；高擎民族精神火炬，吹响时代前进号角，把文艺理想融入党和人民事业之中，做到胸中有大义、心里有人民、肩头有责任、笔下有乾坤，推出更多反映时代呼声、展现人民奋斗、振奋民族精神、陶冶高尚情操的优秀作品，为我们的人民昭示更加美好的前景，为我们的民族描绘更加光明的未来。"

这是对我们的鞭策，更是对我们的期许和希望，作为文艺界一分子，我能感受到肩上的责任更重了，但是，心里却更加透亮了，干劲更足了！

"撸起袖子加油干"！这是我们能为党和人民做出的唯一回报！是时代赋予我们这一代青年曲艺工作者们义不容辞的光荣使命，心中有方向、干活有力量，党和领袖的话就是给我们指出了发展和工作的目标。榜样的力量是无穷的，如同雷锋所说的："一朵花打扮不出春天，只有百花齐放才能春色满园。""牡丹绽放——曲艺英才培育行动"培育了我们这些种子，目的就是让我们起到模范带头作用，做新时期曲艺艺术的先行者，引导整个曲艺艺术界跟上时代发展的脉络，做紧跟时代发展、艺术创新的践行者和排头兵。

北宋著名理学家周敦颐说："文以载道。"作为一个文艺工作者，经过"牡丹绽放——曲艺英才培育行动"的洗礼，我更深刻地认识到，不但要尽自己最大努力把艺术水平提升，而且要将艺术中所蕴含的中华优秀传统文化的精髓思想和道德品质传播给社会，为的是让这个社会更加和谐。艺术来源于社会，来源于人民群众的生活，并最终服务和反映时代的精神和群众的生活。从群众中来，到群众中去，为广大人民群众服务。

四、"牡丹绽放——曲艺英才培育行动"
承前启后、硕果累累

"宝剑锋从磨砺出、梅花香自苦寒来。"回顾这两年来的创作与演出实践，我深深体会到"牡丹绽放——曲艺英才培育行动"承前启后、扎根基层所结出的累累硕果。

从创新角度说，从 2015 年相声剧《八里巴黎》，到 2016 年穿越舞台剧《永庆升平》，再到 2017 年系列舞台相声剧《杯酒人生》，我一直将表演艺术的创新与开拓作为自己的一项使命，从整体的反映来看，这条路我走对了！从演出的效果来看，这条路越来越清晰！从求突破、求创新的角度，这条路越来越明朗！在 2017 年，由我和相声演员王声创意，国家一级编剧、总政话剧团团长王宏编剧的新锐舞台相声剧《杯酒人生》系列剧被陕西省委宣传部、西安市委宣传部评定为"陕西省文化精品项目"，从表演相声提升到相声舞台剧的综合表演，这对我而言也是一项创新。近年，我创作演出的相声段子、创新的相声剧，牢记和秉承社会主义核心价值观中最深层、最根本、最永恒的是爱国主义，引导广大观众树立和坚持正确的历史观、民族观、国家观、文化观，是我们曲艺作品的主旨和核心。春风化雨、润物无声，相声艺术的语言魅力，通过一个个作品既反映着我们身边的点滴生活、更体现着一个献身于曲艺的普通曲艺工作者的理想与情怀。这一切的一切，无不体现着"牡丹绽放——曲艺英才培育行动"的心血与汗水。

任何一种艺术表现形式，都需要不断地与时俱进，适应时代的发展和要求，以满足人民群众不断提高的艺术欣赏水平。曲艺艺术中，相声的历史严格说并不是很长，其发展历史几经起落，在我们的先辈手中逐渐完成了蜕变和升华，由一种街头说唱形式提高成为进得了大学、登得上讲堂的语言表演艺术，最核心的原因在于，相声艺术深深扎根于传统，汲取了中华民族优秀的文化；从另一方面则是深入地贴近民生、反映现实，以讽刺辛辣、针砭时弊为广大人民群众所喜闻乐见，得到了群众的认可。前辈相声表演艺术家中侯宝林先生、马三立先生称得上是个中翘楚，成了一代宗师。相声的地域文化色彩浓郁，京派、津派不一而足。在新时代中，相声的地域色彩逐渐淡化，但风格则呈现多样化的格局。相声的表现形式，也出现了创新和变化，男女相声、群口相声，变化丰富，但是以相声系列舞台剧形式出现，则是近些年来相声结合小品、话剧等多种舞台表现形式于一体的有益尝试，通过《八里巴黎》《永庆升平》《杯酒人生》等单幕、多幕相声舞台剧的演出实践，我们认为相声舞台剧能够被广大群众认可、接受，是有一定发展空间和潜力的新的艺术表现形式。同时，这种舞台艺术表现形式由于对相声演员提出了更高的综合素质要求，也能够极好地锻炼和提高相声演员的表演水平和功力。因而，今后我们将一如既往地在相声舞台剧的创作和表演上下功夫，力求不断创作出更好的相声剧作品，奉献给广大观众。

2017 年上半年，我也经历了我人生过程中的很多波折，特别是让我感到切肤之痛的是我的授业恩师王培通以及曲艺界几位德高望重的前辈的先后离去。一次次送别这些前辈老师，我一次次痛彻心扉，他们的音容宛在，但是从此却天人永隔，再无缘他们聆听教诲、再无法解惑答疑……曲艺艺术在急需要重振勃发的时候，前辈的离去，留给我们的是无尽的遗憾和痛惜，这也让我体会到"只争朝夕"的可贵。"牡丹绽放——曲艺英才培育行动"的初衷也饱含着曲艺艺术人才传承发展的苦心与期望。我们身上肩负着曲艺艺术发展与传承的重任，我们身上的责任更重了！我们身上不仅有传承中华优秀传统文化、中兴曲艺的职责，更重要的是发现、培养曲艺人才，带动和教育好相声幼苗也成为我义不容辞的社会责任。我也欣喜地看到，经过多年培养，我的徒弟大宝、小宝在 2017 年 8 月获得了"我为喜剧狂""全国五强相声组第一名"和 2017 年北京少儿曲艺大赛一等奖，以他们的成长，告慰前辈老师们在天之灵。无论再苦、再难，我都要把相声这门中华瑰宝传递、传承下去，让这门艺术发扬光大！这是我的职责、这是我的义务、这是我对前辈立下的誓言！

　　时代进步、社会发展，的确，有很多传统的艺术出现了后继乏人、青黄不接的状况。这是现实，我们无法否定，但是作为中华民族优秀文化的有效组成部分，中国曲艺、中国相声这一民族瑰宝，需要我们精心地呵护、认真地传承，这一艺术表现形式有群众基础、有市场发展空间、有生存与发扬的土壤，这是我们这一辈基层曲艺工作者无法推卸的职责和任务。培养观众、扶植幼苗、传承艺术使之发扬光大是我们不可懈怠的工作重心，加入"牡丹绽放——曲艺英才培育行动"这两年，我也一直将发现、挖掘、培养新的曲艺人才作为自己一项工作。近年来通过义务进校园活动、通过高校相声联盟及巡演的渠道，我先后应邀在北京大学、西北大学、南京大学、陕西师范大学、西京大学、西安音乐学院等国内大专院校义务宣讲中华优秀传统文化以及相声艺术,我欣喜地看到,在大专院校中青年之中,中华优秀传统文化和曲艺相声艺术有那么多80后、90后、00后的爱好者、追求者、拥趸者,中华民族优秀传统文化幸甚!中华曲艺文化幸甚!相声艺术幸甚!在党的群众文艺路线支持下,特别是我参加"牡丹绽放——曲艺英才培育行动"这两年来,我们的相声表演者群体、相声爱好者群体、中华优秀传统文化支持者群体,有了长足的发展,这又为发现、发掘、培养年轻的曲艺艺术人才奠定了基础和条件。时不我待,这预示着我们中华优秀传统文化、曲艺艺术承前启后大振兴、大发展、大跨越时代的来临;更预示着中华民族伟大复兴、"两个一百年"奋斗目标和"中国梦"的实现!

五、继承传统、传承文化、勇于突破、敢于创新

继承传统、传承文化,一直以来,我提出了"文化传承、科技分享"的理念,我也致力于陕派相声文化的继承与推广,建立一个曲艺艺术融媒体内容生产和运营服务平台,使之成为最具陕派地域文化特色和影响力的文化品牌。

以传统为根基,以传承为切入点,勇于突破、敢于创新是我在新时代对自己提出的要求和目标,在新科技、互联网等技术飞速发展的今天,以全新的科技传媒手段,发扬中华传统优秀文化、曲艺相声艺术已经成为可能,这也是响应和贯彻国家提出的"互联网+"、宣传贯彻"一带一路"文化先行的国策。可喜的是,通过数年坚持和不懈努力,2016年在常年坚持小剧场演出的基础上,我推出的全国26场巡回演出,反响强烈,取得了预期的良好效果。同时,与国内最大的数字网络电视(IPTV)运营商"BESTV"合作推出的"曲苑"频道专区上线,获得了IPTV、数

字电视、OTT 及手机 APP 等新媒体平台的播出授权，截至目前，拥有全国 2000 万目标用户和 1 亿家庭用户资源；我们与新媒体音频平台——喜马拉雅 FM 的深度战略合作也全面铺开，相关曲艺节目已经上线，重点服务 3 亿手机音频目标用户。

勇于突破、敢于创新，音频 + 视频、媒体 + 社群，是我下一步发展的重点。新媒体时代受众群体的年轻化，是无法避免的趋势，受众的年轻化直接表现在活跃度高、互动性强的特点上，年轻群体主动消费意识强、忠实于品牌化市场，这是一个非常适宜培养和传播中华民族优秀传统文化、曲艺表演艺术的群体。正是由于我察觉和认识到了新时代、新科技、智能手机普及、网络全面覆盖、内容碎片化情况下观众、听众、受众的变化，我们适时地从互联网新媒体渠道入手，用科技分享来达到和超越以往以来广播、电视媒体传播所无法达到的传播空间，为中华优秀传统文化的继承、发扬，曲艺表演艺术的传承、发展寻求一个全新的领域。

新媒体时代，内容为王，我将内容生产作为重中之重。我的内容制作团队已将我"青曲社"以及国内 20 多个主要城市曲艺社团的曲艺类节目分期分批录制完成，极大地充实和丰富了节目库，已完成的视频节目时长超过 3000 小时、音频节目时长超过 4000 小时，为多媒体线上编播推广奠定了坚实的基础。2017 年内计划推出的《杯酒人生》多幕舞台相声剧、儿童剧《牙齿大作战》《青曲茶馆》等多部新锐实验类相声剧、代入式相声情景体验剧等剧目，正在紧张地按步骤实施推进。2017 年 5 月我又与上海 SMG 集团达成签署了战略合作协议，力图通过自己的不懈努力，使相声这一中华优秀传统文化与时代相结合，通过最好的现代化传播途径和新媒体网络技术使之传播到五湖四海、世界各地。

小剧场演出、大剧场巡回演出、网络多媒体传播、音频视频传播、社群传播、惠民演出、重大演出相结合，用组合拳、全覆盖的方法，拓展曲艺文化的生存空间、发展空间，用培育受众、扶植爱好者、扩大中青年对曲艺艺术的兴趣为出发点，从大专院校入手，联合国内曲艺同行，共同借网络新媒体的"船"出海，谋求多方共赢、形成合力的态势，目前已经初步成型，正在向纵深发展。截至目前，我们的媒体平台单日累计播放次数已经超过 5000 万次，喜马拉雅 FM 音频激活用户已经突破 5000 万次，手机用户规模已突破三亿，线下剧场演出覆盖了全国 25 个省区，年现场观众突破 20 万人次。虽然，由于前期我们在新媒体网络平台投放的是大量免费曲艺作品，没有形成实际的经济效益，但是，正是由于我们前期的铺垫和投入，在全国的年轻观众、听众中奠定了良好的口碑和美誉度，为我们下一步精耕细作奠定了良好的环境基础和市场基础。

资源通融、内容兼容、宣传互融、利益共融，是我整体定位"融媒体资源生产运营"的核心，通过对曲艺相声艺术、陕派地域文化深度地发掘、整理、包装做到以新的理念、新的途径、新的内涵、新的水准来传承与发扬中华民族优良的民族传统与优秀文化，做实我倡导的"文化传承，科技分享"的理念。

正是由于"牡丹绽放——曲艺英才培育行动"，使我更深层次地体会到了优秀传统曲艺艺术在当代大环境下所处的瓶颈与困局，穷则思变、变则通，只有更加坚定走求创新、谋突破、图发展的思路，用题材创新、内容创新、表演形式创新、传播途径创新来寻找曲艺相声艺术在新时代下涅槃重生的切入点和突破口。这也契合了习近平总书记提出的"改革创新是时代大潮、时代主旋律"的精神。继承传统是前提、创新发展是核心，这也是我们祖国改革开放三十年来摸索出的有效改革方法。正确的思想，指导正确的行动，只有这样我们才能在发展的道路上越走越顺！

应该承认，最初对于创新的认识，远没有参与"牡丹绽放——曲艺人才培育行动"之后这么迫切与深入，从懵懂到明晰、从无意识到有意识，我也经历了一个不断认识、再认识、不断提高、再提高的过程，现在看来，我选择探索的这条道路是正确的。这不仅是中华优秀传统文化与互联网新技术、新媒体在新时代下的完美结合，更是如何继承、传承、弘扬、发展中华优秀传统文化在新时代发展历程中的有益探索。文化传承、科技分享，不是简单地做加法，把内容与渠道的堆砌、罗列和整合，在很大程度上，是对曲艺艺术作品的一次再加工、再表演和再组合。从内容选择到包装选录，从对观众欣赏习惯的分析到成品的推出、调整和分割，需要多岗位、多部门的协同配合，从大量的音频、视频素材中，筛选、遴选出最好状态的作品。以最佳的视频、音频效果奉献给互联网新媒体用户，这是一项前人没有走过的道路，是一项没有参照物的行军，我们也是在不断地摸索和总结。相比而言，技术的问题是可以人为解决和克服的，曲艺艺术作品本身的优劣则决定这条路我们能走多远、能走多久。通过"牡丹绽放——曲艺英才培育行动"，坚定了我们在这一条全新道路上走下去的勇气和决心，因为我们知道，在党的文艺政策思想的正确指引下，我们将不断创新出超越前人、超越自己、代表时代发展精神的好作品奉献给我们的观众。

全面覆盖不是目的、全网络传播也不是中心，对于我，一个党的基层曲艺工作者来说，在不断挖掘、整理传统优秀文化的同时，整合社会各方资源，为中华优秀传统文化和曲艺艺术传承、发展做出自己的贡献，使我们的优秀传统文化和曲艺艺术发扬光大，才是我发自内心的初衷和目的。上述的很多工作、很多成绩的取得，首先得益于党的英明领导和文艺路线方针政策、各级政府组织和领导的大力支持扶助；其次得益于社会上很多喜爱中华传统优秀文化、曲艺艺术的有识之士的关爱帮助；

我个人只是起到了一个穿针引线的辅助作用。

"子在川上曰：逝者如斯夫！不舍昼夜。"

时间过得真快，转眼间，2017 年已经进入下半年，这些年来，汗水和泪水、困难和挫折、坚持和拼搏、荣誉和责任、成功与教训无时不萦绕心间。

孔子说："君子有所为，有所不为。"作为一个普通人，特别是作为民间演出团体的负责人、一名曲艺演员，在日常也常常面临取舍，君子这个称谓，我实在是不敢承当，但是作为一个人，做任何事，我还是坚持有所为、有所不为的做人底线。民间团体生存压力大、上上下下几十口人要生存，我是主事的人，是屈从于生存压力，还是秉承着职责良心，我也时常面临着抉择和取舍。义和利，往往就是这样简单地摆在你的面前，何去何从？我应该感谢我的坚持，我应该感谢父母所传递给我的善良与忠诚，感谢党多年的教育与培养。这么多年来，我能够时刻牢记自己是一名普通的中国共产党党员！不为五斗米折腰、不为利字低头，有所为，有所不为！2016 年前后，我们曾用了半年多时间联系和洽谈了一家民企的年庆系列演出，初步谈好的费用接近 60 万元，就在即将签约前夕，我接到通知曲协将安排我们中国文艺志愿者协会的文艺志愿者们连续参加两场惠民演出，时间恰与对方确定的商演时间冲突，而对方又点名非苗阜王声到场不可，孰轻孰重、义利两边，我能感受到招商同志迫切的眼神、我能感受到全团演职人员都在想着什么，说实话，在那一刻，我和王声只是眼神间一闪的交流，这种默契与信任就在这转瞬间完成了取舍——如果对方不同意调整商演时间，就推掉商演，青曲首先要保证曲协惠民演出的如期进行！就这一句，那 60 万元演出费用就烟消云散了。感谢青曲演职人员对我无私的信任，感谢大家对我这一决定的理解，这样的事情，在我参加"牡丹绽放——曲艺英才培育行动"

前后曾发生过多次，我感谢大家对我每一次这样决定的支持！

我常说的一句话是："一个人可以走得更快，一群人可以走得更远。"我不能让自己和青曲的同人们放弃一个追梦者的理想和初衷，我希望大家一起和我走得更远、更稳健、更踏实，做一个有理想、有梦想、有信念的党的基层曲艺工作者，而不是走江湖、混生活的江湖艺人，单纯为了生存而生存。不能单纯用经济利益来衡量一切，当金钱和责任二者相比较的时候，我们宁愿放弃金钱，因为，我们是一支党领导下的民间基层曲艺演出团体，我们清楚地知道，哪些事是我们应该做的，哪些事我们必须要取舍。我更经常告诉自己：我从西铁基层走来，走得再远也不能忘了出发时的点点滴滴，舞台是属于热爱她的人的，更是属于不忘记她故事的人！

这是我的初心、也是我的理想，因喜欢而热爱，因热爱而执着，因执着而努力，因努力而不懈追求，这是我一路走来的心路历程。

我和我的搭档，我和我的团队，我和一直支持我、爱护我、培养我的领导、前辈、恩师、同志们、朋友们都是热爱中华优秀传统文化，热爱曲艺艺术的志同道合者，我们共同经历和见证了我们伟大祖国翻天覆地的改革开放，我为自己能成为这个伟大时代的亲历者和建设者感到无比的自豪。亲身参与"牡丹绽放——曲艺英才培育行动"，参加全国文代会，亲耳聆听习近平总书记的讲话，这一切都鼓舞和激励着我在今后的艺术创作表演中不忘初心、全力以赴，用党的文艺思想来武装和指导自己的艺术创作和表演实践。

作为一名普通的曲艺演员，我深深感受到党和国家、社会和公众对于我近年来工作和付出的关爱和认可，我要感谢这个时代所给予我的机会和空间。我的成长是一步步在党的英明指导下不忘初心、砥砺精进、是广大观众支持、理解、包容、关爱下成长起来的！

　　青云直上、曲故情长、文化传承、科技分享，是我在新时期的主要工作任务和发展方向，"牡丹绽放——曲艺英才培育行动"给了我无尽的助力和支持，让我取得了点滴的成绩，党和人民给了我更高的要求，我清醒地认识到，自己很多缺点与不足，自己肩上的责任和担子更重了。我会更加努力、一如既往地坚持一个文艺工作者的初心，深入生活、深入群众、服务群众，不断思考、创新、凝练、打造优质的作品，牢记使命、牢记职责、继续前进，同党和人民一道，争取较大的进步，在工作中为文化艺术事业贡献自己绵薄的力量。

　　不积跬步无以至千里，不纳细流无以成江海，聚沙成塔，集腋成裘，千里之行，始于足下。多年来，就是靠着内心中的执着信念和坚持，在各级领导和同人们的关心帮助下，我走到了今天。党的阳光雨露给予我滋润和灌溉，人民群众的深深土壤给予我营养和扶持，我就是祖国曲艺艺术百花园中的一棵小苗，在自己热爱的曲艺艺术天地里受到前辈的呵护、同行的帮助、大家的理解，做一点自己力所能及的工作，也受到了党和组织的莫大信任与栽培。"牡丹绽放——曲艺英才培育行动"给了我奋勇前进的莫大信心和动力；"牡丹绽放——曲艺英才培育行动"教会我的，一方面是思想和认识的端正与提高，另一方面，教会我的是虚心尚学、刻苦钻研，认真积累、厚积薄发。我愿意以一己之力团结广大同行，做出表率，做一名曲艺艺术军中的马前卒，大家一起为中华民族的伟大复兴、两个一百年目标的顺利实现贡献力量。

　　第一期"牡丹绽放——曲艺英才培育行动"即将完美收官，更广阔的空间正等待我们扬帆远航，我会不断加强自己的政治学习、业务理论学习，用正确的思想和认识武装自己的头脑，不断提高自己的思想觉悟和认识，用科学发展观来充实自己，坚持为人民群众服务、为基层服务的初衷，戒骄戒躁、谦虚谨慎地学习和工作，做一名让党放心、人民群众满意的曲艺工作者，用自己的实际行动和工作成绩迎接党的十九大顺利召开，用更多、更好的曲艺艺术作品向党的十九大献礼！

2017 年 8 月

相声

史记趣谈

作者：苗阜、王声
表演：苗阜、王声

甲：最近我又拜了一位历史文学大家为偶像。

乙：偶像有拜的么？

甲：那怎么说？

乙：又崇拜了一位偶像。

甲：对，崇拜了一位历史学家。

乙：今年主要读读历史方面的书。

甲：我先不说是谁啊！

乙：这还卖个关子。

甲：这位大家有一句名言流传后世，我一说出来，大伙就知道了！

乙：哦，您说说，让我们大伙看看能不能猜出来。

甲：珍惜生命，请勿玩水。

乙：这大家学问惨点啊，这不大白话么。

甲：你知道是谁说的么？

乙：这，别说我还真猜出来了。

甲：这是？

乙：西湖边的标语。

甲：胡说八道，没听过就说没听过！

乙：敢问这位大家是？

甲：司马光，好家伙，了不起的人物，多伟大，多富有智慧，多坚强。

乙：嗨，砸缸的司马光？

甲：对吧，对不对？

乙：哎呀，那么大的司马光竟说这路话？您别糟践人了！

甲：不光这一句，还有很多名言。

乙：您再说一个。

甲：人固有一死，或重于孤山，或⋯⋯

乙：什么山？

甲：孤山。

乙：还喜马拉雅山呢！

甲：哦，喜马拉雅山！

乙：说什么你有什么啊？那是泰山，人固有一死，或重于泰山。

甲：就你知道？就你知道？这不是到了杭州了么。

乙：杭州就说孤山啊？

甲：到了山东就说泰山，到了陕西说华山，接地气么！

乙：那也不能篡改人的话呀，等会，这是司马光写的？

甲：对啊。

乙：他没问问司马迁乐意不乐意？

甲：司马迁？

乙：啊——

甲：这名字听着耳熟。

乙：这是原作者，这句话出自司马迁的报任少卿书。

甲：明白了，这句话是司马迁有感而发！

乙：对啊。

甲：只皆因任少卿的叔叔是个大胖子！

乙：啊？

甲：因为太胖，也不减肥，最后血压血脂心脏病摧垮了他的身体，临终之际，司马迁抱住他慨叹道：人固有一死，或重于，什么山？

乙：泰山。

甲：或轻于小苗啊！

乙：小苗？

甲：就是我呀，我这个身体就很健康！你看你现在是不是胖了，要注意减肥！

乙：我跟你聊这个了么？

甲：健康话题么，养生。

乙：报任少卿书就是抱着任少卿的叔叔啊？还还还减肥，什么乱七八糟的！

甲：你说的抱什么什么嘛！

乙：这是司马迁写的一篇文章，给自己的好友任少卿陈说自己的志向。

甲：就你知道？就你知道？人固有一死或重于泰山或轻于鸿毛，这我小学就知道！

乙：那您瞎扯什么？

甲：这不是借这个机会提醒你注意体重，不要胖下去了！

乙：我就是再胖我也知道这话是司马迁说的不是司马光说的！

甲：一笔写不出俩司马，谁说不是说啊！

乙：您到真和气！

甲：这下我就记住了，司马迁。这是我的偶像啊！

乙：刚听说就成偶像了？

甲：谁说的？我熟悉着呢。司马迁，好家伙，大文学家，不过人家命不好，年纪轻轻就因为乱说话，喜欢指出别人的错误，纠正别人！最后怎么样？惨遭宫刑！

乙：你说这个你老瞅我干嘛啊？

甲：这不是给你介绍呢么。

乙：别给我介绍，我知道的比你清楚。这就是司马迁文人气节的表现！

甲：对，汉武帝不光对司马迁施以宫刑，还把他关起来了，一关就是几十年。

乙：司马厄，史记出。

甲：《史记》，好书，中国第一部纪传体通史。

乙：哟，真知道！

甲：记载着从物种起源到将来——

乙：不，不，不，刚夸完你又露怯了，没有那么长。

甲：短点？

乙：短点。

甲：记载在盘古开天辟地——

乙：你怎么又跑到神话故事里面去了？

甲：要不从蓝田猿人开始？

乙：还带商量的！《史记》第一篇，"五帝本纪"。记载的第一个人物，是黄帝。

甲：黄帝，复姓轩辕。在我们的家乡铜川再往北有个地方叫桥山被两条龙接走了，老百姓舍不得他又拉又拽拽下两只鞋来，最后把这两只鞋埋了，当作他本人来祭祀，就是现在的黄帝陵！

乙：您本职工作是个导游吧！

甲：这段史记里没写？

乙：这是传说故事，不是史实啊，不能入《史记》。

甲：这你就不懂了，《史记》有个特色就是文学性和历史真实性相结合！

乙：嘿，说你不懂吧，你还总有点拿得出手的！

甲：对不对。

乙：对，史家之绝唱，无韵之离骚么。

甲：哎，你知道鲁迅先生为什么叫它史家之绝唱么？

乙：就是，一唱而绝的意思呗。

甲：一唱而绝？后面那《汉书》《后汉书》都不算历史书？

乙：那依着您，这是什么意思？

甲：《史记》里，有三首绝唱！

乙：哦？愿闻其详。

甲：这头一首，是屈原唱的。

乙：屈原贾生列传。

甲：对，屈原。文学家，从小品学兼优，记性好，博闻强识，最强大脑总冠军，品德好，还经常扶老奶奶过马路，长大之后成了楚国大官。

乙：这都是《史记》里写的？

甲：我按原文那么翻译的！

乙：乱不乱啊！

甲：这个人呢！生不逢时，在楚国因为能力出众，被人红眼了，遭受挤，排那叫一个闷，一时想不开，投了松花江。

乙：楚国的屈原为了自杀专门跑一趟东北？

甲：人生最后的旅行吗！

乙：别挨骂了，投的是汨罗江！

甲：就依你。

乙：别，书上就这么写的！

甲：投水之前，饮酒高歌他的名篇《离骚》！

乙：哎！

甲：想听听么？

乙：哟？《离骚》？您行？

甲：不行我敢提么？

乙：您要背诵《离骚》？

甲：背诵干嘛，我唱！

乙：吟唱？

甲：对！

乙：来吧，洗耳恭听！

甲：其实不想走，其实我想留，留下来陪你……

乙：你等会吧！屈原自杀那会，周华健就已经成名了？

甲：我喜欢他的歌！

乙：你喜欢也不成啊！《离骚》是这词么？那是帝高阳之苗裔兮！

甲：朕皇考曰伯庸。

乙：你知道啊！

甲：废话，不知道赶在这儿聊么！

乙：那你唱那个。

甲：一点都不懂，屈原的诗，在那会就跟流行歌一样，大家都会吟唱，现在只有词，没有调了，我唱这个的意思就是屈原那会就跟周华健一样火！表达的意思也是一样的！

乙：您这脑洞忒大了。

甲：我真会吟唱《离骚》，我还这儿说相声？我早非物质文化遗产了！

乙：想得还挺美！

甲：接着说这二一首。

乙：二一首是？

甲：二一首的演唱者叫开可。

乙：怎么《史记》里还有外国人？

甲：这里哪有外国人？

乙：这开可是？

甲：开可，古代一位很有名的刺客，跟那个击筑的高渐离很好的那位。

乙：你是不是想说荆轲？

甲：啊！是荆轲，好家伙，勇士！

乙：哎呀，认字不认字，先认半拉字啊？

甲：当年接受燕太子丹之托，派去刺杀雍正……

乙：谁？

甲：雍正啊！

乙：别去，雍正跟前有血滴子，荆轲不是对手。

甲：是嘛？

乙：想要成功，让荆轲去找吕四娘。

甲：这人在史记拿一篇记载？

乙：史记的没有，这得去雍正剑侠图！

甲：哦，好。

乙：好什么啊好！您乱不乱啊！

甲：这不是你说去找吕四娘？

乙：废话，啥雍正不得吕四娘么？

甲：哎呀，可能说岔了，我说的荆轲，去杀亲王雍正！

乙：秦王是嬴政！

甲：我刚才带了点口音。

乙：好么。

甲：好家伙，胆儿肥啊！竟敢刺杀秦王，一个刺客，不过这个时候还跟一般的刺客不一样。乙：有什么不一样？

甲：我问你啊！大部分人眼里这个刺客都是长哪样了？

乙：人模人样的。

甲：你这不废话吗？其实啊！你说的刺客大部分人都想到？带着黑面纱，穿着一身黑，再提个黑靴子，身上带着匕首与刀具，浑身上下黑不溜秋，乌漆麻黑跟乌鸦似的，他们飞檐走壁，上蹿下跳，抓耳挠腮的。

乙：您说这不是刺客。

甲：这是？

乙：猴！

甲：反正这位荆轲却不走寻常路，大摇大摆的穿着礼服上朝去刺杀人家，俗话说，好剑得有个好剑鞘，荆轲的剑的剑鞘竟然是一张纸，不是我说，这也真够穷酸的。

乙：那叫图穷匕见。

甲：因为这个，后来香港很多人私下里都拜荆轲。

乙：香港？

甲：在家里给荆轲上完香，拿报纸卷把砍刀上街打架去了。

乙：您这都那儿听说的啊？

甲：看古惑仔么！

乙：这什么知识储备啊！

甲：最后结果大家都知道荆轲刺秦失败。

乙：对！

甲：临死前那个自责啊！辜负了太子的委托，死前大喊，俺老荆对

　　　不住你啊！说完之后，唱出了那首流传千古的名歌,风萧萧兮……

乙：您先等会吧，这是燕太子丹在易水旁送别荆轲时，荆轲唱的。
　　不是临死前唱的！

甲：不是在他死的时候唱的吗？

乙：当然不是！

甲：没事，反正唱了都是要死了,啥时候唱都一样，当时就唱起来了。

乙：你倒替他做主了。

甲：当时高渐离在一旁击筑，合着易水滚滚，歌声苍凉啊。看这意
　　思你是不想听？

乙：你又要唱？

甲：这我真会啊！

乙：我就问一句，这里还有流行歌没有？

甲：绝对没有！

乙：原词？

甲：原词！

乙：请！

甲：（机器猫）风萧萧兮易水寒，壮士一去兮不复还……

乙：流行歌没了，改动画片了！我说怎么杀雍正去了？哆啦 A 梦有
　　时光机啊！

甲：这是原词不是！

乙：没有你这么蒙事的！

甲：调早就失传了，我要会，我就非物质文化遗产了！

乙：早晚给你展览起来。

甲：我这是说像他，我们来讲最后一位，刘邦！

乙：刘邦？他也有绝唱？

甲：以前是泗水亭亭长，他妈刘媪生他的时候，他爸看到上面有条龙盘旋在刘媪身上，撕拉一下一道光闪过，就生下了刘邦，刘邦刚出生的时候特别漂亮！

乙：等一下，什么叫撕拉一下？

甲：就是很快的意思刘邦的长相啊！什么丹凤眼？卧蚕眉，面如重枣……

乙：是不是在给刘邦配一把青龙偃月刀啊！

甲：配什么偃月刀？

乙：你说的分明是关羽啊！

甲：是关羽吗？稍微有点儿记岔劈了，让我想一下，隆准而龙颜有没有？

乙：总算是记对了！

甲：美须髯。

乙：对对！

甲：左边屁股上还有 72 个黑痣。

乙：不，股在文言文中翻译成大腿。

甲：哦，左边大腿上有 72 个痣啊！

乙：对！

甲：因为这个刘邦对后宫妃子有严格要求。

乙：什么要求？

甲：密集恐惧症不要。

乙：嗨！

甲：想当初啊，汉高祖刘邦与项羽楚汉相争四年了，刘邦 10 万人，项羽 40 万人，真比例上看，刘邦是输定了，但是刘邦这个人呢礼贤下士，在自己周围聚集了一大帮谋臣武将，最终带领他们打败了项羽，建立了汉朝。

乙：哎。

甲：后来高祖父衣锦还乡，回到了沛县，家乡的人呢？听说刘邦回来了，家家户户全部出来了，十室九空啊！

乙：这个词用得好！

甲：等了好久啊，刘邦终于回来了，第一天先到这家蹭顿饭，第二天在那家混吃！

乙：大汉天子还得这样？

甲：忆苦思甜，回忆一下当年在沛县的苦日子！

乙：真有的说！

甲：在沛县呆了数十日，终于要回去了，临走前说啊，感谢大家对我的热情，但世界太大了，我想出去看看就在这里与大家分别了，在走之前，为了表示对沛县的怀念，唱出那首流传千古的大风歌……

乙：您是不是又要唱？

甲：一个用来表达对故乡的怀念。

乙：有周华健没有？

甲：二一个用来表示对自己创业的艰难。

乙：还有没有哆啦 A 梦？

甲：三一个用来表示自己守江山的困难。

乙：我问你话呢！

甲：保证原词原调，一字不改！

乙：唱！

甲：大风车吱呀吱哟哟地转，这里的风景呀真好看，天好看地好看，还有一群快乐的小伙伴，大风车转呀转悠悠，快乐的伙伴，手

牵着手，牵着你的手，牵着我的手，今天的小伙伴，明天的好
朋友，嘿！好朋友！

乙：行了，别唱了！

相声

新四大发明

作者：苗阜、王声

表演：苗阜、王声

甲：相声演员，什么都要研究。

乙：你最近研究什么呢？

甲：我在研究我们国家的四大发明。

乙：哪四大呀？

甲：造纸术，印刷术，火药术。指南术。

乙：后面那两听着像《崂山道士》里出来的。还火药术，指南术？
　　那叫火药，指南针！

甲：对火药，指南针。要说这四大发明真是太好了，和我们生活那
　　真是息息相关啊。

乙：有那么密切的联系吗？

甲：怎么没有，头一个，造纸术。

乙：这和生活有什么关系？

甲：我问你，没有造纸术……你怎么上厕所。

乙：瞧他找的这切入点，行，这就算对。您再说说这第二个。

甲：第二个，没有火药，这也不行。

乙：怎么呢？

甲：好比说你想抽烟，一模口袋，没火呀。

乙：哦，这火药还没发明呢。那怎么办？

甲：好办呀，拿着烟卷干咗。（吧唧嘴）

乙：吃了呀？

甲：抽完以后，呸，呸。

乙：这是？

甲：塞牙！

乙：嗨，那还不塞牙！没火是不行，您再说说这个印刷术。

甲：要是没有印刷术，知识文化都没法传承。

乙：真是，哎，你最后说说指南针。

甲：这个对你最重要。

乙：怎么呢。

甲：要是没有指南针，不客气说，你一天都找不着厕所，能把你憋死。

乙：怎么呢？

甲：指南针，就是用来指给你，男厕所在哪儿。

乙：怎么老离不开厕所呀？人那是指着南边在哪儿，用于航海定位。
这四大发明，都是我们古代劳动人民智慧的结晶。

甲：说的没错，这是古代人民智慧的结晶，不过我们现代劳动人民，
也不甘落后。

乙：什么意思？

甲：你知不知道，我们当今社会也有四大发明。

乙：现在也有四大发明？

甲：不知道了吧？这四大发明，早已经背着你传宗接代了！

乙：有我什么事呀！那你说说现代四大发明都是什么？

甲：听我说呀，现代的四大发明，使我们的生活变得方便快捷，这
头一个……

乙：这是？

甲：高铁！

乙：别说，高铁还真算，确实方便快捷。

甲：而且告诉你一个秘密啊，我们国家的高铁路线那都是有规划的。

乙：废话，不用你说我也知道，你给说说具体怎么规划的。

甲：具体来说，叫一纵一横。

乙：没听说过，那不就画一十字吗！还规划什么呀。我们国家高铁
　　设计叫四纵四横。

甲：别说，你还真知道啊。

乙：谁跟你一样呀。

甲：对了，四纵四横。像什么京沪高铁。

乙：这是最早的。

甲：从北京到上海不用五个小时。

乙：多方便。

甲：还有京港专线。

乙：这是？

甲：北京到香港呀。

乙：还有吗？

甲：京哈专线。

乙：这是？

甲：北京到哈萨克斯坦。

乙：回来，走反了，都出国了。京哈，那是北京到哈尔滨。

甲：对，哈尔滨，我一着急走错了。还有青太专线，徐兰专线，沪
　　昆高铁，和刚开通的西成高铁。

乙：这是从西安到成都。

甲：对，从西安，穿越关中平原，秦岭山脉，汉中平原，巴山山脉，进入四川盆地，到达成都。这段路以前要开十六个小时，通了高铁，现在也就三个半小时。

乙：太快了。

甲：就拿你来说吧，好比说，你早上起来，在沐浴着阳光的西安古城墙下正享受着美味珍馐。

乙：我吃的是……

甲：肉夹馍。

乙：我也没见过什么。

甲：刚吃一口，突然听到有人唱歌"和我在成都的街头走一走，喔~"

乙：这歌可流行。

甲：你一听，成都，对呀，去趟成都多好呀。

乙：这叫，说走就走的旅行。

甲：当时，你扔下肉夹馍就去了火车站。

乙：这肉夹馍算是白买了。

甲：买车票，坐上西城高铁，到了成都一看，才中午十二点。

乙：真快。

甲：你到了成都，天府之国，好地方呀。赶紧，满大街你就找。

乙：找什么呀？

甲：找卖肉夹馍的呀？

乙：到成都就别想这个了。

甲：就在这个时候，突然听见有人唱歌"（秦腔）"

乙：这是陕西秦腔。

甲：你一听，掉眼泪了。

乙：怎么呢。

甲：想家了。

乙：刚出门就想家？

甲：赶紧，去火车站，买车票，西成高铁，回西安。

乙：我刚才不出站多好。

甲：到了西安一看表。

乙：怎么样？

甲：才下午四点。

乙：半天就能来回。

甲：出了西安站，你赶紧去找买肉夹馍的。

乙：还没吃着呢。

甲：刚拿到手，就听见："和我在成都的街头走一走，喔~"你撂下肉夹馍，就去火车站。

乙：你等会吧，我这一天全跟着歌走呀，我有点主见不行啊。

甲：西成高铁开通了，你不得多坐两趟表示表示嘛。

乙：有我这么表示的嘛，我都有点兴奋过度了。

甲：我的意思是，有了高铁，蜀道再也不是难于上青天了。

乙：还真是。

甲：不但是蜀道，全国各地在高铁的连接下，都能做到千里江山一日还。

乙：确实方便了百姓的生活。

甲：这是不是现在的一大发明。

乙：没错，那第二个发明呢？

甲：第二个也是和出行有关的。

乙：这是？

甲：共享单车。

乙：这倒是个新鲜事物。

甲：共享单车，方便了大家最后几公里的路程。

乙：是吗。

甲：还拿我们王老师举例子。

乙：又是我？

甲：我记得，你们家住的离地铁站有点距离。

乙：对。

甲：每次下班回家，王老师从地铁站出来，得再走四个路口，穿五
　　个胡同，过六道水沟，才到家门口。

乙：我住荒地里了。怎么还水沟呀。

甲：地铁上二十分钟，出了地铁得走一个小时。

乙：我也是太不会选址了。

甲：现在有了共享单车，就方便多了。

乙：怎么方便了？

甲：出了地铁，骑上单车，不到十分钟，到家了。

乙：节约了时间。

甲：到了之后，先附近看一看。

乙：看什么？

甲：找找地上哪里画了白线。

乙：这是？

甲：要把共享单车停在白线范围内。

乙：我这人守公共秩序呀。

甲：把车子停好了，从兜里掏出环形锁，咔嚓！

乙：这是干嘛？

甲：不让别人骑，明早起来还是你用。

乙：太没公德了。告诉你，这不是我。

甲：哦，对对对，王老师是拆了单车零件装自己车上……

乙：这也没干过！

甲：没事摔单车出气。

乙：行了，行了，我干嘛呀？你说的这些，我都没干过。

甲：你没干过，我可看见有别人干过。

乙：这都是没有公德，野蛮暴力使用。

甲：共享单车是新鲜事物，我们享受它便利的同时，也应该宣传拒绝这些不文明行为。

乙：说得太对了。

甲：这共享单车，方便出行，算不算现在的一大发明。

乙：嗯，还真是，那这第三个是什么？

甲：第三个发明，网购。

乙：对，这也是方便了生活。

甲：大伙不知道，王老师就特别喜欢网购。上回还和我说呢，说是以前哎，白天上班时候买的东西，都得两三天才到货。

乙：以前网购没那么发达嘛。

甲：后来，白天上班时候买的东西，第二天就到。

乙：这叫次日达。效率提高了。

甲：再后来，白天上班时候买的东西，下午回家就到。

乙：是，有时候比我回去还早呢。越送越快。

甲：现在更好了，有了闪送，白天上班时候买的东西，没到中午就到了。

乙：那提高了服务……我说，我怎么老在上班时候买东西呀？

甲：不是为说明你喜欢网购嘛。不只是他，他媳妇也喜欢网购。现在网购方便,两口子每天大门不出,二门不迈,都不去逛商店了。

乙: 还真是,现在网上什么都能买得到。

甲: 有一回,两口子缺个簸箕。他媳妇说了,网上买!

乙: 网上买便宜。

甲: 上回,两口子缺个纽扣。他媳妇说了,网上买!

乙: 网上买方便。

甲: 那回,两口子缺个孩子。他媳妇说了,网上买!

乙: 网上买犯法,这孩子哪儿都不能买。

甲: 你没听完,你媳妇说的是网上买一本育儿指南,提前做好功课。

乙: 你倒是说清楚了呀。

甲: 不过啊,你媳妇有个毛病,一买东西就收不住,一买就上瘾。

乙: 还真是。

甲: 这也买,那也买,有一天坏了。

乙: 怎么呢?

甲: 你媳妇来电话: 老公,我要出车祸了。你一听: 媳妇,什么车啊?
……购物车!

乙: 购物车呀?

甲: 东西选的太多了,打开电脑和车祸现场一样,不忍直视了。

乙: 哎哟,赶紧叫她把购物车清空吧。

甲: 好嘞!

乙: 哎哟,这么爽快,你是怎么清空的呀?

甲: 这有什么难的,我把它们都买了!

乙: 她全买了呀?

甲: 像你媳妇这么过度消费不可取。可是网购的确改变了我们的生活习惯,方便了大家,这算不算一大发明。

乙：嗯，那是得算。那你说说这最后一个。

甲：最后一个，你也准用过。

乙：这是？

甲：手机支付。

乙：哎，我还常用。

甲：大家想想，以前碰到缴费什么的，都得提前换好零钱，有零有整，一大把钱，都装信封里，第二天拿着还怕丢了。

乙：还真是够麻烦的。

甲：现在好了，手机拿过来，扫一扫，"滴"。钱就过去了。

乙：现在出门都不带现金了。

甲：说到这方面，还是你媳妇做得好。

乙：怎么又有她的事了？

甲：你媳妇知道你是演员，平时亲戚朋友问你要票，你不要意思找他们要钱。

乙：我这人就是磨不开面。

甲：你媳妇有主意呀。

乙：什么主意？

甲：那天拉你去文身店，直接把你手机收款的二维码给文你脑袋顶上了。

乙：啊？

甲：边上还有一行小字。

乙：写的是？

甲：扫码支付。

乙：行了，把我改储蓄罐得了。

甲：你们怎么用我不管。就说这手机支付，和高铁，单车，网购一起，能不能算是当代的四大发明？

乙：别说，这几样改变了我们的生活，给生活提供了便利，还真是当代的四大发明。

甲：哎，既然你也承认了，那我出个主意好不好？

乙：什么主意？

甲：这么着，你给这四大发明做一天代言人，争取一天把这四样全用上，怎么样？

乙：好呀，怎么用？

甲：别急，我给你设计设计啊。这么着，早上起来，你坐高铁，去北京。

乙：好，头一个高铁，我用上了。

甲：在高铁里面，你也别闲着。

乙：我干嘛？

甲：你骑共享单车。

乙：啊？我在火车里骑自行车？这不是有病嘛？

甲：不能骑是吧？

乙：当然不能了。

甲：哦，对，忘了，有规定，不许在行驶的火车内骑共享单车。

乙：停下的火车里也没有骑的！

甲：你什么意思？

乙：要骑自行车，也要下了火车再骑。

甲：行，到了目的地，下了火车，你骑上了共享单车。

乙：对喽，我这就两样了。

甲：一边骑车，你一边看手机。

乙：这可不行。

甲：你这不是抓紧时间网购嘛。

乙：这么骑车有危险。

甲：没事，因为你是正好打算网购一份车祸的意外保险。

乙：我这也是作死啊。

甲：由于你一边看手机，一边骑车，注意力不集中，坏了。

乙：怎么了？

甲：眼瞅着前面的红灯，你就一路骑过去了。

乙：哎哟，这……没人瞧见吧？

甲：巧了。

乙：怎么呢？

甲：跟前站一警察。

乙：抓现形了。

甲：警察同志对你进行了批评教育，没想到，最后警察同志一通话，说的你还高兴了。

乙：他说的什么呀？

甲：警察同志说了，按照规定，要进行罚款。要是没带现金，也可以手机支付。

乙：那我高兴什么呀？

甲：民警同志，太好了，我终于把四大发明给凑齐了。

乙：别说了！

我家宝藏

作者：苗阜、王声

表演：苗阜、王声

甲：看人家上电视，都火了。喜剧类节目，真人秀，全火了。

乙：您也打算真人秀？

甲：不适合我。

乙：参加个喜剧类节目？

甲：没有挑战性啊。

乙：那您说这不是白说么。

甲：不知道您注意没有，最近有一个文化类节目特别的火。

乙：您说的是《中国有嘻哈》？

甲：不是，不对。是文化类节目，不是电视购物。

乙：这里那儿有电视购物啊？

甲：你说的么，中国有西瓜。

乙：嘻哈，不是西瓜。

甲：哦，嘻哈。就是那个到美国口的数来宝。

乙：还是个曲艺节目。

甲：不是这个，不对。文化类节目。

乙：文化类？《朗读者》。

甲：没告诉你么，特别的火。

乙：这节目就够火的了。

甲：火啥呀，俩读者。不用问啊，其中一个肯定是您啊，另一位是？

乙：您这耳朵今儿是不是没带着？朗读，朗读者。了昂朗。

甲：哦，了一昂两。两个朗读者。

乙：您这里非得有个数目字呢？甲：不是不是，火，大火。

乙：这么着，我呀，看电视也看得少，您直接告诉我吧。

甲：《我家宝藏》。

乙：哎，什么节目？

甲：《我家宝藏》。

乙：我就知道有个节目叫《国家宝藏》啊？

甲：对，也叫这个。

乙：就叫这个。你家宝藏，口气够多么样的大！

甲：别让我问住了啊，有一句歌词，我们都有一个家……

乙：名字叫中国。

甲：我是不是中国人？

乙：哎，我看差不多。

甲：那中国是不是我家，叫我家宝藏有什么问题？

乙：哎，也不怎么琢磨的。

甲：就这个节目。

乙：您爱看？

甲：我讨厌。

乙：啊？

甲：我恨得慌啊……

乙：恨什么啊？

甲：怎么都不是我的呀！乙：啊？

甲：怎么还不来找我呀！

乙：您可说真着了。找你干嘛呀？

甲：找我当表演嘉宾啊！

乙：您没看节目吧？人家嘉宾都是一线明星，实力名气对您都是碾压式的，想得太多了。

甲：我不一样，我可以带着家传的宝贝去，自己的宝贝，自己表演这个宝贝的来历，还能加包袱，多好。

乙：您这意思，是您有一件家传的宝贝够上国家宝藏的资格？

甲：就我这东西，啊，家传的宝贝，我就算国宝传承人啊！国家就的重视我，我带着我这宝贝，四处展览去，这个博物馆展两天，那个博物馆展两天，故宫，展一个月，我跟宝贝住一块，我也住故宫，啊，我……

乙：您晚饭吃什么不消化东西了吧？

甲：谁吃晚饭了？

乙：我说呢，饿的出现幻觉了。

甲：什么幻觉，我问你，什么才够格，算是国家的宝藏。

乙：这节目里各省送来的展品，那一样都够格。

甲：平时不是挺有学问的么，说起话来一套一套的，这会没词了。

乙：我着那儿点说错了呢？

甲：咱的透过现象看本质，这些宝贝的共同点是什么，它们是怎么成为国家宝藏的？

乙：这个我倒没想过，您认为呢？

甲：这都不明白，他们的共同点就是，很值钱！

乙：嗨。

甲：这就是透过现象看本质。

乙：您别糟践好词了。您这什么本质啊！

甲：起码我观察出来了。

乙：您这么一提醒啊，我想了想，所谓国家宝藏，就是用文字图案或者其他形式把我们国家历史长河当中特有的美固定并展现出来的东西……

甲：哎呀！哎呀！你说这个跟我想的一模一样啊！！

乙：那你怎么不说呢？

甲：我刚准备说让你给抢先了。

乙：我倒莽撞了。

甲：就按这个标准，我家传的这件宝贝，完全够格，不只是够格，简直是标准器。

乙：是啊？

甲：就这么说吧，这件东西，只要一拿出来，震惊世界啊！那个博物馆也不可能有一样的，有个词怎么说的？孤本！

乙：您这宝贝是震惊世界的孤本？

甲：然也。

乙：难道说《兰亭序》的真迹在您家藏着呢？

甲：哎，哎，明白人，明白人！

乙：不是，您别一惊一乍的好不好。

甲：《兰亭序》的下落可以说是千古之谜。

乙：对啊。

甲：有说是唐太宗李世民拿它随葬了。

乙：哦？

甲：因为唐太宗特别喜欢《兰亭序》，为了得到它可费了不少功夫。

乙：哎，这里有个故事叫"萧翼赚兰亭"。

甲：还是你有学问，萧翼，受命替皇上找这《兰亭序》，在哪儿找呢？

乙：哪儿呢？

甲：顾名思义，得到兰亭这个地方去，去了之后，斋戒沐浴，净手焚香，绕着兰亭转啊转啊，转了九九八十一天，终于虔诚感动天，兰亭到手了。

乙：这就到手了？

甲：哎。

乙：那不成，您得说转到九九八十一天，亭子里走出来一个白胡子老人，拿手一指萧翼说精诚所至金石为开，这《兰亭序》的真本，就赠予你吧。萧翼跪倒磕头说道请问您是哪位？老人说吾乃王右军也！这就叫右军显圣，亲赐兰亭！

甲：你有病呢吧，胡说八道，篡改历史！我这儿说的是严肃的历史典故，你这传播封建迷信！

乙：您别乱扣帽子啊！

甲：还出来一个白胡子老人，是打南边来的么？

乙：您这里还有绕口令。

甲：还说什么精什么，是这么说的么？

乙：那是怎么说的呢？

甲：别转了，我都快吐了，要什么拿走拿走……

乙：好家伙！

甲：这才叫萧翼赚兰亭！

乙：你可别挨骂了！您这次是胡说八道。萧翼赚兰亭就是绕着兰亭转圈？此赚非彼转也！赚者，赚也！明白了么？

甲：我糊涂了！

乙：所谓萧翼赚兰亭，是说当年王羲之死后，《兰亭序》由其子孙

265

收藏，后传至其七世孙僧智永，智永圆寂后，又传与弟子辩才和尚，辩才得序后在梁上凿暗槛藏之。当太宗治世，曾说："朕梦寐以求右军兰亭帖，谁能用计从辩才手中取得，朕一定重赏。"尚书仆射房玄龄向唐太宗推荐梁元帝的曾孙，监察御史萧翼担当此任。萧翼带几件王羲之父子的杂帖，打扮成山东书生的模样，随商船来到山阴永欣寺。与辩才结交渐深，遂取所携之贴请辩才指点，辩才看罢一笑，言道并非真迹。萧翼摇头道当之世，何来真迹？辩才受将不过，取出真本。萧翼随后才诈开僧房，取走真迹，献于太宗，这叫萧翼赚兰亭！

甲：啧啧啧啧，你看看，这么一说，就全明白了！萧翼赚兰亭，这故事，哎呀！

乙：您别这哎呀啦，传说《兰亭序》的真迹随太宗下葬了，也有的说藏在乾陵里的，听您这口气，这真迹？

甲：我没有！

乙：我就知道你没有。

甲：我要有《兰亭序》的真迹我还跟这儿废话？

乙：你怎么地？

甲：我早交给国家了！

乙：您还有着觉悟呢？

甲：当然，当然。我交给国家国家不能白了我，是吧，得让我四处讲学去，讲一讲这真迹怎么回事，字怎么好，兰字儿那宝盖

乙：兰那儿有宝盖？

甲：那就是亭那宝盖。

乙：亭也不是宝盖头。

甲：序？

乙：不是。

甲：整个这一片里面总得有个宝盖吧？

乙：您这找宝盖玩呢？

甲：我给讲讲，怎么好，那我不一样红了么！知名的书法文物专家。

乙：您连萧翼赚兰亭都说不明白，还给人讲兰亭序怎么好？您自己信么？

甲：我不信啊，我压根也不信啊，《兰亭序》谁说的？

乙：谁说的？

甲：你说的！我这儿刚准备介绍一下我家这宝贝，你那你们家有《兰亭序》吧，这是讽刺谁呢？这是挖苦谁呢？

乙：不是不是，可没有这意思啊！您说的孤本，拿出来世界都得震惊，我不是就得往这路好东西上想么？

甲：到不了这个级别，这是民族瑰宝，世界文化最重要的遗产之一，我们这件宝贝虽说也是独一无二的珍品，我做主了，让它低于《兰亭序》一等。

乙：您可够大方的。

甲：都说到这程度了，还想不出来？

乙：那个程度了？信息量还是太少啊！

甲：你往我们家家世上想，我哪儿人？

乙：河南人。

甲：不对，祖籍河南，我爷爷的爷爷在北京开过买卖，就引文这件宝贝惹出祸事来了，不得已，才避祸到的西安。

乙：哦，这个，也是。

甲：这么说吧，我们这件宝贝不是《兰亭序》那样的艺术珍品，但也是独一无二的，而且不是观赏性的，具有实用价值，拿现在这个词儿来说，有点，有烟火气，有温度。

乙：等一下，烟火气？哎！您爷爷的爷爷那会是清朝？

甲：对啊

乙：我贸然的猜一下，是不是鼻烟壶？

甲：哦，鼻烟壶。

乙：当年北京流行闻鼻烟，鼻烟壶最早从外洋进口，后来宫廷造办处也烧，最有名的是北京古月轩。

甲：哎，古月轩。

乙：传说当年乾隆让造办处会同古月轩烧一批式样个别的鼻烟壶，由造办处领出八宝料，古月轩承制，等到样式成坯，进程御览，没想到全不称旨。不满意，让工匠当他的面全部捣毁。

甲：知道为什么乾隆不满意么？

乙：不知道。

甲：造的不够杀马特。

乙：嗨，那会有这词么？

甲：说非主流也行。

乙：没听说过。

甲：按乾隆的审美，造成后现代那种，一个瓶子分不出青红紫绿蓝来才好呢。

乙：那不糟践东西么？

甲：捣毁了不也糟践么？

乙：哎，工匠拿着捣毁的废料要扔，又觉得可惜。干脆，回收再加工，烧出来一看，嘿！

甲：都给烧黑了。

乙：黑了干嘛呀？

甲：你先黑的。

乙：我那是感叹呢！

甲：感叹什么？

乙：天缘凑巧，烧出来几只燕京八景！金台夕照，蓟村烟树宛若画上去一样。这才是真正的巧夺天工！

甲：哦！

乙：因为是废料烧成，几个工匠就自己收起来了。最后落在河北郭家，为这八个瓶子建了一座八德斋，吴昌硕题写匾额，朱彊村做了一篇文章记载这八个瓶子的流传，据传说这八个鼻烟壶到日本侵略军占领北京之后就下落不明了，难道说？

甲：你骂人呀？

乙：我没有！

甲：你们家才是日本人呢，你们家才是日本人！

乙：哎，我可没说。

甲：你就这意思，日本侵略的时候下落不明，落到我们家了，那我们家不是日本人也是汉奸啊！

乙：您别往那想啊！

甲：漫说这东西不在我手里，就是在，也绝不是日本人给我的。

乙：我知道，不在您手里您着什么急啊？

甲：表明我的立场！

乙：我也纳了闷儿了，您这到底是个什么宝贝啊？

甲：没告诉你么，日常使用的，带烟火气的，只此一件的，拿出来世界都震惊的！

乙：什么呀？

甲：这还猜不出来？

乙：没法猜啊。

甲：我不是说当年我爷爷的爷爷因为这个东西惹了祸跑陕西了么？

乙：对啊！

甲：就是因为这个宝贝吓死过人！

乙：啊？

甲：八国联军进北京就因为这件宝贝玄一玄和谈不成！

乙：是啊？

甲：那是想当初（进木器，底）。

春江花月　溢彩流光

刘君

　　"滚滚长江东逝水，浪花淘尽英雄。"小时候经常听着外公演说扬州评话《三国》，也因此让我和曲艺结下了不解之缘，从而选择了从事扬州弹词这条艺术之路。

　　记得刚刚上艺校的时候，懵懂少年，对曲艺一知半解，最开始甚至觉得有些枯燥乏味。每天练习基本功，和老师学说书，渐渐地，越来越熟练，也越来越对这门艺术感兴趣了。在艺校学习三年以后，我正式踏上了书场演出的征程，即俗称的"跑码头"。说是征程，其实就是每个说书人所必须经历的，对于我一个刚刚20出头的小姑娘来说无疑就意味着一个个残酷的考验，书卖不卖座？观众买不买账？最难的还是一个人在陌生的环境，人生地不熟，住宿的条件又十分的艰苦和简陋，连房间的门也锁不起来，心理所承受的压力可想而知！担心、害怕、恐惧甚至萌生退意。当时我一度怀疑：这份职业是否适合我？当初的决定是对还是错？也许是因为出生在曲艺世家，也许是骨子里头不服输的个性，支撑着我一次次克服困难，在曲艺这条道路上越来越自信，越走越远！

　　经过多年的码头历练，我之后又拜了著名扬州弹词表演艺术家沈志凤先生（女）为师，沈先生很是尽心尽力，口、眼、身、步、神，一字一句、一招一式不厌其烦地为我示范、指导，也正是因为有了先生的悉心教导，加上多年书场历练，终于让我崭露头角，屡获佳绩。2008年，我表演的扬州弹词《啼笑因缘·误入师长府》荣获了第五届中国曲艺牡丹奖新人奖。得知获奖的那一刻，我既激动也很感恩，如果没有多年的坚持和勤奋，没有先生的悉心教导，没有领导的栽培和力荐，我也不会在众多优秀的青年演员中脱颖而出，从而荣获新人奖。激动和感恩的同时，我也感到肩膀上的压力越发的重。也就是两年前，同样在牡丹奖颁奖现场，只不过当时是在观众席上，而不是领奖台。2006 年我只有 24 岁，看到台上那许多得奖的优秀演员，我好生羡慕，当时就暗下决心：总有一天，我也要站在这领奖台上，那就是我努力的目标，我的追求与梦想。没想到两年后这个愿望就实现了，让我很意外也更惊喜，我的努力付出居然这么就快得到了最大化的回报，我是无比幸运的，也必须在自身寻找不足，我明白当时的自己仍是很稚嫩，不成熟的！这个奖项只是对前一个阶段的肯定，也是下一个阶段的开始，另一个起点，鼓励我、鞭策我，让我的信心更加的坚定，越来越热爱自己所选择的事业。

党的十八大以来，文联工作和文艺事业迎来了前所未有的历史性发展机遇。在习近平总书记和党中央的高度重视下，曲艺这一中华传统艺术焕发出了无限的生机和活力。"牡丹绽放曲艺英才培育行动"旨在通过多种艺术实践和有针对性的跟踪指导服务，培育和推出一批有理想、有作为的中青年曲艺人才，进一步发挥中国曲艺牡丹奖的示范引领作用，切实解决制约中青年曲艺人才发展的瓶颈和问题。由于我获新人奖比较早，那时的我比较稚嫩，并不成熟，虽然在比赛时获得了肯定，其实仍有好多不足，需要更多的锻炼与实践才能趋于成熟，同时作为基层演员，外出学习交流的机会又并不算多，所以正面临着我的一段瓶颈期。获奖了，获奖以后我该如何提高自己？如何才能使我的表演再提升一个层次？我迷茫过，也无助过，有那么几年沉寂过，沉淀下来仔细思考，如何突破现状！当然，我始终知道，机会是留给有准备的人的，所以我也一直在"认真求索"，等待机遇！终于，机会来了，也就是"牡丹绽放——曲艺英才培育行动"，我成为首批培育对象，激动之心不言而喻，感谢中国曲协，为我们年轻的基层曲艺工作者创造了如此宝贵的学习机会，这是我曲艺生涯的一个重大转折点！

为深入贯彻落实 2014 年习近平总书记在文艺工作座谈会上的重要讲话精神，进一步落实中国文联九届七次全委会和全国曲协工作会议的部署要求，大力弘扬社会主义核心价值观和文艺界核心价值观，配合中国文联组织开展的"中国精神·中国梦"文艺精品创作工程和"艺苑百花"优秀中青年文艺人才宣传推介工程，中国曲艺家协会于 2015 年实施了"牡丹绽放——曲艺英才培育"行动。当我得知自己入选以后，心中五味杂陈。"牡丹绽放——曲艺英才培育行动"每两年一批，总共 3 批，每批 10 人。全国仅有的 10 个名额，我能位列其中自然是无上光荣与骄傲，但是在感到激动的同时，我也感到很不可置信，没有想到，组织会把这个无上荣耀的名额给我。年轻优秀的人才不少，组织会选择我，也是对我极大的肯定，同时也对我寄予了殷切期望，我暗下决心，不能辜负组织对我的厚望，我必须加倍努力，艺术的道路永无止境，我不仅要在曲艺事业上取得成绩，更要学习如何做一个德艺双馨的优秀艺人——"出人、出书、走正路"。

之后，曲协为我们十位首批入选者制订了详尽的计划，包括资金支持、专家指导、演出交流、探讨培训、宣传推介、汇报演出等，目的就是通过提供丰富艺术实践、积极宣传推介、有针对性跟踪指导服务，培养和推出一批在曲艺事业传承创新与弘扬发展上有理想、有担当、有作为的中青年曲艺人才。帮助我们增强专业素养、锤炼技艺技巧、提升创新能力、提高艺术修为、推广艺术成果、展示良好形象、努力成为新时期的曲艺领军人物，引导广大曲艺工作者自觉形成"担当使命、扎根人民、创新求精、健康批评、崇德尚艺”的文艺界行风，切实履行人类灵魂工程师的神圣使命，拿出最好的精神食粮回报祖国和人民。

　　带着神圣的使命我们开始了为期两年的“培英行动”。2015年6月，我们赴北京参加了“牡丹绽放——曲艺英才培育行动”的启动仪式。启动仪式上，多位领导专家对我们寄予了殷切的希望和热情的鼓励，希望我们“能起到一个承前启后的作用，努力成为新一代的曲艺领军人物”。会议上还观看了我们的宣传短片，让我在列的几位代表进行了发言。刚接到发言任务时，我内心很忐忑，虽然作为一名成熟的基层演员，经过了多年舞台历练，大小赛事、上舞台表演对我来说早已不是难事，但是在这样的大会上发言我还是第一次。紧张、激动和不自信充斥着我的大脑，在没有任何过往经验的情况下，我必须做好充足的准备。于是，我连夜赶发言稿，再请名师指导修改，定稿以后，总算不负组织所托，发言很成功，我也很欣慰，我想这就是“培英行动”对我的第一个考验吧——只要态度端正、用心完成，就是成功了一半。

　　启动仪式当晚，我们参加了中国曲协“送欢笑到基层”走进怀柔的惠民演出活动，我的一曲扬州清曲《扬州小巷》获得了好评和赞誉，大家平时听惯了北方的鼓曲，偶尔听一听南方的清曲，带有一种不一样的美感：甜美优雅、婉转动听！在没有入选之前，因为地域限制，我们的扬州弹词和清曲很少有机会在全国各地展示演出，自从入选“培英行动”后，曲协给了我很多展演的机会，譬如：2015年8月赴西安参加中国曲协主办的“深入生活，扎根人民”曲艺采风创作丝路行系列活动的演出，以及2015年9月赴四川参加中国曲艺牡丹奖艺术团“送欢笑到基层”惠民演出走进四川遂宁活动、10月赴北京参加“深入生活、扎根人民”——纪念习近平同志在文艺工作座谈会上讲话一周年的演出，并首次尝试了演唱新创鼓曲《朵朵牡丹献人民》，取得了不错的反响。

11月赴无锡参加中国曲协牡丹奖艺术团"送欢笑到基层"走进无锡硕放的演出；赴四川成都参加全国曲艺创作高级研修班，进行为期五天的培训。研修班期间聆听了专家授课和讲座，也领略了艺术家们的风采，和大家交流了创作表演心得，为大家演唱了扬州弹词。扬州弹词一直以来的影响力都不如苏州评弹来得大，所以大家了解甚少，通过这些交流演出的机会，让全国各地的艺术家和专家们都了解了扬州的弹词和清曲，并对我的表演给予了充分的肯定，这无疑是一个磨炼的机会，同时又给予了我更高的展示平台。

　　我感动更感恩，珍惜每一次的交流机会，特别是学习研讨的机会，我充分意识到：我不仅仅要当好一名演员，更重要的还有参与作品创作。这无疑是对我自身的一大考验和一次突破。因为对于我们曲艺演员来说，不缺好演员，独缺好本子。随着现今社会的发展，观众对于精神文化的需求越来越高，照搬老祖宗留下的文化艺术形式、内容已经不够了，他们希望看到更多的创新、与时俱进的作品，这对我们文艺工作者来说既是机遇也是压力，就需要我们不断地学习和充实自己。青年曲艺家和曲艺工作者要把创作出思想精深、艺术精湛、制作精良的优秀作品作为一项最重要的任务来完成，而只有肚子里的墨水多，才会写出更多更优秀的作品来，正是一次次的交流学习激起了我要自己动手创作的想法。我尝试了改编当时炙手可热的电视剧《甄嬛传》，从当中截取了一个精彩的片段作为短篇弹词书目搬上了舞台，取名《血染桐花台》，刚开始的时候我有点儿忐忑不安，因为电视剧太火，演员表演精湛，深入人心，电视剧的表演方式又丰富。而我，就这么一个人，光靠着扬州弹词的说表弹唱，在台上要演出人物的悲欢离合，心理活动，复杂的情感，这到底能不能打动观众，能否成功？我也没有把握，我只能一试！我尝试着用扬州弹词独有的表现形式来演绎这段让观众们记忆深刻的片段，譬如注重私白（人物的内心活动）一人分饰三角，让大家看到一个不一样的甄嬛传！结果出乎我的意料，我取得了不错的反响，观众喜欢："老师，您演的太好了，我被您打动了，很感动！"专家认可："好好努力，这是个好段子！弹词就应该这样说，端庄，大气、优雅、从容！非常好！"听到这样的赞誉，我哽咽了，我的付出和大胆创新尝试得到了认可不是吗？观众买账，专家认可，这就是对我的最大肯定！如果不是"牡丹绽放培英行动"的系列活动给予我的信心，我也许还要更久的时间才能迈出这一步，也不知道自己有多少的潜力未被挖出，坦言说，"培英行动"让我得到了一次更高层次的心灵洗礼，开阔了眼界，拓宽了视野，提高了觉悟，也提升了业务能力！

2016 年伊始，我们又参加了"深入学习贯彻习近平总书记文艺工作座谈会重要讲话研讨班暨 2016 年全国曲协工作会议"，会议期间观看了阎肃老师先进事迹报告会的录像，深受感动。习总书记说"文艺要赢得人民的认可，花拳绣腿不行，投机取巧不行，沽名钓誉不行，自我炒作不行，'大花轿，人抬人'也不行"。这不正是阎肃老师的真实写照吗？他为了写好作品，深入生活，体验生活，实实在在，写出了一部又一部、一首又一首的传世佳作。当然，更让我感动的还是阎老的为人，这也是最值得我学习的地方。德艺双馨是艺术工作者的最高境界，作为一名优秀的曲艺工作者，这两者缺一不可，不但要在创作表演上追求卓越，更要在思想道德上追求卓越。作为一名基层青年曲艺工作者，我由衷地感到幸运，这是一个属于我们的时代，组织为我们创造出如此优越的条件，让我们能够互相交流，取长补短，不断地学习充实，为我们提供了前所未有的，甚至以前想都不敢想的珍贵机遇，我将时刻以"出人、出书、走正路"为座右铭，进一步提高自己的专业素养与思想道德素养！

2016 年 6 月，我跟随董耀鹏书记一行赶赴湖北天门市和与河南沈丘县督查"中国曲艺之乡"的建设情况，这也是我第一次参加这样的活动，虽然很感谢董书记给了我在座谈会上总结发言的机会，但因为平时这样的经历还是少之又少，除了启动仪式的发言以后再也没有过。这次的性质和上一次又不一样，上一次是有准备的，而这一次是临场发挥的，即使知道这是书记让我们多锻炼，希望我们全面发展，我还是按捺不住兴奋又紧张的心情，既珍惜这无比难得的历练机会，又担心万一自己说不好怎么办？在座谈会上我又一次学到了很多东西，特别是每一次聆听董书记的发言，就像是上了一堂生动的课，获益良多。在天门和沈丘共观看了两场演出，他们的演员都是当地的一些民间艺人，所以表演更加地接地气，贴近老百姓，也深得老百姓的喜爱，不同的曲种让我感受到了地方曲艺的独特魅力。的确，曲艺艺术本来就是一门接地气的艺术，如同我们在台上说书，可以随意现挂，和观众交流，这同样也是曲艺艺术的魅力所在！

至 2016 年 6 月 28 日，距离"牡丹绽放"已隔整整一年之久，我们纷纷赶往北京参加座谈会。会上，10 位英才齐聚一堂，总结梳理了"牡丹绽放"路上的收获、体会并畅谈了对未来发展之路的规划。中国曲协对我们之后的工作做出要求，即要从学、想、做、品、宣五个方面不断努力，进一步强化学习意识，树立传播推介意识，善于借鉴吸收，敢于创新作为，努力追求艺品、人品、作品的高度统一，坚守本业，把满腔热血倾注在舞台上，不断攀登艺术的高峰，争取新的更大的成绩。6 月 30 日，我们作为青年一代的曲艺人参加了"向党汇报——纪念中

国共产党成立 95 周年优秀曲艺节目展演"并发表了感言。活动气氛热烈，大家畅所欲言，轻松的气氛深深感染着我，就像"天之骄子"一样备受关注，领导的关爱和帮助再一次让我清晰地感受到作为新一代的曲艺人肩膀上的责任和使命。

2016 年 7 月，在董书记的带领下我又随团出访到了南美洲，这一次路途遥远，但并没有减少我的热情，我为自己自豪，更为扬州弹词自豪，因为她终可以走出国门，冲出亚洲，走向世界，让更多的人知道这门地方曲种，领略扬州清曲和弹词的魅力！

2016 年 8 月，我赴四川巴中、南江演出并观摩了巴中市新创曲艺剧《望红台》。这里的好多演员都是业余的，其中还有一些小朋友，她们本来没有接触过曲艺表演，都是现学现用的，但这丝毫不影响他们的认真与敬业，甚至于我压根就没看出来她们只是一些初学者。四川巴中市在起用新人演员这一方面是大胆的、创新的，无论是节目的编排、舞美设计、演员们的精彩表演都是一种全新的展现方式，融入了当地所有的曲艺曲种，却丝毫没有违和感，很是流畅自然，让人眼前一亮！钦佩的同时，我也开阔了眼界，增强了自身的欣赏水平和判断能力，我意识到作为一名优秀的曲艺工作者，不但要自身艺术水平高超，更加要学会从别的曲种上找到长处，从而反省到自身的不足，取长补短，来丰富自己的曲艺创作！这一点，在我入选"牡丹绽放"之前是从不曾考虑到的，也没有去尝试过，正是"牡丹绽放培英行动"的实施，让我有了这一觉悟，虽然各地曲艺艺术的语言方式有所限制，但是音乐没有障碍，表演没有局限，作品创意没有禁锢，完全可以大胆创新，博采众长，为我所用！

2016 年 10 月，"彭城牡丹颂"第九届中国曲艺牡丹奖颁奖仪式暨"深入生活、扎根人民"成果汇报演出在徐州隆重举行，我们 10 位"牡丹绽放"首批培育对象应邀参加了演出，弹唱了文艺志愿者主题歌曲《走近你》并向现场所有观众以各自擅长的曲艺方式做了简单的自我介绍，这也是一种新的介绍方式，用一种全新的面貌向大家展示了我们曲艺英才的风采！

时间荏苒，光阴如梭，不知不觉两年的时间很快就要到了，我们"培英行动"的重中之重也即将到来，也就是汇报演出！两年的时间不算长也并不短，在这两年期间我成长了许多，也收获了很多，那么最后展示成果的最直接呈现方式，就是要以最优异的成绩来回报组织的厚爱，也就是我的作品——扬州清曲表演唱《风雅颂》。最开始制订创作计划的时候是最难的，因为我必须靠自己完成任务，全然抛却以前的种种依赖。记得以前有新作品，都是单位领导定稿，联系作曲、作词老师，最后做音乐，调速度等一系列烦琐的程序，我并不知道那是一个怎样漫长而曲折的过程，而这一次我必须亲自上阵，先是考虑节目形式，该用何种方式呈现是最大的难题。我想过很多种，譬如：说书、弹词开篇或者是清曲表演唱，我最拿手、最擅长的就是说表演唱，但考虑到语言限制我犹豫了，北方的观众能坐得住吗？能完全听懂吗？能抓得住吗？或许这样的形式并不讨巧，所以在得知我们即将在央视《我爱满堂彩》栏目展示播出时，我才进一步确定了演出形式——清曲表演唱，为的只是以更好的状态为大家展示扬州曲艺的独特美感，接下来从作词、作曲再到编曲、弹唱处理、服装，都需要我一一沟通定稿。首先是词，经过反复的沟通和交流，最终定下了由殷伯达老师所创作的《风雅颂》：

那一夜春江花月溢彩流光

相思远方，张若虚岸边瞭望，便赢得孤篇压了全唐

唐代的诗，宋朝的词，扬州的姑娘

一幅幅老墙千年的画窗，醉了古巷

一丛丛烟花三月里绽放，天下无双

娇艳了隋堤桃柳水韵花香

西湖瘦出了俏模样

那一年马蹄声疾马上吴王

　　邗沟挥鞭，金戈响破土开疆，便令那河水改变方向

　　谁派时光，穿越沧浪，运河贯京杭

　　一帆帆传奇拍岸呈现辉煌，千舟浩荡

　　一程程征途百姓的梦想，万桨铿锵

　　阅尽了古运河水源远流长

　　绿杨城郭是我家乡

　　优美的诗词，仿佛让我身临其境。我一遍遍地阅读着，思量着如何为它配上一段优美的旋律，在与著名作曲家戈弘老师一次次的沟通交流后，最终定下了以扬州清曲五大宫调的"南调"为基础改编清曲表演唱《风雅颂》。曲子写好后，我又找到了编曲配器的老师，一次次的调速（调整音乐速度），定下音乐后进棚录音，为了唱的效果更好，我又专门找了自己的师父——著名苏州弹词表演艺术家黄霞芬老师讨教处理音乐的方法。当然这期间也遇到了一些前所未有的困难，因为自己的经验不足，甚至一度让我很郁闷。我躲起来偷偷流泪过，是否我还不够成熟，为何达不到预期的效果，音乐不够震撼，演唱不够优美，不能打动人，老师曾说："这么好的机会你可千万别浪费了，以你现在的状态，要想出彩，不太容易。"我蒙了，怎么办？离汇报演出已不到一月，我如何突破？我如何让自己和大家都满意！坦白说，这是我第一个从词曲创作到音乐配器和服装设计、节目编排全部亲自参与的清曲节目，这既是对我最好的历练也是更严峻的考验。压力可想而知，我开始失眠了，在演唱技巧上我不住的虚心求教师父，自己不停地在悟，然后重新录音，录好了音又要编排节目，这也是我首次尝试动起来表演。以前我们的弹词、清曲都是以坐唱为主，曲艺演员也不擅长动态表演，可是我想突破，于是乎我找了专门的舞蹈编导，和他一起研究动作、舞台调度、整体造型，

既不能失去了曲艺原有的味道，也要大胆创新，推陈出新，让更多的观众来关注扬州清曲！

　　排练的过程是艰辛的，当时已然是高温酷暑，我们顶着炎炎烈日、汗流浃背、如火如荼地进行排练。由于单位也有重要任务，我也必须参加其他的排练任务，所以时间紧迫，我得抽出休息的时间来加紧排练。因为是全新的表演方式，对演员们来说也是极大的考验，我们扬州弹词演员大多以静为美，这次却要大家动起来，对身段的要求自然很高，也增加了排练难度，为此我很感谢助演的同事们，不畏酷暑，帮我完成这样一个艰巨的任务。排练过程中遇到许多困难，有分歧、有矛盾，甚至于争执。我也曾有过心力交瘁，我为何要选择这样一个全新的节目形式，如果选择一贯的表演方式是不是要省事很多呢？经过反复的思想斗争，我坚定了，我要勇于探索创新，挖掘出我们弹词演员的无限潜力！我觉得大家可以做到，只要用心就所向披靡！

　　经过一个多月的紧张排练，节目总算顺利呈现，虽然还有一些不足，但是我很开心，因为努力了，不管结果如何，我是用心的。在央视彩排以及演出现场，大家都很优秀，包括任平姐的四川清音、庄丽芬姐姐的泉州南音以及杨菲姐的梅花大鼓等，每一个节目都很精彩，各有所长，看得出大家都很用心，汇报演出取得了圆满成功。演出结束有老师对我说："芋君，太棒了，唱的很美！"那一刻我泪目了，很激动，抑或感动，我的努力终受肯定与好评，这也是对"牡丹绽放培英行动"最好的阶段性的总结！依然是感激"牡丹绽放——曲艺英才培育行动"计划的实施，我有了一次前所未有的机遇，接受了让我脱胎换骨的挑战，我得到了最好的磨炼、最好的指导、最好的展示平台！百尺竿头更进一步！

　　除了"培英行动"的一系列活动，我平时的工作也是如火如荼地进行着。我也经常开玩笑地说："从来没有这么繁忙过，扬州曲艺前景一片大好啊！"的确，这两年我团的工作也是蒸蒸日上，展现出一片前所未有的热闹景象！除了全国各地的采风活动、惠民演出、研修班学习等活动，曲协还安排了我们参加"中华曲艺海外行"的演出交流活动。2015年7月在姜昆主席的带领下我们出访了法国、意大利等国家，并在两国多个城市演出了最传统的扬州弹词、清曲曲目，受到了当地观众的欢迎和喜爱；我们的"江南曲美"专场演出因为艺术基金的资助而得以全国巡演，反映到我自身就是不停地出差、演出，这对我们地方曲艺事业来说是一个大突破。曲艺是一种历史悠久、传统深厚且品类繁多的艺术门类，但是，与许多的传统艺术形式一样，它在当前的生存与发展中遇到了严峻的挑战。关心并思考传统曲艺的当代命运，是我们循着先进文化方向前进的题中应有之义。曲艺并非中国独有，世界各国都有类似的艺术门类或者说艺术文化形式。比如亚洲的日本，有着与中国的相声形式相同的"漫才"和与中国的弹词形式相似的"平曲"等；非洲的塞内加尔等国，有着类如中国评书和鼓书形式的讲史性说唱表演；曲艺艺术的世界性存在，是一个不争的事实。我一直希望扬州曲艺能够走向全国，甚至走向世界。比起我个人被认可的成绩，我更迫切地希望扬州曲艺能得到推广，让扬州的曲艺三朵奇葩（评话、弹词、清曲）在更大的范围收获更大的影响力，让更多的人知道它们，爱上它们！因为它们是我挚爱的事业，看着它们的演员、观众队伍日益壮大，曲种影响力越来越强，从过去几乎衰败的阴霾中走出来，逐渐成长、壮大，就像看着自己的孩子茁壮生长一样的欣慰，所以我更加的努力，全身心地投入这份事业！在我心里，没有什么比把每一场演出圆满、认真的完成更重要的事情了！当然，还有出新作品，好作品！作品是演员的立身之本！

　　2017年6月，我团创作了新编扬州弹词中篇《瓜洲余韵》。我作为主演之一也投入了紧张的创排阶段，故事的题材很传统，是根据清代作家冯梦龙先生所作的《三言二拍》中的一段、大家耳熟能详的《杜十娘怒沉百宝箱》改编而成。我们的任务就是要以一种不一样的评说方式，来让观众更深刻地认知杜十娘这样一个不愿被命运左右的悲情人物。这次的演员阵容很特别，几乎都是由我团90后的年轻演员挑大梁，而我作为中青年演员加入其中，既可以起到一个带头示范的作用，又可以得到一次不一样的体验——过去都是老师带我们，现在轮到我们来带年轻演员。这也是一次新的挑战和突破，年轻演员们都很不错，他们正是含苞待放的蓓蕾，需要滋养，而我们正是怒放的牡丹风华正茂，这样的组合也是此次中篇的一大看点！

排练过程中也遇到不少的困难，譬如剧本的二度创作，与年轻演员们的磨合，弹唱处理，乐器演奏的磨合，都需要比平时下更大的功夫。因为不同于苏州弹词的表演方式，我们扬州弹词更多的是单档表演，所以平时的演出说表弹词都是一个人独立完成，而此次中篇排练不仅需要多人完成，更需要我与年轻学弟们的完美合作才能达到最佳效果，要求我们花的精力和工夫都是平时的几倍。我们每日每夜的加紧排练，这其中也有过争论有过质疑，但更多的是团队精神！值得庆幸的是，我们的中篇获得了江苏省艺术基金的资助，即将在九月下旬正式搬上舞台！希望给大家带来一次精彩的文化盛宴！

每每重要时刻、重大事件、紧要关头，总能第一时间发现曲艺人的身影。"新中国成立65周年""抗战胜利70周年""长征胜利80周年""中国共产党成立95周年"，中国曲协精心组织创作主题鲜明、立意深远、群众喜闻乐见的优秀曲艺作品，由全国各地老中青少曲艺演员联袂登台，向人民报告、向和平致敬、向党汇报，展现了曲艺工作者的家国情怀，唱响了时代进步的主旋律，激发了广大人民群众追梦筑梦圆梦的奋斗热情。具有中华审美风范的曲艺艺术，始终围绕中心、服务大局，面向基层、服务群众，为人民抒情抒怀，为时代奏响华章，为祖国贡献力量。作为我们新一代的曲艺工作者，今后的道路还很漫长，任重道远，从我做起，争做担当使命，弘扬道义的倡导者；坚持以人民为中心的创作导向，坚持深入生活，争做深入生活扎根人民的实践者；要敢于吃苦，忍受寂寞，争做创新有为、锤炼精品的推动者；要继续扩大工作的覆盖面，关注关心曲艺人才队伍的建设，争做健康批评、闻过则喜的践行者；要自觉担负起英灵行业风气的历史使命，潜心为艺，淡泊明志、心存高远、改革创新，争做崇德尚艺、德艺兼修的示范者；示范引领广大曲艺工作者真正形成命运共同体、价值共同体和责任共同体，发扬光大曲艺艺术优良传统，努力攀登道德高峰和艺术高峰，为历史存正气，为世人弘美德，为自身留清名！牡丹绽放！香飘万里！

风雅颂

作词：殷伯达

作曲：戈弘

演唱：刘芋君

那一夜春江花月溢彩流光

相思远方，张若虚岸边瞭望，便赢得孤篇压了全唐

唐代的诗，宋朝的词，扬州的姑娘

一丛丛烟花三月里绽放，天下无双

一幅幅老墙千年的画窗，琴醉古巷

娇艳了隋堤桃柳水韵花香

西湖瘦出了俏模样

那一年马蹄声疾马上吴王

邗沟挥鞭，金戈响破土开疆，便令那河水改变方向

谁派时光，穿越沧浪，运河贯京杭

一帆帆传奇拍岸呈现辉煌，千舟浩荡

一程程征途百姓的梦想，万桨铿锵

阅尽了古运河水源远流长

绿杨城郭是我故乡

永远做一个有担当的青年人

陈　靓

一、三考剧团师徒缘

对我来说，2015 年是个幸运之年。记得那年春天，上海曲艺家协会领导告诉我，我被列为中国曲艺家协会实施的首批"牡丹绽放——曲艺英才培育行动"培育对象，接到正式通知后，准备去首都北京签订相关培训计划。

听到这个消息，我心情非常激动。回想自己，不过是个青年演员，加入人民滑稽剧团后，在老师的帮助下，我踏踏实实，认真学艺，听从了前辈老师们的教诲："没有小角色，只有小演员。"因此，我从坐冷板凳跑龙套开始，静下心来，刻苦钻研，勤奋学习，厚积薄发，取得了点滴进步。领导对我的进步给予热情的鼓励，激励我继续前进，把我列为中国曲艺家协会一名培英计划入选者，这是我无上的荣光，同时，也是我的责任。我应当把这次培育计划看成一次攀登艺术高峰时的新起点，从艺的道路还很长，应当不负众望，加强政治学习，总结经验和教训，站在历史的高度，温故知新，不忘初心，勇往直前，做一个党和人民欢迎的演员。

夜来人静，我坐在台灯下静静思考，手里拿着一张珍贵的照片：上面是一群身穿白衬衫，佩戴红领巾的小朋友，他们手里拿着乐器，十分投入地在为观众表演节目。那些莘莘学子稚嫩的表情，认真的演唱，虽然称不上一次成功的表演，但是，演出时的认真态度和喜爱曲艺的热情，赢得了观众的好评。那个正在领唱的小朋友，似乎唱得格外动情。他不是别人，就是我——陈靓。

我出生在上海，小时候生活在老城厢。众所周知，上海老城厢最热闹的是城隍庙，它位于市中心，被誉为"黄金地段"。

上海开埠后，这里就是上海的地标。豫园、九曲桥、湖心亭等景点是游客必到之地。老凤祥、张小泉、丽云阁、王大隆等百年老字号，也是游客购买旅游纪念品的好去处。而宁波汤团、南翔小笼、五香豆等脍炙人口的特色美食，让人流连忘返。谁都知道一句话："不到城隍庙，就没到过大上海。"

我从小很喜欢游览城隍庙，吸引我的并不是景色和美食，而是每年传统节日的庙会活动。届时，有很多手艺人都会来到这里为大家表演民间艺术，比如"吹糖人""捏面人""拉洋片"等。我最感兴趣的是去湖心亭茶馆门口，那里经常有滑稽老艺人在演唱"小热昏"。他们身背木箱子，到了场地，箱子放在木架上，手拿小锣，头戴小帽，唱起了滑稽的曲调，说起了好笑的故事、好听的曲调，诙谐的语言，每次都逗得我哈哈大笑。因为我从小喜欢曲艺，儿时在家，几乎每天守着半导体，跟着外公外婆一起收听曲艺节目，那时上海电台有几档广播节目，特别受人欢迎，比如《说说唱唱》《滑稽王小毛》等，同时还会播放上海的独脚戏、滑稽戏、说唱、小品等节目。每每到这个时候，总是我的开心时刻。听着听着，我的脸上不由自主地露出了笑容，有时还会随着节目内容，手舞足蹈起来。爸爸妈妈看到了，笑着跟我开玩笑："你这么喜欢曲艺？那长大了就去当个滑稽演员吧。"父母的一句玩笑，竟然在我心里，留下了深刻印象。从此，我更加喜欢曲艺节目了。

　　我 13 岁那年，邻居告诉我，说唱大师黄永生打算举办"上海说唱艺校"，目前正在招生。我喜出望外立即翻看报纸，找到报名地址，经过面试，我终于称为上海说唱艺校的一名学员。

　　黄永生老师教学十分严谨，对学生的要求非常严格，我在黄老师的言传身教下，认真学习，进步较快。半年后，黄永生老师要求学生做一次学期汇报演出，经过反复排练，我被选拔为领唱，一气呵成演唱一段几十句的绕口令。由于平时的勤学苦练，居然顺利地完成了演出任务。爸爸在现场用照相机留下了永恒的瞬间，这就是这张珍贵照片的来历。真没想到，这次学期汇报演出，对我漫长的人生道路，产生了深远的影响。

　　经过艺校的授课训练，我们学会了不少说唱节目。黄永生老师为了培养我们，展示教学成果，积累表演经验，到处推荐介绍艺校的学生。机会来了，有一年元宵节，上海曲艺家协会将举办迎新茶话会，按照惯例，每年的茶话会上都会表演节目的环节，这些节目既有老艺术家示范演出，也有获奖作品展演。身为曲协副主席的黄永生老师，举贤不避亲，推荐我们这些娃娃兵集体演唱《金陵塔》。听到了这个消息，我既兴奋又紧张。兴奋的是，茶话会来的都是上海曲艺界的艺术家，能和这些艺术家们同台演出，是我的荣幸，说不定能碰上哪个明星老师，我还要他签名留念呢；紧张的是，因为学业未精，怕唱不好，影响了黄老师和艺校的声誉。

　　我们一群小伙伴终于来到了上海文艺界的最高殿堂——文联礼堂。见到了不少仰慕已久的艺术家，说也奇怪，当我表演了上海说唱《金陵塔》一段绕口令时，居然取得很好效果。我鞠躬行礼时，台下观众响起了热烈的掌声，我清醒地知道，这是文艺界的老前辈鼓励我们小朋友学习传统文化。人生第一次听到这样的掌声，我心里美滋滋的。

演唱结束，我准备离开舞台时，有位老师叫住我："小朋友，有人要采访你。"我一看，过来一位中年人，笑容可掬，留着板寸头，白白的皮肤、圆圆的肚子，咦！这个人我认识，他不就是上海滩家喻户晓的喜剧明星王汝刚吗？王汝刚老师走到我身边，手拿话筒，亲切地问我："小朋友，今年几岁了？学曲艺多少时候啦？"我涨红着脸，语无伦次地说："陈……我叫陈靓。""今年几岁啊？""大概13岁吧……""哎哟，你倒蛮幽默的，长大了以后来唱滑稽，来做一个专业演员好吗？唱滑稽可以弘扬民族文化，传播真善美，能得到社会的尊重。"我大声地说："太好了，那我现在就跟你去唱滑稽吧！"王老师一愣，对我说："你小学还没毕业，等你毕业了，我们就收你进剧团。"

时隔3年，上海市人民滑稽剧团面向社会，公开招收学员，我真的跑去报考了，凑巧的是，主考竟然就是王汝刚老师，他和其他几位考官坐在考场中间。我应考官要求，表演了说唱和用方言讲故事。王老师听完之后，微微点头，转身向其他考官耳语。我壮大胆子问王老师："王老师，你还记得我吗？"他对我说："我正和其他老师介绍你，当年参加元宵茶话会，你的表现不错。"我忙说："对的，当年您不是说，如果喜欢曲艺，就要坚持勤学苦练，将来做一个专业的滑稽演员，今天我来了。"原以为我自告奋勇地毛遂自荐，可以博得王汝刚老师的另眼相看，谁知王老师眉头一皱，然后对我说"小朋友，要想当一个专业的滑稽演员，没有这么简单，你现在年龄还太小，连中学毕业的文凭也没有，那怎么行？要知道表演曲艺，不但需要说学演唱的嘴皮子功夫，更需要文化知识和内涵。不过，剧团的门向你敞开，等你毕业后，把文凭拿出来，我们再考虑收你进剧团"。

真的一语惊醒梦中人。是啊，王老师说得对，不要说搞曲艺，做哪一行不需要文化？我就把这句话记在了心里。从此，我认真学习文化知识，课余时间去艺校上课。

几年后，我完成高中学业，再次来到了人民滑稽剧团，把我的毕业文凭交到了王汝刚老师的手里："王老师，我高中毕业了，我想唱滑稽。"王老师接过文凭，脸上露出了一丝笑容，但是马上"多云转阴"，对我说："你真的要来唱滑稽吗？搞艺术没这么简单，要取得成功更不容易，高中毕业文凭没什么了不起，等你有了大学文凭，我们欢迎你加盟剧团。"我一下子被说蒙了，于是，凭着我多年对本土曲艺的喜爱和这份职业的向往，和王老师"讨价还价"。我说："这样好不好，我先随团学习，然后，进入大学深造，总之，我不把大学文凭交给你，就不算人民滑稽剧团一员！"

王汝刚老师和其他团领导商量后，给了我一个答复："陈靓同学学艺认真，有一定的表演天分，可以考虑先进剧团当随团学员，等拿到大学毕业文凭，才正式转正，用毕业证换工作证。"

真是功夫不负有心人，经过几次三番的考验，我终于拿着同济大学的毕业证书，成了人民滑稽剧团的一员。进入剧团，我努力工作，认真学习，但总想，如果能有个老师直接指导我，那该有多好呀。

难忘的 2011 年的 11 月 8 日，经过双方的选择，我很荣幸地成了王汝刚老师的学生，在上海衡山宾馆举行了拜师仪式。

那天，衡山宾馆热闹非凡，花团锦簇，嘉宾云集，上海文艺界的很多领导和专家都来参加我们的拜师仪式。其中有全国人大常委，中共上海市委原副书记龚学平同志，以及市委宣传部、市文广局、黄浦区等领导。在大家的见证下，由滑稽表演艺术家李九松先生、说唱大师黄永生先生亲自为我推荐，正式拜师王汝刚。我怀着感激的心情对王老师说："王老师，我三次来考剧团，今天终于能拜你为师，感谢你对我严要求，高标准，我会对滑稽艺术忠诚一辈子的。"王老师感慨万千地说："不要说什么高标准，严要求，当初没收你进剧团的原因很简单，那年你只有 16 岁，我身为法人代表，雇佣童工是不允许的。不过，我相信我的眼光，你是滑稽艺术的好苗子。"龚学平同志也应邀发言，鼓励我要为滑稽艺术做出贡献。

二、舞台实践演皮匠

众所周知，我所在的上海市人民滑稽剧团，是在江南乃至全国颇有影响的文艺团体。2006 年，剧团被文化部列为国家级非物质文化遗产"独脚戏"的传承保护单位。人民滑稽剧团的前身是负有盛名的大公滑稽剧团，拥有一批著名表演艺术家杨华生、笑嘻嘻、张樵侬、沈一乐、绿杨、张利音、筱声咪等，他们创演了不少滑稽大戏，如《七十二家房客》《如此爹娘》《样样管》等，以及一大批独脚戏节目，如《宁波空城计》《算数》《剃头》等，深受广大观众欢迎。"十年动乱"中，好戏被列为"大毒草"，剧团被迫解散，演职员被下放到农村和农场。

十届三中全会后，在原来大公滑稽剧团的基础上，重新建立上海人民滑稽剧团，老艺术家恢复了艺术青春。剧团还加盟了一批事业如日中天的艺术家，如王汝刚、毛猛达、李九松、沈荣海、张小玲、陶德兴等，形成了几代滑稽演员的强大阵容，他们上演了不少好戏，在观众中产生了深远的影响。其中，全国人民最熟悉的就是滑稽大戏《七十二家房客》。

说起《七十二家房客》这部戏，起源于上海解放初期，党和政府提出了文艺创作必须改人改戏，滑稽老前辈杨华生、笑嘻嘻、沈一乐、张樵侬积极响应号召，积极学习，共同创排。当时独脚戏非常流行，滑稽大戏并不多。他们经过研究，决定突出主题，塑造人物，以揭露旧社会流氓反动势力的丑恶面目为主要内容，把几个传统的滑稽独脚戏串联在一起，就有了滑稽戏《七十二家房客》。

这个剧本的高明之处在于把一些经典独脚戏段子串联在一起，发挥每个演员的长处，集思广益，用群众喜闻乐见的艺术手段，进行再度创作。因此，滑稽戏《七十二家房客》诞生后，在社会上引起了轰动。首轮演出时，周恩来总理、陈毅副总理等中央首长都前来剧场观看，给予很高评价。

重建后的人民滑稽剧团，应观众要求，选择首演的剧目就是《七十二家房客》。记得当年，剧场盛况空前，舞台效果强烈，观众一票难求，不惜重金抢购。复演时，演员阵容有所改变，原来在剧中扮演"小皮匠"的著名演员沈一乐，在"文革"中已经去世。因此，剧中重要角色小皮匠一角，由王汝刚扮演。那时，王汝刚老师年富力壮，外形端庄，举止洒脱，他扮演的小皮匠恰到好处，受到了社会各界的好评。从此，《七十二家房客》也成为他从艺的代表作。

星斗月移，2017 年，恰逢中国曲艺牡丹奖——终身成就奖获得者杨华生先生一百周年诞辰。为了纪念这位已经去世的滑稽泰斗，2016年年底，剧团开始筹备复排演出《七十二家房客》，并且拍摄同名八集电视连续剧，用这样的方式，纪念滑稽大师杨华生先生。

剧团召开会议，当导演宣布演员名单时，我非常吃惊，因为在演员表里，导演安排我扮演小皮匠。我深感意外，自己从艺几年来，在说唱领域做了一些努力，赢得了一些青年观众的好评。现在要我在滑稽戏里扮演重要角色，确实使我很为难。因为，滑稽戏和独脚戏是两个概念的艺术门类；再者，几位前辈老师先后在舞台上充分展示这一人物的光彩，赢得了崇高声誉，而让我一个初出茅庐的青年演员扮演这么一个重要角色，我行吗？

我多次仔细地阅读了剧本，故事讲述了20世纪40年代末，在一幢上海石库门房子里，二房东和流氓炳根串通伪警察369，欺诈众房客，鱼肉乡邻。而众房客发挥劳动人民的聪明才干，智斗恶人，最终迎来上海的解放，劳动人民当家做主。小皮匠是一个很有分量的角色，我曾经在电视里看过王汝刚老师演过的小皮匠，王汝刚老师把小皮匠的机智勇敢，把劳动人民的朴实，表演得淋漓尽致、入木三分。现在，接力棒交到了我的手上，我觉得这在我从艺道路上非常重要的一笔。这是领导和老师对我的信任，我一定珍惜这个机会，加倍努力，演好这个角色。

我主动找导演和王老师，要求他们对我"开小灶"，精心指导。导演为我分析剧本，帮助非常大。王汝刚老师更是多次找我谈心，打消了我的顾虑，他说："你外形端庄正派，演劳动人民小皮匠很合适。但是，不光注重外形，主要塑造人物的内心世界，小皮匠充满正义，疾恶如仇，善于帮助邻居劳动人民，但是，他并不是闲着无聊，而是十分勤劳，希望你多观察生活，到皮匠摊去观察老师傅修鞋，只有让心灵走进这个角色，才能体会角色的甜酸苦辣，表演才会真实可信，善良可爱。"王老师的话给了我很大的鼓励，增强了我塑造角色的信心和勇气。

我来到老城厢一条不知名的里弄里，寻到了一位修鞋匠，主动和老师傅交朋友，一边把鞋子给他修补，一边和他拉家常，同时仔细观察修鞋匠的职业动作、生动神态、说话语气，印在脑海中。回家后，我面对镜子，反复练习琢磨，终于找了修鞋匠的感觉。滑稽戏《七十二家房客》上演后，观众给予我热情的鼓励。他们说："陈靓在台上手脚勤快，动作到位，真像一个修鞋匠。我们原认为，你年轻，太时尚，演不出劳动人民的本色，看了表演，我们知道，你下了功夫了。"

2017年春节前夕，上海电视台决定把《七十二家房客》拍成八集的贺岁剧，在春节黄金时段播放。由于我在舞台表演的经历，导演组非常认可，决定在贺岁剧中，让我继续扮演"小皮匠"。不过，导演和我谈话时，表达了他的担忧："陈靓，电视剧和舞台剧完全不同的，希望你在镜头中用眼神和心演戏。"

说到这个拍摄任务，我还记得发生在片场的一件小事。由于《七十二家房客》拍摄地点是在上海市郊——车墩影视基地，为了抢时间，导演要求，演员必须每天早上5点钟起来化装，6点钟就到现场拍摄。

遵守时间这个要求，对我来说并不很高。困难的是，导演对我提了更高的表演要求。剧情里有一段戏：某天夜晚，小皮匠正在阁楼里吃冷饭，他是个疾恶如仇、敢说敢当年轻人，听见楼上房间有反常的声音，同时传来阿香姑娘的呼叫声，马上意识到，一定是流氓炳根在调戏阿香姑娘。小皮匠下意识准备立即冲到楼上，和流氓讲道理。众房客闻讯赶来，劝阻他千万不要冲动。

小皮匠眉头一皱，计上心头，故意大声呼喊："失火了！失火了！"这一下子，引起整条弄堂的轰动，左邻右舍纷纷走出弄堂，到处打听火灾情况。流氓也误以为失火了，只得放下邪恶的念头。就这样，小皮匠运用自己的智慧，解救了穷人阿香姑娘。

导演要求我在这段戏中一定要投入，把真情实感演出来。他启发我说，当人激动的时候，血压会升高，这个时候，脑子应该是缺氧的，如果你能演到这个程度的话，就对了。我反复琢磨导演的话，并且积极准备起来。第二天早上，我3点半就起床，跟着录像一边学习一边排练，5点化完装，6点准时到现场，正式开拍了：小皮匠听见阿香呼救，奋不顾身冲上楼去，邻居劝阻他，小皮匠不顾一切，拼命地往上冲……谁知，没走几步，我眼前一抹黑，顿时头晕眼花，眼前什么也看不清了。我暗暗得意，心想，这个也许就是导演说的缺氧状态，太好了，我成功了。

这时，导演走到我身边，着急地说："怎么身体不舒服？"我兴奋地说："没有，导演快继续拍摄吧，我想，我已经找到脑子缺氧的感觉，我成功了！"谁知导演茫然地望着我，递给我一块巧克力，说："这不是头脑缺氧的表现，你大概是早饭没吃，引起了低血糖，要知道，头脑缺氧和内心兴奋是完全不同的。"导演的话，引得现场哈哈大笑。

这时候，我才体会到，真看真演不容易，不经过实践，是找不到真实的感觉。于是，我向老师和导演请教，慢慢地开始走进了银幕中小皮匠这个角色的感觉，随着时间的推移，拍摄越来越顺利。今年春节期间，电视版的《七十二家房客》终于在黄金时段播出，收到了很好的收视率，我扮演的小皮匠也得到了广大观众的好评，大家都说："这个小皮匠，像个劳动人民，蛮可爱的。"

三、良师益友情谊深

说实话，我刚开始入选培英计划后，根本不知道自己的责任和任务，两年来的实践，使我得益匪浅，慢慢地也融入了这个温暖的集体。

感谢中国曲协为我们十位入选者搭建平台，董耀鹏书记亲自为我们设计课程，安排活动。感受最深的是，曲协邀请了许多高层次专家，组织高级研修班，请专家为我们讲课，另外还请了许多富有实践经验的艺术家，为我们辅导表演艺术。不仅请进来，还安排走出去，曲协领导多次提供机会让我们送欢笑到基层，把曲艺的种子，撒向大江南北，神州大地。为了开拓我们的视野，曲协还安排我们轮流参加"中国曲艺海外行"等外事活动，通过学习、参观、演出等实践活动，让我们开眼界，长知识，勤交流，多实践，使自己的政治识别能力和业务水平有了明显的提高。大家都反映，曲协领导把活动安排得如此精彩，我们一定不负众望，做一个合格的曲艺演员。

　　我对中国曲协领导安排的任务非常重视，尽管平时剧团演出任务比较多，但是只要一接到中国曲协的任务，我总会想办法，安排好时间，确保能够每次参加活动。有时间冲突，我如实向曲协领导反映，他们也会妥善安排，我非常感谢领导的关怀和支持。我也不会轻易放弃每一次演出和学习活动，因为，我深刻体会到，中国曲协精心安排的每一次活动，都是对自己锻炼和提高的好机会。短短两年内，我跟随中国曲协，走过不少地方，如北京、天津、浙江、江苏、江西、安徽、福建、四川、山东、山西、陕西、湖南、湖北、河南以及台湾等省市和地区演出，所到之处，受到观众热烈欢迎，老百姓对我们演员发自心底的欢迎，这种鱼水之情是我终身难以忘记的。我在他们身上，学到了不少好思想，好作风。在阿根廷、智利、澳大利亚等国家演出时，我也真切地向海内外朋友介绍中国曲艺，弘扬中华民俗优良传统。使我感受很深的是，我们中国的国际地位越来越高，外国朋友也十分喜爱中华文化，我作为一名文化使者，由衷感到自豪。

　　中国曲协领导对我们十位青年演员，十分关心。尤其是中国曲协分党组书记、驻会副主席董耀鹏同志，他犹如亲人一般关注着我们。虽然他工作繁忙，还是经常与我们谈心，了解我们的工作情况生活情况，嘘寒问暖，关怀备至。每当我们取得成绩时，他总是给予热情的鼓励。同时，对我们的要求十分严格，发现问题，及时向我们指出。好几次，他利用送欢笑演出间隙，把我们青年演员召集在一起开会，倾听我们的诉求，同时向我们布置任务：要求我们必须认真学习习近平总书记系列重要讲话，树立正确的世界观，人生观，价值观，遵守职业道德，要继承"艺以弘道"的传统，以社会主义核心价值观为引领，热情讴歌党、讴歌祖国、讴歌人民、讴歌英雄，弘扬真善美，贬斥假恶丑，让人们从更多充满正能量的作品里，体会到人间真情和真谛，感受到世间大爱和大道，激发崇德向善的精神力量。要打破个人狭隘的小圈子，广交朋友，互相学习。董书记不仅在政治上谆谆教导我们，还多次在艺术创作座谈会上，现身说法，针对我们青年演员开诚布公地说："创作上要胆大心细，多向专家，大家请教，让大家为你的作品把脉，学会不耻下问。苗阜，你能不能请莫言来看看你的相声文本？陈靓，你的上海说唱唱词是不是可以给余秋雨过过目？这样才能找到差距，提高进步嘛。"董书记的一番话，犹如醍醐灌顶，使我受益匪浅。心想，书记的话说得对，青年人应该广交朋友，取长补短，充实自己。从目前情况来看，我在培英计划中的是年龄最小的一位学员，论资历、论经验我也是最浅的一个，就更应该趁着年轻，利用难得的学习机会，向班上其他学员多多学习。比如暴玉喜老师，他的年龄可以做我的哥哥，在剧本创作方面更是一把好手，他的作品曾经连续几次荣获国家级大奖，我应该虚心向他学习。再说，在生活中我和他说话很投缘，参加学习班又同住一间寝室，这不是一个好机会吗？

受了董书记的启发，我有意识地接近暴玉喜老师，每天晚上我找他促膝长谈。暴玉喜向我传授了不少创作的经验。同时，他也向我了解海派滑稽的特点，我尽我所知，一一答复。慢慢地我对暴玉喜更加了解了，他不仅是创作上的高手生活中还是个好人，很会设身处地为他人着想。比如，他每天早晨起得很早，轻手轻脚在写字台上，戴上耳机，聆听老师的上课录音，整理学习笔记。我睡眠比较晚，早晨还在酣睡，为了不影响我休息，暴老师一直坐在写字台边，重复同样的动作，保持安静。眼看时间到了早上 8 点，他才轻轻地叫醒了我："陈靓弟弟，你要起来吃早饭吗？""哥哥，我不吃了，等下直接去上课了。""噢，是这样啊？本来我想等你一起去吃早饭的，你要记住了，早饭是每天上午6点到8点，你真的不去？那我去了。再不去就什么也没有了。"我忍不住笑出声来，暴玉喜就是这么可爱。

别看任平是成都市曲艺团团长，业务上的骨干，生活中却是个和蔼可亲的大姐姐。她是个清音演员，对唱腔颇有研究，因此我和她在一起谈论得最多的是关于唱腔问题。她告诉我，有位四川老师曾经移植上海说唱《金陵塔》，用四川方言绕口令，这种创新的表演颇受群众欢迎。任平的话对我启发很大，《金陵塔》是个传统节目，如果可以用多种方言演唱，就能吸引更多的观众。于是，我开始尝试用各地方言表演绕口令。有一次，我去四川巴中演出，想用四川方言来绕口令，但是怕方言说的不正宗，不会引起观众共鸣，于是，我打电话给任平，在电话中，向她学习四川方言，正巧，当时任平正在电台忙于录音，接到我的电话，她毫不犹豫，一口答应，并且跟我约定时间，利用休息间隙，为我纠正方言，寻找韵味。应当说，在巴中的演出时成功的，这绝不是我个人的功劳，而是我们英才计划学习班同学之间交流艺术的成果。

从此，我把演唱方言《金陵塔》作为一个课题来研究。目前，我已经能够运用江苏、浙江、广东、山东等方言来进行演唱，在下基层送欢笑演出中，都能受到欢迎，这使我增强了信心和勇气。当中国曲协安排我走出国门，去法国、阿根廷、智利、澳大利亚等演出时，我大胆运用英语、法语等外语绕口令，取得了良好效果。

四、银发路标指方向

近年来，我多次学习了习近平总书记关于文艺工作的系列重要讲话精神，越学心里越亮堂，越学心里越有方向。总书记教诲的很对，文艺必须深入生活，扎根人民，讴歌时代，说唱美好生活。

创作的源泉从何而来？总书记指明了方向，老百姓为我做了榜样。我很喜欢下基层，为老百姓演出。我为老百姓带来了欢声笑语，老百姓为我提供了无穷无尽的创作灵感。

2015年的冬天，我在微博上发现一条留言。"陈靓：你好，我们是浦东新区周浦老来客活动中心的一群老人，平均年龄82岁。我们是一群退休的快乐老人，周末聚在一起，自发搞一些兴趣活动，比如唱歌、书法、朗诵、剪纸、插花等等。大家还有一个共同的爱好，就是看上海的滑稽节目，自从从电视里看了你的节目，我们这些老人都很喜欢你，为滑稽艺术后继有人而高兴。不瞒你说，有好几位老人还是你的粉丝，大家一直在关注着你。现在告诉你一个消息，下个月，是我们老来客活动中心成立10周年的日子，我们想邀请你来和大家见一面，也作为我们过年的一次新春联欢活动，我们热烈欢迎你。当然，我们也知道你工作很忙，那也没关系，只要你心里想着我们这群老人就可以了，不好意思，打扰你了。"看完留言我很感动，心想，总书记要求我们文艺工作者必须走进生活，走进人民。民有所呼，我有所应，这是一次为大家服务的好机会啊，工作再忙，我也应当赴约。

2016年1月10日早上，我开车前往周浦，因为知道那边正在整修马路，怕耽误时间，所以起个大早，提前出发。寻找周浦文化中心。

周浦地处上海市郊，当地还有不少农田，地形复杂，路标也不清楚，正当我在泥泞的道路上犹豫不决时，突然发现前方站着一群上了年纪的老人，他们身穿滑雪衫，顶着寒风，似乎在等待着什么人。朔风吹在他们饱经风霜的脸上，吹拂起头上的缕缕银发。红润的脸上，笑容可掬。"来啦！来啦！陈靓来啦！"这时，更多的老人走出活动中心，有的拄着拐杖，有的相互搀扶着，大家都用期待的眼神看着我，"陈靓，你真的来啦！欢迎欢迎。"这时，我才明白过来，原来这群老人，是来欢迎我的，我顿时觉得很惭愧，不好意思地说，"各位爷爷奶奶，多冷的天啊，快回剧场去吧。"老来客的张伯伯告诉我："因为这里在修路，大家怕你找不到剧场，所以很早就在门口等候了，大家说，如果陈靓来了，找不到我们，那多不好意思啊，干脆我们几位白发老人，自发站在路口等你，希望你不要走冤枉路，我们想了个办法，几个白发老人站在路口，就算是给你做个银发路标。"

我鼻子一酸，多好的观众啊！这么冷的天，老人们还站在马路上，为我做路标，惭愧惭愧。

当天的庆典活动是成功的，几百个老人齐聚一堂，欢歌笑语，其乐融融。虽然他们都是古稀老人，但是个个精神抖擞，轮番上台表演节目，引得了一阵阵热烈的掌声。我上台先表态，"今天只要大家喜欢，你们点什么，我就唱什么，唱再多，也不嫌累。"于是，我为大家表演了上海说唱，戏曲联唱、小魔术等等。眼看时间过了正午，老人们看得乐不可支，心情愉快。要不是我下午还有录像任务，我真想继续为他们表演。

临别时，很多老人依依不舍，拉着我的手说："陈靓，什么时候还会来啊？你来我们很开心的！"我听了这个话，觉得既感动，又惭愧。说明我来的太少，应当主动走到人民群众中去，为他们带来快乐和欢笑。今后，我应该主动扎根人民、服务人民。心头一热，我拿出了手机，大声说："放心吧，各位爷爷奶奶，今后我一定常来常往，这样吧，我们一起合影作证！银发做路标，基层送欢笑，下次我再来，一个不能少。"

网络的传播速度是迅猛的，不到10分钟，已经有人转发了我在周浦文化中心活动的照片和视频。没想到，一下子收到了几百条点赞和留言。大家都祝福老来客活动中心的老人们身体健康，笑口常开。其中还有不少我的同行，都主动向我询问老人们的情况，表示愿意下次和我一起去为老人们服务的心愿。我很开心，个人的力量是渺小的，集体的力量是强大的，如果形成一支青年曲艺志愿者队伍，发挥大家的积极性，就能更好地为老人服务。

转眼到了 2017 年的春节，我和一批志愿者如约来到了周浦老来客，由于老人们自发的"宣传"，今年的参加活动的人数远远超出了去年。活动场地也安排到了大剧场进行。这次，在上海曲协副主席、评话名家吴新伯，秘书长章燕老师的带领下，送上了一场海派曲艺的节目。演员大都是来自各大院团的主要青年演员，他们都是上海曲协的曲艺志愿者，大家不拿报酬，不讲条件，目的就是为了一句承诺，基层送欢笑，一个不能少。

好节目高潮迭起，上海评弹团的青年演员演唱了经典唱段《蝶恋花》；上海滑稽剧团的青年演员阮继凯和他的搭档表演了独脚戏《戏曲杂唱》；人民滑稽剧团的主要演员曹雄、许伟忠表演了新创作的独脚戏《三十而立》……看着台上的演员的表演，老人们个个笑逐颜开，剧场气氛十分热烈。我除了表演曲艺节目以外，还担任了主持人。我像谈家常一样，向老人们拜年，汇报了一年来，我的工作和生活的情况。当我说道"各位爷爷奶奶，告诉你们一个好消息，就在今年秋天，我光荣地加入了中国共产党！"时，场内响起了雷鸣般的掌声。我的眼眶湿润了，多么可爱的老人啊，虽然我和他们之前互不相识，但是，他们就像亲人一样的关怀着我，我暗暗下定决心，作为一个光荣的中国共产党员，更应当尊老爱幼，今后只要老人们有需要，随叫随到。

五、传承沪语进校园

2016 年 6 月，我被推举为上海市徐汇区非物质文化遗产保护项目——"上海说唱"代表性传承人；2017 年 1 月，又被选为黄浦区政协委员。我认真参加各种参政议政和社会活动。在政协的平台上，我都听到有不少政协委员反映有不少上海小朋友，英语说得很棒，普通话更是一流，唯独不愿意讲上海话，因此，思想和情感无法交流，造成语言隔阂。这对于保护地方语言和文化是一个大问题，我认识到这个问题的重要性。现在，祖国建设日新月异，高楼大厦平地而起，但是这些高楼大厦就像是城市的骨骼，而缺少语言，则好比缺乏流动的血液。城市将变得苍白无力。特别是，我所从事的滑稽艺术，如果离开方言的语言环境，根本不可能引起观众共鸣，不但演出达不到效果，艺术更得不到传承。有一次，我表演时和小朋友做互动交流，我请他用上海话做个自我介绍，他憋红了脸，半天也没开口，最后，我对他说："互动表演结束了，你不愿意讲上海话，我也不能勉强你，那么我们就用上海话说句再见吧。"他点点头，我高兴地和他互动，用上海话对他了一句："再会。"谁知，他竟然回答我："BEYBEY!"顿时引起全场观众哄堂大笑，令我尴尬不已。

近年来，在各级领导的关心和支持下，传承海派文化，保护地方语言，成了全社会的共识。不少有识之士，积极投入保护上海方言的行动。我很兴奋，终于有了用武之地，于是，邀请了一批好友和同人，发起了"牡丹绽放，玉兰飘香——上海闲话进校园"的系列活动。目的很明确，这既是一次对小朋友的沪语推广，也是对自身业务的一次学习机会。

刚开始组织活动时，由于缺乏宣传和推荐，因此，并没有学校邀请我们去讲座或者排演节目。我和友人商量后，决定放下架子，主动上门，自我推销。我单枪匹马，来到学校和幼儿园，向校领导介绍活动内容和宗旨。我还做多媒体宣传片，让校领导现场观看，通过身传言教，校领导对类似活动表示欢迎。于是，我们开始了"牡丹绽放，玉兰飘香——上海闲话进校园"的系列活动。从 2015 年开始，两年内，我们来到了上海黄浦区、静安区、长宁区、宝山区、奉贤区、嘉定区、闵行区、浦东新区等几十所学校，参与人数累计破万。随着活动的深入开展，影响也越来越大。上海市曲艺家协会、上海市教委对我们的活动给予肯定和支持，被列为"上海市沪语联盟"的推荐扶持项目。我很高兴，因为这样一来，意味着能和更多的学生交流和参与，能为更多的朋友服务。

有一次，有位校长找到我："陈靓，我们很感谢你对传承沪语做了有益的工作，给你出个难题，能不能来我们幼儿园，为学龄前的小朋友做一次讲座呢？"我一愣，幼儿园的小朋友年龄只有三四岁，正在咿呀学语，怎么能和他们开展有效的沪语讲座呢？困难太大了，我以前没有尝试过，还是婉拒吧。刚想开口，看到校长期盼的眼神，我还是点头答应了："期望不要太高，让我试试吧。"

为了这次讲座，我做了功课的。阅览了报纸和新闻和有关书籍，从中华民族二十四节气中得到了启发，"二十四节气"是我们中华民族老祖先的智慧结晶，现在已经被联合国列为世界文化保护遗产，作为炎黄子孙，我应当大力宣传。我想民族的就是世界的，应该把这个知识，普及推广，融入讲座中，让小朋友了解民族文化，能够按照"节气"来记住民族的精华。

上课时，这些学龄前儿童果然有些调皮，于是，我就拿出了杀手锏，先为他们演唱上海童谣，听得他们津津有味，课堂纪律顿时好转。接着，我就用讲故事的形式，给小朋友讲解与节气相关的一些民俗、民风。比如，讲到春天，我就告诉他们，每年立春是二十四节气中的第一个节气，也正是山上春笋最美味的时候，上海人一般都会吃"腌笃鲜"。把春笋、蹄髈、火腿放在一起，用小火慢慢笃，鲜嫩的春笋在雪白的汤汁里翩翩起舞，让人看了垂涎欲滴；到了清明季节，街头巷尾，随处可见用艾草汁和糯米揉成的"青团"，里面包裹着豆沙或者笋丁肉末等馅；立夏季节，上海人的习惯，给自家小孩子脖子上挂一个网袋，里面放一个煮熟的咸鸭蛋，因为，立夏之后，暑气上升，天气闷热，人容易出现身体不适，中暑等症状，而咸鸭蛋正是开胃的好食品，套咸鸭蛋的网袋必须用红色的，因为红色网袋有驱邪的寓意；端午节，上海人有吃"五黄"的习惯；中秋节，家家人家都会吃月饼，喝"鸭子芋头汤"；到了立冬，正是大闸蟹肥美的时刻。我把这些风俗和饮食文化结合在一起，通过童谣和游戏等形式，介绍给小朋友，取得了较好效果。

　　2017年5月，上海卢湾一中心小学的校长向我介绍，他们学校有一个"小小讲解员"的志愿者队伍，这批小学生利用课余的时间，到上海的各大地标性的景点，给市民游客当义务讲解员。校长想让我帮助他们，教会学生一些沪语，让学生到一大会址用沪语作讲解。我觉得这是个非常有意义的想法，一大会址是中国共产党诞生的地方，参观的朋友中有全国各地的朋友，还有全世界的友人，更有不少上海人喜欢去参观。如果能用沪语给他们讲解，一定可以让他们留下深刻印象。

　　于是，我就走访了中共一大会址，说明了来意。负责人非常支持，拿出普通话版本的讲解词，我在这个基础上，整理出了一份沪语版的，适合小朋友演说的讲解词，然后和同学们一起投入认真排练。

　　7月1日的早晨，我起个大早，来到了中共一大会址门口，那天是党的生日，所以来往参观的人特别多，其中还有不少家长带着自己的孩子来到这里参观。这时，几位经过训练的小朋友来到现场，用沪语对游客说："各位爷爷奶奶，爸爸妈妈，今天我用沪语给大家介绍一下中共一大会址吧。"现场顿时响起了掌声，小朋友不亏训练有素，用洪亮的声音作沪语讲解："大家好，此地就是黄浦区的兴业路，阿拉外婆讲给我听，老早不叫兴业路，叫望志路，是属于法租界的。这幢老有海派特色的石库门建筑，就是'中共一大会址'。1920年的辰光就造好了。大家看到，敞亮的玻璃窗，干净的木地板，在周围绿树木的衬托下，显得交关庄严。1921年7月23日到30日，中国共产党在此地召开了第一次全国代表大会，从此伟大的中国共产党就诞生了……"

我发现现场的围观的人越来越多，游客中不但有上海朋友，还有外国朋友，他们都听得津津有味。翻译告诉外国朋友，这是小朋友用上海话作讲解。老外兴奋地说："用上海话说上海景点，verygood"。

活动结束了，小朋友们还兴奋不已，我更是高兴，因为，我是个共产党员，领导对上海青年提出的要求是："推广普通话、传承上海话、会说外国话。"我作为党员，能为党建工作做出的一份贡献，能不高兴嘛！

六、青年代表受表彰

2016年4月的一天，我接到共青团上海市委宣传部的电话，郑重其事地通知我，5月4日青年节那天，时任中共中央政治局委员、上海市委书记韩正同志要表彰一批上海市优秀青年代表，我也名列其中。

2016年5月4日，是"五四运动"97周年的纪念日。那天，中共上海市委和共青团上海市委。在衡山宾馆百花厅举行"上海优秀青年代表表彰大会"，我荣幸地作为上海市优秀文艺工作者，参加了表彰大会。

那天，天气晴空万里，衡山宾馆彩旗招展，热闹非凡。我准点来到会场，会议厅内已聚集了不少青年代表，有的是全国劳动模范，有的是上海十大杰出青年，有的是商界精英，

他们来自各行各业，作为行业的佼佼者，将接受领导接见和表彰。

9点整，全体代表高唱中国共产主义青年团团歌，在高昂的演唱声中，韩正书记来到代表身边，亲切接见与会代表。韩正书记和代表合影后，发表热情洋溢的讲话。他回顾了97年前的"五四运动"，鼓励青年代表要牢记历史，奋发图强要认真学习习近平总书记的系列讲话，敢于担当，充当时代闯将，在各自的工作岗位上，为努力实现中国梦做出自己的贡献。韩正书记的话，在代表中引起了强烈的反响，大家以热烈的掌声对市委领导的关心表示感谢。

表彰活动结束时，韩正书记走到我们身边，和青年代表们一一握手道别。当韩书记来到我面前时，我用上海话向韩书记问好："韩书记，侬好。"韩书记脸带微笑地回答道："侬好，小滑稽！"韩书记一口浓郁的上海话，引起了在场一片欢笑声。韩书记继续用上海方言语重心长得对我说："青年滑稽演员的责任很重大啊，弘扬民族文化，发扬海派精神，传递正能量，任重而道远，关键在于要多创作像《爸爸去哪儿》这样的作品。"

领导的教诲，我一直牢记于心。真没想到，市委领导工作如此繁忙，还关心曲艺创作。韩正书记所说的作品，独脚戏《爸爸去哪儿》，是我和搭档潘前卫一起创作演出的。这个作品曾经获得第八届中国曲艺牡丹奖——节目奖、上海市2015年重大文艺创作优秀单项成果奖。

说起这个段子，倒使我想起了创作过程。独脚戏素有四门基本功，

"说、学、演、唱"，它与北方相声的四门基本功"说、学、逗、唱"，有异曲同工之妙，但是，从业者都知道，二者看似差不多，独脚戏却更注重"演"这门功底。一个演员要在短短一段独脚戏里，惟妙惟肖扮男扮女，拌老扮少，是很不容易的。我多次向老师请教扮演人物的诀窍，老师告诉我们，要深入到生活中去寻找素材。面对各种人物，储藏在脑海中，才能演好诸如老人、妇女、男孩等各种人物形象。

老师的话给我很大启发，我想，人物形象找到了，是不是应当运用独脚戏的表演内容上去了，寻找各种社会现象，歌颂真善美，鞭挞假恶丑。于是，我找潘前卫商量，精心设计了三个小故事。通过不同社会阶层的人物，去电视台寻找爸爸。这里面有"百万富翁"寻找年迈的单身爸爸，也有怀揣明星梦的小姑娘抛弃亲生爸爸，寻找"有钱爸爸"，还有留守儿童到城里寻找不能回家的"打工爸爸"……这里就留下了一个悬念，这些孩子的爸爸究竟去哪儿了？通过观看节目，联想到社会现象，因此上演后反响很好。

不过，老师们对我提出，这个节目还有修改余地，特别是搭档合作应该更加密切。老师提得对，因为，以往演出的时候，我和潘前卫是以"子母哏"的形式配合，《爸爸去哪儿》显然不适合这种形式，不过，换一种表演手法，这就涉及上、下手的换位问题。没想到，潘前卫主动找我谈心，他说："作为演员，总想在舞台上多表现自己，这是人之常情，可以理解，但是《爸爸去哪儿》这个节目的结构与众不同，他借用了王汝刚老师'一人多角'的独特表演风格，我们不妨试试，采用'一头沉'的搭配风格，说不定不同的搭配风格，对我们今后的表演会有提高，能够拓宽表演戏路。"潘前卫的话使我很感动，作为一个演员，能够放弃展示自己才能的机会，帮助我淋漓尽致地完成角色塑造，这是非常不容易的。我对他说："感谢你的配合，如果作品成功了，军功章里有你的一半，也有我的一半。"

独脚戏《爸爸去哪儿》由三个小故事构成，前两个笑料很多，剧场效果很好，但是，最后一个故事，不能留给观众一个纯粹搞笑的印象。需要塑造一个"留守儿童"的正面形象，给人一个震撼人心的结尾。为了更好地塑造这个角色，在创作过程中我来到市郊农村实地观察留守儿童的形象和状况，特别使我得益的是我随中国曲艺送欢笑到四川贫困山区演出，看到了真实的留守儿童，他们不甘贫困，努力学习，乐观的生活，给我留下深刻印象。对演好这个角色，起了关键作用。

在剧场演出时，《爸爸去哪儿》取得了较好的效果，特别是留守儿童这一形象引起了观众的共鸣，随着剧情的发展，剧场中笑声少了，取而代之的是观众的抽泣和叹惜，大家同情留守儿童的生存状况，当留守儿童为爸爸唱起来家乡的小调："我对爸爸说句心里话，你安心工作别想家，孩子我如今已长大，从此不再想爸爸……"现场效果达到高潮，观众为这位孩子流下了热泪。我想起老师的一句话："带泪的喜剧作品是上乘之作，要让观众在笑声和泪水中，引起反思，有所启迪。"

观众欢迎我们这个节目，还有一个原因，那就是在短短的12分钟内，舞台上出现三个不同类型的角色，"土豪老板""青春少女""留守儿童"，这就需要演员不仅要把人物演好，而且还要在化妆造型上下功夫。我虚心向王汝刚老师请教，他在这方面很有造诣，曾经在独脚戏《爱心》《征婚》等节目中，一人扮演多个角色。王老师毫无保留地回答了这个问题。他说："舞台表演必须反复操练，争取用最短的时间抢妆，以迅雷不及掩耳之势，犹如变魔术一般，瞬间扮演各种人物，只有这样，才能给观众视觉上产生强力冲击，心灵上引起强烈共鸣。"在老师的启发下，我把角色的衣服准备好，反复练习，终于达到了应有的效果。

对于学习传统，开拓创新的曲艺创作方法，我有自己的想法。我认为必须要扎扎实实，继承好传统，然后才可以做到创新。如果我们年轻人没有好好继承传统，创新从何谈起。创演《爸爸去哪儿》后，更坚定了我先学习传统、后开拓创新的信念。就拿上海的独脚戏说，传统段子有成百上千段，需要我们继承发展。可惜，我和一些青年人犯了同样的毛病，有了一些实践经验，听多了观众的掌声，内心产生浮躁，不愿意潜下心来琢磨段子，研究艺术。

我还年轻，从艺的道路还很长，应当虚心向老演员学习，寻找差距，要像海绵一样不断吸取养分，不断进步，只有这样，才能不断产生灵感，打造新作品。我应该把"牡丹绽放培育英才行动"作为一个新的起点，扎根生活，服务社会，关注民生，以饱满的创作热情，排演更多更好的新节目，讲好中国故事，说唱美好生活，向党的十九大献礼！

曲艺艺术的青春与永恒！

这样的好生活

作者：王昕轶　李亮节　陈靓
演唱：陈　靓　李亮节

咱们是老百姓

天天有好心情

今天我和您聊一聊

衣食和住行

穿衣裳要讲时尚

款式要新潮

年轻人还要有个性

追求个与众不同　　（唱）

西装皮鞋打着领带

一看事业就很成功

挎包墨镜和连衣裙

紧跟时代的流行风　　（说）

民以食为天

肚子不好饿

柴米油盐

酱醋茶

这个朋友要吃荤

那个朋友倒要吃素

APP 上点一下

马上来送货　　（唱）

啤酒还有小龙虾

烧烤还要搭火锅

减肥色拉吃水果

office 里才好喝奶茶　　（说）

这样的好生活

该怎样来形容

我能想到一个词

那就是康宁

这样的好生活

该怎样来形容

我能想到一个词

那就是太平　　（副歌）

（间奏）

再看看咱的家

卧室和客厅

有书房有厨房

阳台很通风

清晨的阳光很明媚

咱一觉到天明

美丽的夜晚很宁静

做一个好梦　　（唱）

有房有车还有梦想

有家有你还有爱情

空调 Wifi 还有西瓜

简单快乐的幸福人生　　（说）

幸福生活向前进

交通蛮要紧

天天你上班去

需要有个好心情

地铁就在门口

轻轨也蛮近

交通工具来发展

造福我们老百姓　　（唱）

油电混合新能源

共享单车来出行

高铁连起了东南西北中

看看好风景　　（说）

这样的好生活

该怎样来形容

我能想到一个词

那就是康宁

这样的好生活

该怎样来形容

我能想到一个词

就是太平　　（副歌）

这样的好生活

该怎样来形容

我能想到一个词

那就是康宁

这样的好生活

该怎样来形容

我能想到一个词

那就是太平　　（副歌）

独脚戏

农民工点歌台

作者：潘前卫

表演：陈　靓　潘前卫

甲：我们的城市在快速发展，有一群朋友为了城市的建设，坚守岗位。

乙：我知道，你说的是咱们的农民工兄弟姐妹。

甲：现在大家都咱们农民工越来越关心。我听说网上有个"农民工之友点歌台"。

乙：说的没错，我就是负责这个点歌台的。

甲：听说来点歌的人很多，

乙：已经排队都排到门口了。

甲：那我去叫他们上来（下）。

乙：各位兄弟姐妹，你们辛苦了。欢迎大家来到点歌台，不分男女老少，不分地域国籍，不分文化程度，只要来点歌，都可以安抚心灵，送出祝福。

（甲上）

甲：大哥！（乙吓一跳）

乙：我当房顶掉下来了。

甲：他们都叫我老大，嗓门大，胃口大，力气大。

乙：这么个老大。

甲：今天我要来点歌，我开心啊！因为我的官司打赢了。

乙：打什么官司？

甲：大哥，你不知道，我原来是车间的机修工，我们那个黑心老板为了赶进度，半夜三更还让我修机轮，没想到，过度疲劳，我的大拇指卡在机轮里，出事故了。

乙：那属于工伤啊！你应该找老板呀！

甲：我说了，老板，我出工伤，少了根手指，多不方便，别的不说，拍照多难看。

乙：你老板怎么说？

甲：有什么大惊小怪的，你自己要取长补短的呀。

乙：怎么取长补短？

甲：少了一根，你这样，

乙：两根呢？

甲：这样，

乙：三根呢？

甲：year，

乙：全少了呢？

甲：还要简单，直接"萌萌哒"。

乙：你别听他胡说八道！这个老板太没良心了，不过这样的老板还是少数，你可以发动身边的朋友，大家都会帮助你的。

甲：是呀，你说的没错。有一位律师大哥，自愿帮我打官司。就在今天，帮我打赢了官司，拿到了赔偿。

乙：恭喜你。

甲：我知道那位好心的律师最近要结婚了，我就点首《大花轿》祝他们夫妻恩爱，好人有好报。

乙：好，这首歌我和你一起来唱。

（运用独脚戏的招笑手法表演）

乙：刚才那位兄弟太热情了。看看下一位又是谁？

甲：（上）各位爷爷奶奶，叔叔阿姨，伯伯婶婶，大家好，我是来自四川卧龙的。爸爸妈妈进城打工，在全国各地跑，我一个人在家里读书。

乙：那你今天来为谁点歌啊？

甲：就是我的（提谦儿）。

乙：啊？

甲：你这个人读书肯定不太好。英语都听不懂。

乙：你说的我听不懂呀。

甲：我说得很清楚，老师，英语就叫"提谦儿"。

乙：还带口音的。

甲：叔叔你不知道，我们老师对我好的很。有一次，我生病了，发烧好厉害，我把温度计拿起来一看——

乙：多少摄氏度？

甲：93 摄氏度。

乙：啊？

甲：拿倒了，39 摄氏度。

乙：那也不低了。

甲：老师来照顾我了，你给我吃药，擦汗，烧饭。所以今天我也要来点个老师教我们的歌。

乙：可以呀，你要唱什么歌？

甲：老师教过我们一首流行歌曲，叫"小屁股"。

乙：啊？小苹果。没问题，我马上送出这首歌。

甲：叔叔，这首歌，老师也教过我唱的，如果你唱得不好听，我要把话筒抢过来唱的。

乙：没问题。

（运用独脚戏的招笑手法表演）

乙：小朋友，调皮归调皮，还是蛮懂事的，更要感谢我们那些年轻的支教老师，你们辛苦了。好了，看看第三位上来朋友给我们带来怎么样的故事。

甲：（上）哥哥，哈哈哈！

乙：女士，你是从哪里来的？

甲：我是从扬州来的，我和我的老公一起来这里打工。

乙：你在哪里上班？

甲：公主坟。

乙：你老公呢？

甲：八宝山……

乙：啊？

甲：旁边的休闲广场"仟脚"。

乙：那蛮辛苦的。

甲：我们一个月就见一次面，早上我们在公主坟碰头，下午我们到五棵松看电影，晚上我们到八宝山……旁边的休闲广场散步。他把我拉到小河旁，含情脉脉地看着我，对我说……

乙：说什么？

甲：亲爱的，能让我亲一下吗？

乙：那你让他亲呀。

甲：我们的头越靠越近……

乙：赶快呀。

甲：越靠越近……

乙：赶快亲呀，我急死了。

甲：人家说悄悄话，你那么激动干什么？

乙：我不是想成全你们嘛。

甲：就在这时，一个保安大哥，拿着手电筒照着我们，难为情死了。

乙：哎，很多农民工因为工作，就算在一个城市，夫妻也不能团聚。

甲：我们公司领导知道这个事情，就把我们调到一个地方上班，这样我们就可以天天见面了。我太激动了，想唱一首我们家乡的扬州小调，表达我此时的心情，而且今天我还要边跳边唱。

乙：太好了，载歌载舞。大家一起给她打打节奏。

（唱扬州小调 + 绕口令）

唱：唱起山歌哈哈笑

现在的生活真是好

工资奖金全不少

住房条件呱呱叫

看病还能有老保

这样的生活哪里找

少保叫找

找保少叫……

大家是真心对我好

我要为城市建设立功劳

后　记

　　为深入学习贯彻党的十九大精神和习近平总书记在文艺工作座谈会、十次文代会上的重要讲话精神，大力弘扬社会主义核心价值观，着力推进曲艺行业建设，充分发挥中国曲艺牡丹奖得主的示范引领作用，培养打造中青年曲艺人才队伍，中国曲协聚焦曲艺高端和代表人物老化、曲艺队伍人才断档、部分曲种后继乏人等问题，探索实施了牡丹绽放——曲艺英才培育行动这一具有全局性意义的重大工程项目。

　　该行动自 2015 年 6 月起实施，每两年一批，每批 10 人，从历届中国曲艺牡丹奖得主中遴选出思想素质过硬、群众基础较好、专业水平优良、有发展潜力、年龄原则上在 45 周岁以下的中青年曲艺人才作为培育对象，综合运用采风创作、展演展示、研修培训、座谈研讨、志愿服务、对外交流、宣传推介、资金扶持等多种方式，对其进行全方位跟踪式培养。

　　2017 年 7 月，首批培英行动圆满收官，成效显著。两年间，10 位培育对象脚踏实地坚持走精品编创之路、曲艺传承之路、多元融合之路、精神塑造之路，在创作演出、继承发展、创造创新等方面都取得了令人欣喜的成果。经过两年的历练成长，他们的思想认识日趋提升，艺术理想愈益坚定，业务水平更加精进，服务人民的自觉性显著提高，创造创新能力切实增强，行业影响力不断扩大，在新一代曲艺工作者之中，在各自不同领域之中，在各地区文化艺术界之中，作为新时期曲艺代表性人物的目标已初步实现。

　　培英行动从启动以来一直受到曲艺界广泛关注，取得的成果得到了社会各界积极评价和各有关部门大力支持。为全面回顾首批 10 位对象的培养经历，多角度展示首批牡丹绽放——曲艺英才培育行动成果，本书特将 10 位培育对象多年来的艺术成长之路和两年间的心路历程、创作成果集结成册，希望能为更多曲艺工作者提供启发和借鉴，也为曲艺界行风建设注入一股清泉和活力。

　　本书由董耀鹏同志策划和审定，黄群同志审阅，张鑫和刘菁同志组稿编审。如有不准确或遗漏的地方，还请读者见谅。

编者
2018 年 4 月